Hanif
Kureishi

Blau
ist
die
Liebe

Hanif Kureishi

Blau ist die Liebe

Aus dem
Englischen
von
Bernhard
Robben

Kindler

Originaltitel: *Love in a Blue Time*
Originalverlag: *Faber and Faber Limited, London · Boston*

Umschlaggestaltung: Graupner & Partner, München
Umschlagabbildung: Parker Typesetting Service, Leicester
Satz: Ventura Publisher im Verlag
Druck und Bindearbeiten: Clausen & Bosse, Leck
Printed in Germany
ISBN 3-463-40310-2

5   4   3   2   1

Inhalt

In a
Blue
Time

Wenn das Telefon klingelt, wessen Stimme würdest du am liebsten hören? Und wessen Stimme wäre dir zuwider? Wer fällt dir in einem solchen Augenblick als erster ein, fragte Roy die Leute gern.

Das Telefon klingelte, und Roy sprang auf. Beim Abendessen in dem neuen Haus, in dem nahezu all ihre Kleider und Bücher noch in Kisten lagen, da sie zum Auspacken zu träge waren, hatte er sich darauf gefreut, das neue Bett früh ausprobieren zu können. Er schaute Clara über den Tisch hinweg an und hoffte, daß sie es klingeln lassen würde, bis der Anrufbeantworter ansprang, damit er hören konnte, wer dran war. Er sprach nicht gern mit seinen Freunden, wenn sie dabei war; sie schien ihn dann aufmerksam anzusehen. Irgendwie hatte er es geschafft, daß sie ihm jedes Leben, das er neben ihr haben mochte, übelnahm.

Sie hob den Hörer ab und sagte mißtrauisch »Hallo?« Jemand redete, doch schien das Gesagte keine Antwort zu verlangen oder zu verdienen. Lautlos formte Roy mit den Lippen die Frage: »Ist Munday dran? Ist er das?«

Sie schüttelte den Kopf.

Schließlich sagte sie: »O mein Gott« und gab Roy den Hörer.

Im Flur zog er die Jacke an.

»Gehst du zu ihm?«

»Er steckt in Schwierigkeiten.«

Sie sagte: »Wir stecken auch in Schwierigkeiten, und was willst du dagegen tun?«

»Geh wieder rein. Du erkältest dich sonst.«

Sie klammerte sich an ihn. »Bleibst du lange?«

»Ich komme so schnell wie möglich zurück. Ich bin ziemlich fertig. Du solltest ins Bett gehen.«

»Danke. Gibst du mir keinen Kuß?«

Er drückte seinen Mund auf ihre Lippen, und sie seufzte. Er sagte: »Dabei habe ich überhaupt keine Lust hinzufahren.«

»Alles andere wäre dir lieber.«

Am Tor rief er: »Wenn Munday anruft, schreib dir bitte seine Nummer auf. Sag ihm, daß ich ansonsten gleich morgen früh in sein Büro komme.«

Sie wußte, wie wichtig dieser Anruf von dem Produzenten für ihn war, wie wichtig er für sie beide war, und nickte. Dann winkte sie ihm zu.

Er würde höchstens eine Viertelstunde bis zu dem Haus in Chelsea brauchen, in dem sein alter Freund Jimmy seit einigen Monaten wohnte. Aber Roy war müde, und er hielt am Straßenrand, um nachzudenken. Nachdenken! Angst und Furcht packten ihn.

Roy hatte Jimmy Mitte der Siebziger in der letzten Reihe des Seminars über Wittgenstein kennengelernt. Da er vier Jahre älter als die meisten anderen Studenten war, wirkte er im Vergleich zu Roys anfänglichen Freunden, die gerade von der Schule kamen, auf seine ironische Art ziemlich erfahren. Nach einem Tag Vorlesungen verschwand Jimmy nie mit einem Band Spinoza in der Bibliothek oder ging wie Roy enttäuscht nach Hause, um zu lernen, während er von Abenteuern träumte, die er erleben könnte, wenn er nicht so ängstlich wäre. Nein, Jimmy tat der Uni einen Gefallen, wenn er sich nach dem Essen eine knappe Stunde blicken ließ. Dann trieb er sich herum und machte ein paar Mädchen Eindruck, die er vielleicht für seine Bühnenfassung von *Auf der Suche nach der verlorenen Zeit* engagieren würde.

Wenn er sie in einer langen Vorsprechprobe geprüft hatte, der

Himmel über dem Fluß dunkel wurde und der Strom der Pendler auf der Blackfriars Bridge nachließ, schlenderte Jimmy hinein in das Nachtleben der City. Er kannte die Off-Kinos, die Jazzclubs und Partys. Oder er interviewte, da er seine eigene Zeitschrift, das *Blurred Edges*, herausgab, Theaterdirektoren, Fotografen, Tätowierungs- und Performancekünstler, die Jimmy zu Roys Überraschung selten die Tür wiesen. Damals hielten manche Leute die Studenten noch für wichtig, und Jimmy steckte sich einen Joint an, setzte sich auf den Boden und ließ den Rekorder laufen. Er druckte nur die uninteressanten Auszüge – den Klatsch und die Bitten um einen Drink –, da er der Theorie anhing, daß interessant sei, wie die Menschen waren, und nicht, was sie dachten.

Heute abend hatte Jimmy gesagt, daß er Roy bräuchte, wie er ihn noch nie gebraucht hatte. Jedenfalls hatten Jimmys Kumpane ihm diese Nachricht übermittelt. Jimmy selbst hatte es nicht bis ans Telefon geschafft, war nicht mal auf die Beine gekommen. Trotzdem war er im Hintergrund zu hören gewesen.

Roy blieb zögernd vor der Tür stehen. Am nächsten Morgen hatte er ein entscheidendes Frühstückstreffen mit Munday. Es ging um das Filmskript, das er geschrieben hatte, und um den Film, den er nun nach zwei Jahren Vorbereitung drehen konnte. Außerdem lebte er zum ersten Mal mit Clara zusammen. Sie hatten sich bewußt dafür entschieden, aber die Folgen, das Kind, das unterwegs war, hatten sie beide irgendwie überrascht.

Er konnte nicht mehr zurück. Jimmys Stimme war die Stimme, die Roy am liebsten am Telefon hörte. Ihre Freundschaft hatte selbst die achtziger Jahre überdauert, diese wilde, vitale Zeit, als alles mit gnadenloser Geschwindigkeit vorangetrieben worden war. Roy hatte seine Schulden bei allen Leuten gestrichen, deren Zuneigung nichts einbrachte. Damals, als

Roy noch allein lebte, tauchte Jimmy spätabends auf, nur um mit ihm zu reden. Das war in Roys Kreisen angenehm und ungewöhnlich, da sie nicht miteinander arbeiteten und die Frage nach Verlust und Gewinn zwischen ihnen keine Rolle spielte. Jimmy blieb von Roys Leistungen unbeeindruckt. Während Roy von einem Meeting zum nächsten hetzte, hing er in den Bars herum und an den Blusenzipfeln der Frauen. Manchmal verschwand Jimmy wochenlang – einmal saß er im Knast –, doch falls Roy mal einen freien Tag hatte, war Jimmy der Mensch, mit dem er ihn am liebsten verbrachte. Zu zweit schlurften sie dann vom Mittag bis Mitternacht von Pub zu Pub und lachten über alles und nichts. Er hatte keine anderen Freunde, die so waren, denn bestimmte Gespräche kann man nur mit bestimmten Leuten führen.

Roy stieß die Tür auf und ging vorsichtig die läuferlosen Stufen hinunter, umfaßte das Geländer mit kraftloser Entschlossenheit, so wie es, das bemerkte er jetzt, sein Vater tat. Jemand schien die Tapeten mit den Fingernägeln zerkratzt zu haben. Ein eisiger Wind fuhr durch die Kellerwohnung: Offenbar war ein zerbrochener Stuhl durch ein Fenster geflogen. Schließlich sah er Jimmy, auf dem Boden neben ihm eine zerbrochene Flasche. Der einzige unbeschädigte Gegenstand war ein vergilbtes Foto von Keith Richards an der Wand.

Jimmy hätte sich gar nicht in das Bett legen können. Eine Frau mittleren Alters mit melancholischem Gesichtsausdruck und gut frisiertem Haar lag dort, die, obwohl sie keineswegs ungesund aussah, immer wieder wegdämmerte. Ein Junge von etwa sechzehn Jahren schmiegte sich mit verschlagener, verschreckter Miene an sie, nackt bis auf ein auf die Brust tätowiertes Lacoste-Krokodil. Die Frau schien hin und wieder zu Bewußtsein zu gelangen und versuchte, ihn von sich fortzustoßen, aber er rührte sich nicht.

Jimmy lag auf dem Boden wie ein Kind auf dem Spielplatz,

dem ein Quälgeist den Fuß auf die Brust gesetzt hat. Der Fuß gehörte zu Marco, dem Besitzer des Hauses, einem reichen Junkie mit blutbeflecktem, weißem Schal um den Hals. Ein weiterer Mann, Jake, stand neben ihnen.

»Die Kavallerie ist da«, sagte er zu Marco, der seinen Fuß hochhob.

Jimmys Augen waren geschlossen. Seine einundzwanzigjährige Freundin Kara, Tochter einer bekannten Bohemienfamilie und seit einem Jahr mit Jimmy zusammen, rannte auf Roy zu und gab ihm dankbar einen Kuß. Eine Freundin, ebenso jung wie sie, mit grellgeschminkten Lippen, die einen Leopardenfellhut und einen kurzen Rock trug, war bei ihr. Falls es Roy leid tat, hergekommen zu sein, dann tat es ihm vor allem wegen seiner schwarzen Samtjacke leid. Sie war auf Taille geschnitten, lang, über den Schenkeln ausgestellt, und sie glänzte. Sie würde mit dem Alter nur besser werden, hatte der Schneider gesagt, ein Freund, für den Roy ein Video gemacht hatte. Doch Roy wußte inzwischen, daß die Jacke Stil und Geld signalisierte, wo immer er sie auch trug. Sie ließ ihn aussehen, als hätte er einen Job.

Kara und die junge Frau zogen Roy auf die Seite und erklärten ihm, daß Jimmy betrunken sei. Kara hatte ihn auf dem Friedhof von Brompton mit einem Smack-Dealer gefunden, obwohl er behauptet hatte, damit aufgehört zu haben. Diesmal würde sie ihn endgültig verlassen, bis er sich wieder im Griff hatte.

»Schweine sind das«, brummte Jimmy.

Marco setzte seinen Fuß wieder auf Jimmys Brust.

Der Junge in dem Bett, der sich mittlerweile auf die Frau geschoben hatte, starrte Jimmy wütend über die Schulter an und sagte: »Was soll die Scheiße, du schläfst hier ja doch nicht mehr. Bist jetzt wohl mit feinen Pinkeln zusammen, wie?«

Jimmy schrie: »Das ist mein Bett! Und hör auf, die Frau zu ficken, die hat 'ne Überdosis!«

Den Augen der Frau war nichts anzumerken.

»Wie geht es ihr?« fragte Roy.

»Sie lebt noch«, erklärte der Junge. »Ich habe den Finger an ihrem Puls.«

Jimmy schrie: »Die haben mir meinen verdammten Alk geklaut und ausgesoffen, meinen Speed genommen, sich mein Geld unter den Nagel gerissen und ausgegeben. Ich will diese Scheißer nicht in meiner Wohnung; Scheißer sind das.«

Jake sagte zu Roy: »Damit das klar ist, er wird rausgeworfen, und zwar sofort. Er hat verrückt gespielt. Hat versucht, uns zu verprügeln, und wollte sich dann selbst umbringen.«

Jimmy blinzelte Roy zu. »Hab ich dir den Abend verdorben, Mann? Hast du dich gerade über Filmskripte unterhalten?«

Jahrelang hatte Roy Musikvideos, Werbefilme und neue Folgen für Seifenopern gedreht. Gelegentlich unterrichtete er an der Filmhochschule. Außerdem hatte er einen Sechzig-Minuten-Film für den BBC gemacht, eine Geschichte über eine schwarze Sängerin. Damals hatte er geglaubt, dies sei der Anfang von etwas Bemerkenswertem, aber obwohl der Film wohlwollend besprochen wurde, war er dadurch nicht weitergekommen. Mitte der Achtziger hatte man ihn für einige Features in Betracht gezogen, aber wie so oft war daraus nichts geworden. Er hatte miterlebt, wie seine Altersgenossen Filme in Großbritannien drehten, wie sie nach L.A. zogen und sich ein Haus mit Swimmingpool kauften. Einer seiner Bekannten war für einen Oscar vorgeschlagen worden.

Jetzt war es mit seinem eigenen Film endlich soweit, nur ein Drittel der nötigen Gelder fehlte noch, und damit auch die entscheidende Vertragsunterschrift und der endgültige Startschuß, der aber jeden Augenblick fallen konnte. Letzte Woche war Munday in L.A. und in New York gewesen. Bei einem

12

Projekt von dieser Qualität, so hatte man ihm gesagt, dürfte er keine Schwierigkeiten haben, das Geld aufzutreiben.

Kara sagte: »Ich schätze, Roy hat ziemlich hart gearbeitet.« Sie wandte sich ihm zu. »Er ist einfach unerträglich. Bye-bye Jimmy, ich liebe dich.«

Während sie sich zu ihm hinunterbeugte und ihn küßte und er seine Hand zwischen ihre Beine steckte, schaute Roy auf das Bild von Keith Richards und dachte daran, wie sehr er sich nach dem zügellosen Leben gesehnt hatte, nach dem hemmungslosen Vergnügen und danach, dem langweiligen Problem, alles zusammenhalten zu müssen, aus dem Weg zu gehen. Er fragte sich, ob er das immer noch wollte und ob er es überhaupt noch könnte.

Als Kara fort war, stellte sich Roy über Jimmy und fragte ihn: »Was soll ich für dich tun?«

»Sag mir die Texte von *Tumblin' Dice* auf.«

Die Frau mit dem Hut berührte Roy am Arm. »Wir ziehen durch die Clubs. Nehmen Sie Jimmy heute nacht zu sich?«

»Was? Also darum geht's?«

»Er hat allen gesagt, Sie wären sein bester Freund. Hier kann er jedenfalls nicht bleiben.« Die Frau fuhr fort: »Ich bin Candy. Jimmy sagt, Sie arbeiten mit Munday?«

»Stimmt.«

»Was machen Sie? Drehen Sie einen Werbefilm?«

Jimmy brach auf dem Boden in ein anhaltendes Gegacker aus. Roy sagte: »Ich drehe einen Film. Das Skript ist von mir.«

»Kann ich mitmachen?« fragte sie. »Ich würde alles machen.«

»Rufen Sie mich an, dann können wir darüber reden«, sagte er.

Jimmy rief: »Wie geht's deiner schwangeren Frau?«

»Ausgezeichnet.«

»Und der Kleinen, die so gern auf deinem Gesicht gesessen hat?«

Roy gab Candy ein Zeichen und führte sie in einen unbeleuchteten Raum neben der Eingangstür. Er legte eine Line, drehte sich zu der wartenden Frau um, preßte sie gegen die Wand, küßte sie, beroch die Fremde und ließ seine Hände über ihren Körper gleiten. Sie schniefte den Koks, doch ehe er selbst etwas nehmen und sie wieder umarmen konnte, war sie verschwunden.

Marco und Jake hatten Jimmy nach draußen gehievt, ihn in Roys Wagen verfrachtet und ihm geraten, sich zu verpissen.

Roy fuhr Jimmy die King's Road entlang. Wie so oft in letzter Zeit war Jimmy mit Pullover, Stiefeln und schwerem Mantel wetterfest angezogen; Roys Kollegen dagegen trugen stets leichte Kleidung und traten niemals versehentlich an die frische Luft: Wenn ihnen der Sinn nach einer Jahreszeit stand, dann flogen sie an den Ort, der das richtige Wetter zu bieten hatte. Ein überreifer Gossengeruch stieg von Jimmy auf, und auf seiner Brust bemerkte Roy den staubigen Abdruck von Marcos Fuß. Jimmy zog ein schwarzes, spitzenbesetztes Höschen aus der Tasche und schnüffelte an dem Stoff wie eine Herzogin, die um einen Verwandten trauert.

Dies war die Gelegenheit, beschloß Roy, an Jimmy jene offene Direktheit auszuprobieren, die er bei der Arbeit geübt hatte. Es wäre doch bestimmt lehrsam und bereichernd für Jimmy, wenn er ohne ständige Unterstützung leben würde. Außerdem konnte sich Roy in kein neues Gefühlschaos stürzen.

Er sagte: »Kann ich dich irgendwo hinfahren?«

»Wozu?« fragte Jimmy.

»Damit du dich ausruhen kannst. Um zu schlafen. Für die Nacht.«

»Um zu schlafen? Ach so, ist schon okay. Laß mich an der Ecke raus.«

»So habe ich es nicht gemeint.«

»Ich habe schon öfter draußen geschlafen.«

14

»Ich meine, meistens hast du doch jemanden. Irgendeine Frau.«

»Ich bleibe manchmal bei Candy.«

»Ehrlich?«

Jimmy sagte: »Gefällt sie dir, ja? Ich könnte da was einfädeln für dich. Habe ich dir schon gesagt, daß sie gern mit gespreizten Beinen auf dem Kopf steht?«

»Das hättest du Clara am Telefon sagen sollen.«

»Eine überaus bequeme Stellung für Cunnilingus ...«

»Vor allem in unserem Alter, in dem ungewöhnliche Stellungen schon ziemlich anstrengend werden können«, fügte Roy hinzu.

Jimmy fuhr Roy mit der Hand durchs Haar. »Du kriegst graue Haare, weißt du.«

»Ich weiß.«

»Aber ich nicht, ist das nicht seltsam?« Jimmy dachte einige Sekunden nach. »Aber ich kann nicht bei ihr bleiben. Das würde Kara nicht gefallen.«

»Was ist mit deinen Eltern?«

»Ich bin über vierzig! Die liegen im Sterben, bei denen muß ich die Schuhe ausziehen! Die weinen, wenn sie mich sehen! Die ...«

Jimmys Eltern waren politische Flüchtlinge aus Osteuropa, die im Krieg viel mitgemacht hatten, ihre Familien verlassen mußten und seit 1949 in London lebten. Sie hatten in dieser Stadt voller Menschen, die in Gedanken stets woanders waren, darauf gehofft, nach Hause zurückkehren zu können, aber sie schafften es nie. Großbritannien hatte sie nicht begeistert; sie beherrschten die englische Sprache kaum. Derweil hatte sich Jimmy in die Popmusik verliebt. Als er auf seinem Klavier Blues spielte, schlossen seine Eltern es in den Gartenschuppen ein. Jimmy und seine Eltern hatten einander nie verstanden, und er blieb ebenso wurzellos, wie sie es gewesen waren, er beschaffte sich nicht einmal einen dauerhaften Wohnsitz.

Er durchwühlte seine Taschen, in denen er Telefonnummern auf Fetzen von Zigarettenschachteln und zerknitterten Metrotickets aufbewahrte, und sagte: »Weißt du noch, wie ich damals dieses Mädchen mitgebracht habe ...«

»Die Achtzehnjährige?«

»Sie wollte von dir wissen, wie man ins Mediengeschäft einsteigt. Du hast sie vor meinen Augen auf dem Tisch gevögelt.«

»Das Mediengeschäft ist in sie eingestiegen.«

»Kann man so sagen. Weißt du noch, was du getragen, für wen du dich ausgegeben und was du gesagt hast?«

»Was habe ich gesagt?«

»Es sei der glücklichste Augenblick für dich.«

»Es war ein Witz.«

»Einer unserer besten.«

»Einer von vielen.«

Sie streckten die Hände aus und schlugen ein.

Jimmy sagte: »Aber am nächsten Tag hat sie mich verlassen.«

»Vernünftiges Mädchen.«

»Wir haben sie ausgenutzt. Sie hatte eine Seele, und die hast du ziemlich respektlos behandelt.« Jimmy streichelte Roys Gesicht. »Ich wollte dir nur sagen, Mann, daß ich dich liebe, obwohl du so ein Scheißkerl bist.«

Jimmy klatschte im Takt der Musik. Er fing sich so schnell wie ein Kind. Trotzdem beschloß Roy, sich nicht von ihm manipulieren zu lassen, denn Jimmy hatte seit der Universität überlebt, ohne jemals zu arbeiten. Jahrelang hatten ihm die Frauen zu Füßen gelegen, jetzt brach er vor ihren Füßen zusammen. Doch selbst in seinem Untergang liebten sie ihn noch und glaubten an sein verlorenes Genie, das sich durch die Verzögerung seines Niedergangs über die Jahre hinweg makellos bewahrt hatte. Jimmy ließ man es durchgehen. Er verdiente es nicht. Das war phantastisch, aber auch eine Provokation, die der Gerechtigkeit Hohn sprach.

Über all dies hatte Roy nicht ohne ein gewisses Maß an Unverständnis und Neid nachgedacht, bis er schließlich begriff, wieviel Jimmy den Frauen zu bieten hatte. Alkoholismus, Kummer, Versagen, Krankheit – er überschüttete sie mit Verzweiflung, und ohne Schuldgefühle entlockte er ihnen an Fürsorge, was sie zu geben bereit waren. Wahrscheinlich bewunderten sie, dachte Roy, wie er sich in seiner Hoffnungslosigkeit eingerichtet hatte. Es waren längst nicht alle so mutig, derart tief im Schatten zu hausen. Für Roy zeigte es außerdem, wie viele Frauen es noch immer für ihre Pflicht hielten, Opfer zu sein.

Freundschaft war der wiederkehrende Gedanke in Roys Überlegungen. Er erinnerte sich an einige Bemerkungen von Montaigne. »Wollte man mich drängen zu gestehen, warum ich ihn liebe, so lautete meine einzige Antwort wohl, ›weil er es ist, weil ich es bin‹.« Und dann noch »Freundschaft wird selbst dann genossen, wenn man sie noch begehrt; sie ist wie Brot, das nur durch den Genuß ernährt und stärkt, denn sie ist ein geistig Ding, und die Seele wird durch sie gereinigt«. Doch Montaigne hatte nichts davon gesagt, daß der Freund bei einem übernachten sollte, wozu Jimmy offenbar entschlossen war; oder davon, wie man mit jemandem umgehen sollte, der nicht glauben konnte, daß jemand, der die Wahl hatte, lieber nüchtern blieb als sich zu betrinken und daß man, hatte man einmal mit dem Trinken angefangen, freiwillig damit aufhören konnte, ehe man besinnungslos war – die einzige Methode, einzuschlafen, die Jimmy normal fand.

Roy hatte keine Ahnung mehr, welche sozialen oder politischen Verpflichtungen er hatte, auch keine rechte Vorstellung davon, woher solche Verpflichtungen stammen sollten. An der Universität hatte er Verantwortungsbewußtsein besessen, hatte sich Ansichten en gros zugelegt, die er mit den Jahren wieder fallenließ, so wie manche Leute nach und nach gewisse Kleider ablegten, um andere anzuziehen, bis sie sich schließlich verändert hatten, ohne es sich jemals vorgenommen zu haben. Seither hatte sich Roy in keiner der Welten niedergelassen, die von ihm bewohnt worden waren, hatte sie wie Hotelzimmer nur durchquert, ohne sich dabei zu fragen, was er anderen schuldig sein mochte. Und heute abend? Welche Liebe forderte ihm dieses lügende, besoffene, zerlumpte Arschloch ab?

»He.« Roy sah, wie sich Jimmys Finger um die Handbremse legten.

»Halt an!«

»Hier?« fragte Roy.

»Ja!«

Jimmy stieg schon aus dem Wagen und lief schnurstracks auf einen nur wenige Schritte entfernten Getränkeladen zu. Er war zwar nicht nüchtern, wußte aber offenbar genau, wo er sich befand. Roy blieb keine andere Wahl, als ihm zu folgen. Jimmy bestellte eine Flasche Wodka. Und als er sah, wie Roy einen Fünfzigpfundschein zückte – kleiner hatte er es nicht, wie er zu seinem Ärger feststellen mußte –, ergänzte er seine Bestellung um eine Flasche Whisky. Als der Verkäufer ihm den Rücken zudrehte, schnappte sich Jimmy vier Bierdosen und versteckte sie unter seiner Jacke.

Vor der Tür zog ein Bettler seine Mütze und brummelte die Worte eines Songs vor sich hin. Jimmy hockte sich zu dem Mann und stopfte ihm das Wechselgeld des Fünfzigpfundscheins in die Mütze.

»Mehr hab ich nicht«, sagte Jimmy. »Ist wirklich verdammt alles, aber nimm's. Ich bin sowieso bald tot.«

Der Mann hielt die Scheine gegen das Licht. Das war zuviel.

Roy wollte sie ihm aus der Hand reißen, aber der Penner ließ sie verschwinden und brummelte wieder: »On yer way, on yer way ...«

Roy drehte sich zu Jimmy um. »Das ist mein Geld.«

»Für dich doch bloß 'ne Kleinigkeit.«

»Deshalb ist es noch lange nicht deins.«

»Was soll's? Er braucht es dringender als wir.«

»... On yer way ...«

»Wir sind für den doch nicht verantwortlich.«

Jimmy warf Roy einen seltsamen Blick zu. »Warum sagst du das? Er kann einem leid tun.«

Roy fiel auf, daß zwei weitere abgerissene Gestalten auf sie zuschlurften. Etwas weiter die Straße hinauf versammelten sich noch mehr Penner, die milde Gaben erwarteten.

»... On yer way ...«

Roy zog Jimmy in den Wagen und verschloß die Türen von innen.

Unweit von Roys Haus trieben sich vor einer Mauer zwei weiße Jungs aus einer nahe gelegenen Kellerwohnung mit einem Gesichtsausdruck herum, der nichts Gutes verhieß. Die Polizei ließ sich hier häufig blicken, und die Mutter flehte sie an, die beiden mitzunehmen, aber die Beamten konnten nichts tun, solange die Jungs nicht älter waren. Wenn Roy morgens seinen *Independent* holte, lief er oft über die Glasscherben von den nachts aufgebrochenen Autos. Er hatte die Jungs einige Male begrüßt, und neuerdings nickten sie ihm zu. Eines Tages würde er seine Angst überwinden und sie ansprechen. Er wollte nicht glauben, daß es jemanden gab, mit dem man nicht irgendwie in Kontakt kommen konnte, aber er wußte nicht, wie er es anstellen sollte. Mittlerweile konnte er vor lauter Gitter und Fensterläden kaum noch aus seinem Haus sehen. Neben seinem Bett lagen ein Messer und ein Hammer, und er mußte daran denken, sich nicht allzu heftig umzudrehen, um nicht an den roten Alarmknopf neben seinem Kissen zu kommen.

»Dein neues Haus? Sieht gemütlich aus«, sagte Jimmy. »Du hast mich nicht zur Einweihungsfeier eingeladen, aber Clara wird begeistert sein, wenn sie mich jetzt sieht. Hätte ich doch bloß ein paar Koffer, dann könnte ich in der Tür stehen und ihr sagen, daß ich eine Weile bleiben will.«

»Mach nicht so einen Lärm.«

Roy führte Jimmy ins Wohnzimmer. Dann rannte er nach oben, öffnete die Schlafzimmertür und hörte Clara im Dunkeln atmen. Er hatte sie heute abend vögeln wollen. Als das Telefon klingelte, hatte er gerade mit der mühseligen Vorbereitungsarbeit begonnen. Entscheidend war, nicht irgendwie ihren Unwillen zu erregen, da ihr ein genüßliches Abwinken leichtfiel und auch nicht unangenehm war. Er hatte dicht neben ihr gesessen und auf telepathischem Wege – seine bevorzugte Kommunikationsmethode – sinnliche, liebevolle Nachrichten ausgesandt. Da sie sich selten unabsichtlich berührten, war ein unmittelbarer körperlicher Kontakt – seine Hand in ihrem Haar – ein ziemliches Risiko. Doch wenn es ihm gelang, sie zu berühren, ohne zurückgewiesen zu werden, und er sie vielleicht sogar dazu überreden konnte, ihren Rock ein wenig hochzuziehen – dann fühlte er sich, als hätte er endlich die Startlinie erreicht –, er wußte, das Ziel war in greifbare Nähe gerückt. Mit diesem Gedanken stürzte er nach oben ins Bett und zog sich einen Schlafanzug an, um sie nicht durch unbedeckte Haut zu erschrecken. Er mußte dafür sorgen, daß sie nicht auf den richtigen Gedanken kam.

Er suchte zu erahnen, welche Stimmung sie ins Schlafzimmer bringen konnte. Falls er etwas übersehen hatte, falls die Hintertür nicht abgeschlossen, der Geschirrspüler nicht leergeräumt worden war, würde ermüdende Diplomatie unabdingbar sein. Ansonsten aber würde er ihr beim Auskleiden zusehen, während sie fernsah, würde wissen, daß es nur noch einige Augenblicke dauern konnte, bis er seine Nägel in den fetten Hintern dieses Miststücks grub.

Doch warte: Sie hatte sich auf das Bettende gehockt, um ihre Hühneraugen zu begutachten, lutschte dabei eine Halspastille und redete davon, wie teuer es sein würde, die Hausfassade neu verfugen zu lassen. Er kochte vor Verlangen und hätte seinen Penis, der inzwischen aus seinem Pyjama aufragte, am liebsten mit einem Lineal niedergeschlagen.

Während er mit ihren Brüsten spielte, lag sie an seiner Seite, starrte auf den Fernseher und tat, als wäre nichts; vielleicht geschah für sie ja auch nichts. Trotzdem schien sie auf ein Vorspiel zu bestehen, jedenfalls soweit es sie selbst betraf. Nach einer Weile zog sie sogar ihre Kleider aus, wenn auch nicht ohne ein theatralisches Frösteln, womit sie andeuten wollte, daß Sex die Körpertemperatur veränderte. Auf diese Ermunterung hin flitzte er durch das Zimmer und wühlte hinten in einer Schublade nach einem verknäulten, schwarzen, französischen Nylonslip. War das Glück mit ihm, würde sie angesichts dieser ordinären Narretei der Männer mit den Augen rollen und ihn vielleicht sogar anziehen. Erst wenn sie aufhörte fernzusehen, wußte er, daß sie endlich erobert war. Leider nutzte sie diese Gelegenheit, in der sie seine Aufmerksamkeit hatte, um ihm einige kleinere Vergehen vorzuwerfen. Er hätte ihr mit Vergnügen den Mund zugeklebt.

In all dem mußte es trotz der Anstrengungen ein vereinendes Vergnügen geben, denn am nächsten Morgen nahm sie ihn gern in den Arm und mochte es, wenn er sie küßte.

Jetzt konnte Roy nur noch die Tür schließen. Ehe er zu Jimmy zurückging, warf er rasch einen Blick ins nächste Zimmer. Clara hatte eine Wickelkommode gekauft, auf der ein Paar Fäustlinge, Babystiefel, kleine rote Mützen und Wolljäckchen, groß wie Taschentücher, lagen. Die Vorhänge waren mit fliegenden Elefanten bedruckt; an der Wand hing ein Bild von einem Bauernhof.

Was hatte er getan? Sie war ihm immer noch ein Rätsel. Noch nie hatte ihn eine Frau mit einer solchen Leidenschaft verfolgt, wie Clara es in den letzten fünf Jahren getan hatte. Anfangs war kein Tag vergangen, an dem sie ihm nicht Blumen oder Bücher geschickt hatte, ihn nicht zu einem Konzert oder ins Kino eingeladen oder für ihn gekocht hatte. Vielleicht hatte sie versucht, in ihm jene romantischen Gefühle zu wecken, nach denen sie selbst sich sehnte. Doch was es auch war, er hatte es hingenommen wie ein Pascha. Dann wieder hatte er versucht, sie loszuwerden, und hatte immer wieder andere Frauen gehabt. Jetzt sah er ein, wie naiv dieser Protest gewesen war. Ihre Liebe war ein Frontalangriff gewesen. Sie wollte eine Familie. Er, der am liebsten alles vorausplante, aber eigentlich nur gewußt hatte, welche Arbeit er machen wollte, hatte sich gefügt, weil er wissen wollte, was dabei herauskommen würde. Er war eine leichte Beute gewesen, das Kind war unterwegs; bei dem Gedanken wurde ihm schwindlig.

Er zerrte an einer Matratze herum, die an der Wand lehnte. Jimmy würde es hier gemütlich haben, vielleicht zu gemütlich, dachte Roy und ging ohne Matratze nach unten.

Jimmy lag auf dem Sofa und hatte die Füße hochgelegt. Neben sich hatte er ein Bier hingestellt, ein Glas und eine Flasche Jack Daniels, die er bereits aus dem Barfach geholt hatte. Mit den Streichhölzern aus dem Royalton und dem Odeon, eleganten New Yorker Restaurants, die Roy mitgenommen hatte, um damit Eindruck zu schinden, zündete sich Jimmy eine Zigarette an.

Clara hatte ihm nichts von Munday aufgeschrieben, und auf dem Anrufbeantworter war keine Nachricht.

22

Roy sagte: »Alles in Ordnung, Mann?« Er beschloß, seinen Freund zu mögen, ihn um seine Gelassenheit zu beneiden und sich darüber zu freuen, daß er hier war.

Jimmy antwortete: »Hab alles, was ich brauche.«

»Paß mit dem Jack auf. Was ist mit den Flaschen, die wir gekauft haben?«

»Komm mir bloß nicht so tuntig. Ich wollte nicht gleich über sie herfallen. Tja – da wären wir also wieder zusammen.« Jimmy hob sein Glas. »Hau weg den Scheiß!«

»Yeah, hau ihn weg.«

»Scheiß auf alles!«

»Scheiß drauf!«

Sie tranken den restlichen Jack und hatten den halben Wodka intus, bevor Roy das nächste Mal einen Blick auf die Uhr warf. Sie hatten die Platten hervorgekramt, sogar Black Sabbath. Ein deutscher Porno lief, der Ton war abgestellt. Dichter Marihuanarauch hing im Zimmer. Offenbar waren sie hungrig geworden. Nachdem sie mit einem Hammer auf eine Büchse Bohnen eingeschlagen und die Wände damit bespritzt hatten, war Roy auf Jimmys Schultern geklettert, um die verdreckte Decke mit einem Kissenbezug abzuwischen, den er dann Jimmy ins Maul stopfen mußte, damit der endlich Ruhe gab. Roy wußte nicht mehr, wie spät es war, als sie sich auszogen, um den Skinhead Moonstomp aufzuführen, und ob er sich nur eingebildet hatte, daß ihr Nachbar erst gegen die Wände und dann an die Haustür getrommelt hatte.

Roy kam es vor, als hastete er bereits kurz darauf nach Soho, um in der Patisserie Valerie Toast und Kaffee zu bestellen. Bei seinem Job hatte er sich so daran gewöhnt, früh aufzustehen, daß er, wenn er versehentlich mal nach sieben aufwachte, in Panik geriet und Angst hatte, das Leben wäre ohne ihn losgezogen.

Noch vor zehn war er in Mundays Büro, in dem Schwärme junger Frauen, die offenbar alle Cocktailkleider trugen, durch riesige Räume wandelten, mit vorstädtischem Akzent redeten und mit Verträgen herumwedelten. Roys Ankunft schien sie zu überraschen, und sie hatten keine Ahnung, ob sich Munday in New York, in Los Angeles oder in Paris aufhielt und wann er zurück sein würde. Er »trieb Geld auf«. Da es ihm gerade durch den Kopf ging, fragte Roy sieben Leute, ob sie noch wüßten, wie der englische Freund von Harry Lime in *Der dritte Mann* hieß, doch nur zwei von ihnen hatten den Film gesehen, konnten sich an den Namen aber auch nicht mehr erinnern.

Es gab nichts für ihn zu tun. Er hatte sich ein Jahr freigehalten, um diesen Film drehen zu können. Die letzte Nacht hatte ihn ausgelaugt, aber er fühlte sich, als hätte er nur ein herrliches Schlafmittel genommen. Heute würden einige Sorgen auf ihn zukommen. Bestimmt würde er bald von Munday hören.

Roy trieb sich in Covent Garden herum, wohin er seit Mitte der Achtziger höchstens noch zum Einkaufen vorgedrungen war. Seine Eltern waren nicht gerade arm gewesen, doch ihre Einstellung zum Geld lautete: Wenn du etwas willst, frag dich, ob du es wirklich brauchst oder ob du ohne nicht auch zurechtkommst. Nun, wenn es darauf ankam, würde er ohne die meisten Dinge zurechtkommen können. Doch auf dem Höhepunkt dieses Jahrzehnts war das Geld nur so über sein Konto geströmt. Wenn er statt Bier Champagner trank, wenn er Kokain nahm und fünfmal am Tag mit dem Taxi von einem Ende Sohos zum anderen fuhr, machte das unter dem Strich kaum einen Unterschied. Es war wie eine poetische Multiplikation gewesen: Je mehr er verdiente, um so mehr bewunderte er sein eigenes Leben.

Er hatte die Zeit damals geliebt. Der verrückte Unternehmergeist, der blasierte Individualismus mit seiner Maßlosigkeit und seinem Zynismus gefielen ihm besser als alles, was ihm in den letzten zehn Jahren widerfahren war. Die Masken wurden fallengelassen, punkiges Chaos und Nihilismus waren angesagt. Wissen, Tradition, Anstand und die Lippenbekenntnisse, die der Gleichberechtigung geleistet wurden; sozialistische Glaubenssätze, das Gerede vom »Prinzip«, Studentenklamotten, feministische Absurditäten und die Argumente, mit denen man Regime verteidigte – »fehlgeschlagene Experimente« –, in denen seine Freunde für keine fünf Minuten leben wollten: Solche Scheinheiligkeiten wurden mit nietzscheanischer Gnadenlosigkeit niedergetrampelt. Es war elektrisierend.

Er sah absurd teure Dinge – einen Anzug, Computer, Kameras, Autos, Wohnungen – und wagte, sie zu kaufen, als wollte er entdecken, welche Folgen ein solcher Leichtsinn haben konnte. Wieviel Spaß konnte man noch haben, bevor alle Welt durchdrehte? Er genoß es, vom Einkaufen zu kommen und die Designertüten auszupacken, das Seidenpapier abzustreifen, diverse Kombinationen von Kleidern auszuprobieren und dabei die neuen CDs aus ihren schicken schlanken Hüllen zu nehmen und aufzulegen. Er liebte die neuen Restaurants, die Bars, Clubs, Läden und Galerien aus schwarzem Metall, aus Chrom oder Neon, die alle nur für einen Monat »in« waren, wenn sie Glück hatten.

Das ganze Leben war wie die letzte Party vor dem Ende der Welt. Er hatte genug, wie man manchmal von Champagner genug hat oder davon, einen Leichnam zu treten. Es war vorbei, und da war nichts. Wenn es irgend etwas geben sollte, mußte es neu geschaffen werden.

Roy hatte eine Zeit erlebt, in der Männer und Frauen, ausgestattet mit Energie und Rücksichtslosigkeit, aber ohne große Fähigkeiten und Ausdauer, sich hervortaten. Und obwohl sie zumeist untergegangen waren, hatte ihn ihre Ignoranz verwirrt und die Frage aufgeworfen, ob die Dinge, die zu erfahren er sich bemüht und die er für »Kultur« gehalten hatte, nicht unbedeutend waren. Angeblich war alles eins: Werbespots, Beethovens letzte Quartette, Popplatten, Ladenfronten, Freud, vielfarbiges Haar. Größe, Vergleich, Wert, Tiefe: dahin, dahin. Aus allem konnte man Vergnügen ziehen, ja, das sah er ein. Doch nichts konnte einem solche Kraft geben wie ein tieferes Verständnis der Dinge.

Vor Monaten hatte er die Lust an seiner Arbeit verloren. Ob er Werbespots und Musikvideos drehte oder Filmgeschichte unterrichtete, Roy hatte stets sein Bestes gegeben. Doch jetzt tat er alles, was der Kunde wünschte, Hauptsache, er konnte früh nach Hause.

Ungefähr um diese Zeit, als er angefangen hatte, seinen Film zu schreiben, schaute er zum ersten Mal auf das Alter der Regisseure und Autoren, wenn er einen guten Film sah oder ein gutes Buch las. Die immer noch gehegte Hoffnung, eine Art Künstler zu sein, beschämte ihn zunehmend. Das Wort selbst klang irgendwie schlapp, und sein Wunsch kam ihm pubertär, affektiert und peinlich vor.

Während eines Filmfestivals in Wien hatte Roy in einem Restaurant gesessen, als Fellini mit mehreren Freunden hereinkam. Mit ausgestreckten Händen ging der Maestro an jeden Tisch. Dann setzte sich der große Mann mit dem Kopf eines Imperators und aß in Frieden. Und was für ein Friede das sein mußte! Roy fragte sich oft, wie sich ein Mann fühlte, der etwa *La Dolce Vita* gedreht hatte, von *Achteinhalb* ganz zu schweigen. Welch abschottende Geisteskraft ihm dies für das Frühstück verleihen mußte oder für die Momente, in denen er auf einen Arzt wartete, weil ihn ein Leiden plagte, wenn er die leeren Räume ertragen mußte, diese Grenzzonen zwischen den bewegenden Ereignissen des Lebens!

Bergman, Fellini, Ozu, Wilder, Cassavetes, Rosi, Renoir: diese

Ausstrahlung! Oft stand Roy schon um fünf Uhr früh auf, um sich per Video die nötigen lyrischen Vitamine einzuverleiben. Einige Minuten *Amarcord*, ein Film, der Fellinis ganzes Leben enthielt, konnten ihm eine Richtschnur für den ganzen Tag geben. Manche Abschnitte sah er sich Dutzende Male an, prüfte das Skript, die Schauspielerei, das Licht und die Kameraführung. Einige Einstellungen konnte er in Werbespots wiederholen oder den Ton ganzer Szenen einfangen. »Noch ein bißchen Bergman?« fragte er dann. »Oder wäre Ihnen hier ein wenig Fellini lieber?«

In New York hatte er sich *Hearts of Darkness* angesehen, den Dokumentarfilm über Coppolas *Apocalypse Now*. Ihm wurde immer klarer, was er in seinem Leben nicht mehr tun wollte – mit einem Fallschirm aus einem Flugzeug abspringen, in einem Krieg, einer Revolution mitkämpfen, mit einem Rucksack durch Indonesien trampen, mit drei Frauen gleichzeitig ins Bett gehen, oder auch nur mit zweien; vernünftig Russisch lernen oder auch nur Französisch oder sich die Grundprinzipien der Architektur beibringen lassen. Doch tagelang träumte er davon, ungewöhnliche und edle Projekte auf die Beine zu stellen, bei denen er alles riskierte.

Wie konnten sie aussehen? Seit er erwachsen war, hatte er sich bemüht, mit den neuesten Entwicklungen im Kino, in der Musik, der Literatur und selbst im Theater Schritt zu halten, so daß niemand ein Ereignis nennen konnte, von dem er nicht bereits gehört hatte. Doch jetzt hatte er den Anschluß verloren, und es war ihm gleichgültig. Jetzt wollte er sich selbst entwickeln. Seine Mittelmäßigkeit quälte ihn. Und er begriff, daß die meisten Menschen den größten Einfallsreichtum in ihren Träumen oder ihren sexuellen Phantasien bewiesen. Eins zu sein mit dem, was man tat – irgendwie –, darauf kam es doch wohl an.

Er begann, morgens in seinem Garten zu schreiben, legte die

auf Karteikarten geschriebenen Szenen ins Gras, als würde er Patience spielen. Es war nicht leicht, sich zu konzentrieren, da er es nicht gewohnt war, so anhaltend zu träumen, vor allem deshalb nicht, weil das Ergebnis fern, ungewiß und nicht unmittelbar in einen Scheck oder in kollegiales Interesse umzuwandeln war. Warum nicht erst im nächsten Jahr damit anfangen?

Nachdem er einige Tage durchgehalten hatte, sammelten sich seine Gedanken, und die Einfälle strömten in ungehindertem Fluß. In diesen Augenblicken – in denen er sich auch dann nah war, wenn er sich in dem verlor, was er tat – konnten die Fragen, die er an das Leben gestellt hatte, Fragen nach seiner Bedeutung und seiner Richtung, falls es denn eine hatte, danach, wie man am besten leben sollte, nur eine Antwort erhalten: jetzt hier zu sein und dies zu tun.

Das war jetzt vorbei. Er wollte möglichst schnell mit dem Drehen beginnen. Persönliche Befriedigung war nebensächlich. Der Film sollte Geld einbringen. Während seiner Kindheit galten die Medien nicht gerade als die ideale Karriereleiter für clevere Jungs. Man verachtete das Fernsehen ebenso wie die Popmusik, doch dann war es der Jackpot. Im Vergleich mit seinen Schulkameraden hatte er es weit gebracht. Doch so, wie sich die Dinge daheim entwickelten, würde er Höchstleistung bis zum Umfallen bieten müssen. Clara und er würden gut leben: Kindermädchen, teure Schulen, Urlaubsreisen, Dinnerpartys, neue Kleider. Und nachdem man im großen Stil angefangen hatte, wie wollte man da ohne Qual zurückstecken?

Den ganzen Morgen schon schwirrte ihm der Kopf. Schließlich rief er Clara an. Ihr war schlecht geworden, und als sie nach unten gegangen war, hatte sie Jimmy schlafend auf dem Boden inmitten der Überreste der letzten Nacht gefunden, in die Tischdecke eingewickelt und in die Vorhänge, die er sich von der Stange gezogen hatte. Er hatte in ein Halbliterglas gepinkelt und es auf den Tisch gestellt.

Zu seiner Überraschung nahm sie es mit Humor. Es stimmte, sie hatte Jimmy, der mit ihr flirtete, schon immer gemocht. Doch Roy konnte sich nicht vorstellen, daß sie ihn in ihrem Haus haben wollte. Schließlich war sie keine coole oder verschlampte Hippiebraut. Sie unterrichtete an der Universität, und sie konnte furchterregend sein. Dennoch schien sie sich für fast alles interessieren, und sie verstand es, in anderen Interesse zu wecken. Sie ließ sich gern für etwas begeistern, hatte Spaß am Leben, dachte Roy, und sie war anderen gegenüber offen. Genau wie er liebte sie den Klatsch. Sie konnten sich beide über Ungeschick und Eitelkeit anderer Leute lustig machen. Doch sie besaß einen überwiegend rationalen und kalkulierenden Verstand. Ihr fehlte es an der von Jimmy bevorzugten sentimentalen Selbstbetrachtung. Es war ihre Geradlinigkeit gewesen, die Roy damals so attraktiv gefunden hatte, als sie beide hauptsächlich damit beschäftigt gewesen waren, es zu etwas zu bringen.

Durch ihr freundliches Verhalten gegenüber Jimmy ermuntert, bekam Roy Lust, heute mit ihm zusammenzusein.

In Roys Morgenmantel gehüllt, kam Jimmy aus dem Badezimmer und setzte sich mit der Zeitung, seinen Zigaretten und aus den Lautsprechern dröhnendem *Let It Bleed* zu Rühreiern an den Tisch. Roy mußte daran denken, wie sie zu Universitätszeiten nach einer Party die ganze Nacht aufgeblieben waren und sich am nächsten Morgen in eine Gartenkneipe setzten oder LSD nahmen und am Fluß entlang zur Brücke von Hammersmith gingen, über die Jimmy, der unter Höhenangst litt, mit geschlossenen Augen rennen mußte.

Roy las die Zeitung, beobachtete dabei aber verstohlen, wie Jimmy aß, trank und sich durch das Zimmer bewegte, als wohnte er seit vielen Jahren hier. Es erstaunte ihn, wie langsam Jimmy etwas tat und welch lange Pausen zwischen kleinen Aktivitäten damit verbracht wurden, ins Leere zu starren, als würde jede Bewegung eine neue Folge von Erinnerung, Bedauern und Spekulation auslösen. Dann wühlte Jimmy in seinen Taschen nach Telefonnummern und mischte sie immer wieder durcheinander. Als Jimmy schließlich seinen Teller abgeleckt und einen zufriedenen Rülpser von sich gegeben und Roy die Krumen vom Boden aufgefegt hatte, beschloß Roy, seinem Freund einen kleinen Schrecken zu versetzen.

»Was willst du heute tun?«

»Tun? Wie meinst du das?«

»Na ja, wie … etwas tun.«

Jimmy lachte.

Roy fuhr fort. »Vielleicht solltest du daran denken, dir eine Arbeit zu suchen. Etwas Festes könnte dir guttun.«

»Was Festes?«

Jimmy setzte sich auf, um etwas zu sagen. Neben dem Sofa stand eine Bierdose vom vorherigen Abend. Er nahm einen Schluck und spuckte aus, da er vergessen hatte, daß er die Dose als Aschenbecher benutzt hatte. Er holte sich ein Bier aus dem Kühlschrank und nahm seinen alten Platz ein.

Jimmy fragte: »Von was für einer Arbeit redest du da?«

»Von bezahlter Arbeit. Du hast doch bestimmt schon davon gehört. Du tust den ganzen Tag lang was …«

»Meistens was, was du nicht gern tust …«

»Egal. Vielleicht gefällt es dir sogar.« Jimmy schnaubte verächtlich. »Und am Ende der Woche geben sie dir Geld, mit dem du dann Sachen kaufen kannst, statt sie zu klauen.«

Diese Vorstellung ließ Jimmy in seinen Sessel zurücksinken.

»Und du hast mal die Surrealisten bewundert.«

»In eine Menschenmenge schießen! Stimmt, ich habe es bewundert, als …«

»Glaubst du wirklich, die hätten sich bei dem Gedanken an bezahlte Arbeit nicht totgelacht? Das ist Sklaverei, das weißt du doch.«

Roy lag auf dem Boden und kicherte. Jimmys Ansichten waren schon fast wieder neu für Roy. Ihm zuzuhören erinnerte ihn an das Vergnügen des Versagens, eine Befriedigung, die er ungerechtfertigterweise unterschätzte – nun, da er Zeit hatte, darüber nachzudenken. Im Land der Akkumulation und Buchhaltung bestand kein Zweifel daran, daß Jimmy ein Versagenskünstler von Format war. Wollte man ein Talent zu enttäuschen fördern, durfte man sich nicht in eine Ecke verkriechen und elendig verrecken. Dann mußte man unbedingt mehrmals hintereinander beim Leichtgläubigen wie beim Wissenden Hoffnung und Erwartung stärken, um sie dann zu vernichten. Jimmy war intelligent, überzeugend und hatte hellwache, strahlende Augen. Für ihn gab es immer eine Chance. Es war daher schon eine Leistung, nach wohlkalkulierter Vorbereitung gewaltigen Mist zu bauen. Zum Glück konnte man sich bei Jimmy in den entscheidenden Augenblicken stets darauf verlassen, daß er einen im Stich ließ: Hoffnungslosigkeit, Impotenz, Katastrophe, sämtliche Spielarten der Erbärmlichkeit – er konnte sie herbeirufen wie einen wiederkehrenden Alptraum.

Das war ihm nicht geschenkt worden. Es brauchte Entschlossenheit, Organisation und ein gewisses Maß an Kreativität, um Tag und Nacht zu saufen, Freunde und Fremde zu beleidigen, uneingeladen auf Partys zu erscheinen und Teenager anzumachen, sich Geld zu leihen und es nie zurückzuzahlen, zu lügen, fadenscheinige Entschuldigungen vorzubringen, Ausflüchte zu machen, verschlagen und egoistisch zu sein. Er mußte viele Vorteile überwinden. Doch nach Jahren der Mühe hatte er aus dem Versagen schließlich einen Erfolg, einen wahren Triumph gemacht.

Jimmy sagte: »Die Reichen lieben es, wenn die Armen arbeiten, und zwar je schwerer, desto besser. Das bewahrt sie vor Schwierigkeiten, während sie abgezockt werden. Weiß doch jeder.«

Er griff nach einem Pornoheft und blätterte darin.

»Du glaubst doch nicht, daß ich auf solchen Scheiß reinfalle, oder?«

Roy wurden die Lider schwer. Er schlief am Vormittag ein! Um munter zu werden, lief er auf dem Teppich hin und her und versuchte, sich an die Vorteile einer regelmäßigen Beschäftigung zu erinnern.

»Es gibt da was, Jimmy, das verstehe ich nicht.«

»Was?«

»Wirst du nie wach und bist besessen von diesem Gefühl, etwas noch nicht gemacht zu haben? Zeit vergeudet, Chancen vertan zu haben? Versagt ... bei so vielen Gelegenheiten versagt zu haben – und dabei könnte man das ändern. Kennst du das nicht?«

Jimmy sagte: »Das ist was anderes. Schlichte Arbeit kennst du doch überhaupt nicht. Die schlimmsten Jobs sind einfach nicht zu kriegen. Seit Jahren lebst du in dieser geschlossenen Welt der Privilegierten und hast keinen Schimmer davon, wie es draußen zugeht. Aber Mann, ich sage dir, die wahre Arbeit, die, von der du redest, da wache ich jeden verdammten Morgen auf und spüre, wie die Zeit an mir vorüberrast. Und dabei ist es noch nicht mal hell. Einsamkeit ... Angst. Mein Herz hämmert.«

»Genau! Und denkst du dann nicht, dies ist ein neuer Tag ... vielleicht kann ich heute die Vergangenheit erlösen. Vielleicht kann heute was Entscheidendes getan werden.«

»Manchmal glaube ich das«, sagte Jimmy. »Aber ehrlich

gesagt, Roy, meistens weiß ich, daß man nichts tut. Nichts, denn die Zeit ist vorbei.«

Als sie das Bier getrunken hatten, gingen sie Arm in Arm nach draußen. An der Ecke von Roys Straße gab es einen einfachen Pub mit Bänken vor dem Haus, auf denen sich zwischen März und September viele Männer aus der Nachbarschaft versammelten, die meist nur Shorts trugen. Um halb elf krochen sie aus ihren Kellerwohnungen und saßen um elf auf ihren Stammplätzen, kauten ein Stück Brot zum Bier, rauchten Dope und übertönten den Verkehrslärm. Ihre Frauen, die in Grüppchen vorbeigingen und mit Einkäufen beladene Kinderwagen vor sich herschoben, sahen verbissener, aber auch lebendiger als ihre Männer aus.

Einmal war Roy vorbeigegangen und hatte Springsteens subkutanen Schrei *Hungry Heart* aus dem Innern hervordröhnen hören. Erwartungsvoll war er stehengeblieben: Der Song mußte die Männer doch einfach zu irgendeinem plötzlichen Leichtsinn anstacheln, mußte in ihnen die Sehnsucht nach Veränderung, nach Jagd auf Erfahrung wecken. Doch nur ihre Lippen hatten sich bewegt, hatten stumm die Worte geformt. Er dachte an die Bücher, die ihm als Teenager etwas bedeutet hatten und von jungen Männern handelten, die von daheim und vor der Häuslichkeit flohen, um sich an neuen Grenzen zu erproben. Doch wohin hatte das geführt, außer zu Irrsinn und Selbstvernichtung? Und wie wollte man dergleichen heute tun? Wohin wollte man laufen?

Roys bevorzugte Stammkneipe hatte eine niedrige Decke und eine halbrunde Eichenbar, hinter der sich der Raum lang und tief hinzog, durchbrochen von Nischen, Sitzecken und Trennwänden. Männer saßen allein, lasen, starrten ins Leere und redeten mit sich selbst, als säßen sie Modell für ein Bild mit dem Titel *Die Nachmittagstrinker*. Es herrschte eine behagliche Ziellosigkeit, hier drinnen mußte nichts geschehen.

Jimmy hob sein Glas. Roy bemerkte, daß seine Hand zitterte und seine Haut verfärbt und blau aussah, die Knöchel aufgescheuert, die Fingernägel abgebissen.

»Wie ging es Clara übrigens heute morgen?«

»Das war sie, ja?« fragte Jimmy.

»Yeah.«

»Sie ist vorn herum etwas füllig, sieht aber phantastisch aus. Ein bißchen wie Jean Shrimpton.«

»Hast du ihr das gesagt?«

Jimmy nickte.

Roy sagte: »Das war's also. Dann hast du für ein paar Tage einen Stein bei ihr im Brett.«

»Vögelst du noch mit ihr?«

»Wenn es nicht anders geht«, sagte Roy. »Man sollte glauben, sie würde mein Interesse zu schätzen wissen, aber statt dessen sagte sie mir, daß neben mir zu liegen so sei, als schlafe man neben einem Müllsack, der vierzehn Tage nicht abgeholt wurde.«

»Sie kann von Glück reden, daß sie dich hat«, sagte Jimmy.

»Mich?«

»Klar. Und das weiß sie auch. Trotzdem, dem Himmel sei Dank, daß endlich wieder genug Mösen auf dem Markt sind, seit diese Aids-Hysterie nachgelassen hat.«

Roy sagte: »Allerdings unterschätzt man leicht, wie zwanglos und beruhigend die Liebe unter Verheirateten sein kann. Man kann dabei über andere Dinge reden und muß sich nicht anstrengen, kann sich treiben lassen. Eine freundschaftliche Art und Weise, sich zu bestätigen, daß alles in Ordnung ist.«

»Das habe ich nie gekannt«, sagte Jimmy.

»Und wahrscheinlich wirst du es auch nie kennenlernen.«

»Besten Dank.«

Nach einer Weile sagte Jimmy: »Hab ich dir schon gesagt, daß heute morgen jemand angerufen hat. Irgendein Büro. Ein Tuesday?«

»Tuesday?«

»Oder war es Wednesday?«

»Munday!«

»Munday? Yeah, vielleicht … jedenfalls einer von den ersten Wochentagen.«

Roy packte ihn am Nacken und schüttelte ihn ein wenig. »Erzähl schon, was hat er gesagt?«

Jimmy sagte: »Vergessen. Alles verflüchtigt sich in Ewigkeit – alle Gedanken, alle Worte.«

»Diese nicht.«

Jimmy kicherte. »Der Typ meinte, er sei in der Luft. War es zumindest. Und daß er auf einen Drink vorbeikommen will.«

»Wann?«

»Ich glaube, er sagte was von … heute.«

»Verdammt«, sagte Roy, »trink dein Bier aus.«

»Nur noch eins auf die Schnelle, bloß um unsere Laune zu bessern.«

»Steh auf. Das ist der ganz große Hit, Mann. Das ist mein Film.«

»Film? Wann läuft er?«

»In ein paar Jahren.«

»Was? Weshalb dann die Eile? Wie kannst du bloß in solch zeitlichen Dimensionen denken?«

Roy hielt Jimmy das Glas an die Lippen. »Trink!«

Roy wußte, daß Munday vielleicht nur für ein paar Minuten vorbeikam und ihn behandelte, als wäre er bloß ein einfacher Angestellter, oder aber er blieb für fünf Stunden und diskutierte über Politik, Bücher und das Leben.

Munday war die Verkörperung seiner Zeit, vor allem, was den Puritanismus anging. Er war von Frauen umgeben, er war reich und im Filmgeschäft, überall lauerten dekadente Möglichkeiten, doch sein einziges Laster war die Arbeit, vor allem das Aushandeln von Verträgen. Den größten Spaß hatte er dann, wenn er nach einem Deal trompeten konnte: »Hätten Sie drauf bestanden oder einen besseren Agenten gehabt, hätte ich natürlich noch viel mehr bezahlt.«

Er hatte was für Kokain übrig. Er hatte es allerdings nicht gern, wenn man es ihm anbot, da so der Eindruck entstehen könnte, daß er Kokain nahm, was er nicht tat, seit es passé war. Trotzdem hatte er es gern, wenn zufällig ein paar Lines auf dem Tisch ausgezogen waren, in die er gleichsam im Vorbeigehen seine Nase stecken konnte.

Kokain würde sicherlich dazu beitragen, die Dinge ein wenig zu erleichtern. Während Roy Jimmy zurückbrachte, ließ er sich die Sache durch den Kopf gehen. Er kannte da einen Mann – Upton Turner – einen jener seltenen Exemplare eines relativ verläßlichen Dealers, der Hausbesuche machte und gelegentlich sogar am vereinbarten Tag aufkreuzte. Roy war ihm dafür so dankbar gewesen – und seine Gier so drängend –, daß er sich bei Turners früheren Besuchen nach dessen Befinden und seiner Familie erkundigt hatte, so daß Turner zu Roys Bedauern den falschen Eindruck gewonnen hatte, er sei an ihm nicht nur als Käufer, sondern auch als Mensch interessiert. Turner war zur Plage geworden. Bei seinem letzten Anruf hatte Turner den Hörer zur Seite geworfen, hatte geschrien, die Bullen seien an der Tür und er könne »mit zwanzig Jahren« rechnen. Während Roy zuhörte, warf Turner Pulver im Wert von mehreren tausend Pfund in die Toilette, bloß um dann festzustellen, daß ein Nachbar geklingelt hatte, um sich eine Schaufel auszuleihen.

Trotz Turners Labilität rief Roy ihn an. Turner sagte, er käme vorbei. Gleich darauf meldete sich Mundays Büro.

»Er kommt zu Ihnen«, hieß es. »Bleiben Sie zu Hause.«

»Aber wann kommt er denn?« jammerte Roy.

»Sie können in Kürze mit ihm rechnen«, sagte die lässige

Frauenstimme und fügte dann kichernd hinzu: »Jedenfalls noch in diesem Jahrhundert.«

»Ha, ha, ha.«

So hatten sie wenigstens etwas Zeit gewonnen. Während sie auf das Geräusch von Uptons Wagen warteten, gönnten sich Roy und Jimmy noch einige Drinks. Endlich rief Roy Jimmy ans Fenster.

»Da!«

»Nein!« Jimmy griff haltsuchend nach den Vorhängen. »Da will uns einer verscheißern. Turner kann das nicht sein. Ist das Munday?«

»Das ist unser Mann, keine Frage.«

»Benimmt der sich nicht ein bißchen auffällig – bei seinem Beruf?«

»Meinst du?«

»Verdammt, Roy, und du läßt so einen Kerl in dein neues Haus?«

Sie sahen zu, wie Turner versuchte, den alten schwarzen Rolls in eine Parklücke zu zwängen, ein Pitbullterrier auf dem Vordersitz, aus den Fenstern dröhnende Musik. Upton konnte den Wagen nirgendwo einparken und ließ ihn schließlich in der zweiten Reihe stehen, so daß sich der Verkehr dahinter staute, und rannte mit dem kläffenden Hund ins Haus. Turner war klein und glatzköpfig, ein Mann mittleren Alters in einem weißen Hemd und einem grauen Anzug, der ihm am Hintern klebte und um die Knöchel flatterte. Er sah Jimmy am Tisch sitzen und blieb abrupt stehen.

»Roy, Junge, Sie sind ja scheißbesoffen. Hätten Sie mir doch gesagt, daß Sie ein bißchen Spaß haben wollen, dann hätte ich gleich den Partystoff mitgebracht.«

»Das ist Jimmy.«

Turner setzte sich, machte die Beine breit, strich die Jacke zurück und präsentierte seine von einer engen Hose betonten

Genitalien, als erwartete er Applaus. Dann griff er in seine Tasche und warf einen Plastikbeutel auf den Tisch, der fünfzig oder sechzig kleine Umschläge enthielt. Jimmy rieb sich genüßlich die Hände.

Turner sagte: »Wie viele von denen wollen Sie, he?«

»Weiß noch nicht.«

»Das wissen Sie nicht? Was soll das heißen?«

»Genau das.«

»Okay«, entschied Turner, »probieren Sie's aus.«

Roy öffnete einen der Umschläge.

»Hab noch nie so viele Bücher und Videos auf einen Haufen gesehen«, sagte Turner und lief dabei hin und her. Vor einem Stapel blieb er stehen. »Alphabetisch! Ein ordentlicher Mensch. Als Verkäufer schätze ich die Leute nach dem Äußeren ihrer Häuser ein. Alle gelesen?«

»Erstaunlich, wie viele Leute diese Frage stellen«, sagte Roy mit gelassenem Vergnügen. »Wirklich, ganz erstaunlich. Wollen Sie einen Drink, Turner, oder was anderes?«

»Dann müssen Sie ja ziemlich viel wissen«, beharrte Turner.

»Nicht unbedingt«, sagte Jimmy. »Das muß nichts heißen.«

»Ich weiß, was Sie meinen.« Turner blinzelte Jimmy zu, und sie lachten. »Aber irgendwas muß der Junge ja wissen. Ehre, wem Ehre gebührt, ich bin nun mal großzügig.« Er zündete sich in der hohlen Hand eine Zigarette an und warf einen Blick in die Küche. »Prima Hütte. Sie und Ihre Frau haben die Bauarbeiter bestellt?«

»Yeah.«

»'türlich. Schätze, Sie haben im großen und ganzen ein ziemlich gemütliches Leben. Theater, Reisen, berühmte Freunde. Die Polizei ist wohl nicht hinter Ihnen her, wie?«

»Nicht so wie hinter Ihnen, Turner.«

»Tja, das stimmt.«

»Turner kann mit fünfzehn rechnen. Richtig, Mann?«

»Yeah«, sagte Turner. »Manchmal auch mit zwanzig. Ich kann mit …« Er sah, wie Jimmy ein Kichern unterdrückte, drehte sich zu dem grinsenden Roy um und sagte: »Ich kann mit einer Menge Scheiße rechnen. Hören Sie zu, Mister Roy, wenn Sie schon so verdammt clever sind, dann will ich mir mal eine Frage ausdenken, die Sie mir beantworten können, wenn ich schon hier bin.«

Jimmy sagte zu Roy: »Sind Sie bereit für Mister Turners Frage?«

Roy klopfte mit seiner Rasierklinge auf den Tisch und schob das Pulver zu dicken Linien zusammen. Er beugte sich zusammen mit Jimmy vor und schniefte. Turner setzte sich endlich und zeigte auf die Umschläge.

»Wie viele von denen wollen Sie?«

»Drei.«

»Wie viele?«

»Drei hab ich gesagt.«

»Scheiße.« Turner hieb mit der Faust auf den Tisch. »Blindgänger.«

Roy sagte. »Wie wär's mit einem Stückchen Kuchen?«

»Könnte mich reizen.«

Roy schnitt ein Stück von Claras Kirschkuchen ab und gab es Turner. Zwei große Bissen, und das Stück war verschwunden. Er schnitt noch eins ab. Diesmal lehnte Turner sich im Sessel zurück, hob den Arm und pfefferte das Stück durch die Küche, als wollte er es durch die Wand schleudern. Der Hund hetzte hinterher wie ein Schwarm Piranhas. Es war ein altes Tier, und beim Fressen sabberte es atemlos. Kaum war der Hund fertig, rannte er zu Turner zurück, pflanzte sich zu seinen Füßen auf und wartete auf mehr.

Turner sagte zu Roy: »Drei, haben Sie gesagt?«

»Yeah.«

»Für so einen verdammten Mist soll ich also gleich losgestürzt und für nichts und wieder nichts ein paar ziemlich lange Meilen gefahren sein? Wissen Sie was«, sagte er sarkastisch, »ich rechne mit achtzehn.«

»Wenn das so ist, dann vier. Okay. Vier Gramm. Wäre doch nicht schlecht, wie, Jimmy?«

Turner gab dem Hund einen Klaps. »Du darfst ja gleich noch mal«, sagte er und sah Jimmy an. »Wie wär's mit zehn?«

»Mach schon«, sagte Jimmy zu Roy. »Das dürfte bis morgen reichen. Zehn sollten genug sein.«

»Clever«, sagte Turner. »Der Mann plant im voraus.«

»Zehn?« sagte Roy. »Nichts da. Ich finde, Sie sollten die Leute nicht so drängen.«

Turners Stimme wurde schrill. »Ich und die Leute drängen?«

Roy zögerte. »Ich meine doch nur … es ist kein so gutes Geschäftsgebaren.«

Turner hob die Stimme. »Ich mache das bloß, damit ich die Schulden meines Bruders abbezahlen kann. Dieses Mistzeug hat meinen Bruder umgebracht. Ich tu das alles nur für ihn.«

»Gut so«, murmelte Jimmy.

»He, Little Roy, ich habe da eine Scheißfrage an Sie«, sagte Turner.

»Ja?«

»Wissen Sie, wie man das Leben liebt?«

Jimmy und Roy sahen sich an.

Turner sagte: »Da seid ihr platt, wie? Ich frag nur, ist das eine besondere Fähigkeit? Ein Talent? Wer kann das lernen?« Langsam kam er auf Touren. »Ich verkaufe an die Stars, wißt ihr.«

»Die meisten habe ich ihm vorgestellt«, brummte Roy.

»Und sie sind die unglücklichsten Menschen, die ich je gesehen habe.«

40

»Trotzdem eine schwierige Frage«, sagte Roy.

Er sah Turner an, der so nervös und kompliziert war, daß man ihn sich nur schwer als Kind vorstellen konnte. Bei Jimmy jedoch war das Licht der Kindheit immer zu erkennen, er leuchtete geradezu vor Neugier.

»Aber eine gute«, sagte Jimmy.

»Mit der sind Sie zufrieden, stimmt's?« fragte Roy.

»Yeah, bin ich.« Turner sah Jimmy an. »Sie haben recht. Ist eine schwierige Frage.«

Roy griff in die Tasche seiner Jeans und zog ein Bündel neuer Zwanzigpfundscheine heraus.

»He, he«, sagte Turner.

»Verdammt«, sagte Jimmy.

»Was ist?« sagte Roy.

»Ich gebe einen Zehner Rabatt«, sagte Turner. »Ein Freundschaftspreis – wenn Sie sechs kaufen.«

»Keine sechs, habe ich doch gesagt«, erwiderte Roy und zählte sein Geld. Er hatte genug dabei, blätterte aber rasch die Scheine durch.

Turner streckte die Hand aus, griff nach dem ganzen Bündel, nahm es in die Faust und blickte auf den Hund, dem er mit dem Fuß den Bauch kraulte.

»He« protestierte Roy und wandte sich an Jimmy. Jimmy lachte.

»Was ist?« fragte Turner, knüllte das Geld in der Hand zusammen. Roy zog den Kirschkuchen zu sich herüber und schnitt ein Stück ab. Seine Hand zitterte jetzt. »Sie sind vielleicht fertig«, sagte Turner, nahm das Handy aus seiner Tasche und stellte es ab.

»Bin ich das?« sagte Roy. »Was wollen Sie mit dem Geld anfangen?«

Turner stand auf und ging einen Schritt auf Roy zu. »Beantworten Sie mir meine verdammte Frage!«

Roy hob die Hände. »Aber das kann ich nicht.«

Turner schob Jimmy drei kleine Umschläge zu, steckte das gesamte Geld in seine Tasche, riß den Beutel mit Drogen an sich und stürzte, den Hund auf den Fersen, zur Tür. Roy rannte ans Fenster und sah zu, wie der Rolls abfuhr.

»Du Wichser«, sagte er zu Jimmy. »Du blöder Wichser.«

»Ich?«

»Herrgott. Wir hätten irgendwas tun sollen.«

»Was denn?«

»Wo ist das Messer? Das hättest du dem Arschloch in seine Scheißkehle rammen können! Das Schwein haut mit meinem Geld ab.«

»Tja, den Prols kann man einfach nicht trauen, Mann. Setz dich wieder.«

»Kann ich nicht.«

»Hier ist das Messer. Lauf hinterher.«

»Ach, Scheiße, Scheiße!«

»Das wird dich beruhigen«, sagte Jimmy.

Sie machten sich gleich über den Stoff her, und dann gab es kein Zurück mehr. Roy versuchte noch, ein Gramm für Munday aufzubewahren, aber Jimmy sagte, was soll's, sie könnten doch noch mehr besorgen. Roy fragte ihn nicht, woher.

Roy war froh, daß Turner verschwunden war. Er würde auch froh sein, wenn das Chaos vorbei war, das Jimmy mitgebracht hatte.

»Was hast du jetzt vor?« fragte er. »Was willst du in den nächsten paar Tagen anfangen?«

Jimmy schüttelte den Kopf. Er wußte, worauf Roy hinauswollte, achtete aber nicht weiter auf ihn, während Roy dasaß und dachte, wenn er überhaupt jemanden lieben konnte, dann mußte er in ebendiesem Augenblick den ganzen Jimmy lieben.

Doch er brauchte unbedingt einen klaren Kopf für Munday. Die Droge brachte ihn auf Trab. Er holte einen Pullover und saubere Socken für Jimmy, steckte Jimmys alte Klamotten in eine Plastiktüte, hielt sie auf Armeslänge von sich und stopfte sie in den Mülleimer. Dann duschte er sich, zog sich um, öffnete die Fenster und machte Kaffee.

Erst als Munday, der zehn Jahre jünger als sie beide und um einiges größer war, zur Tür hereinkam, merkte Roy, wie weggetreten er und Jimmy waren. Zum Glück hatte Clara gesagt, daß sie abends ausgehen würde, und Munday, der gerade vom Flughafen kam, wollte reden und sich entspannen.
Roy richtete seine Aufmerksamkeit auf Mundays gute Neuigkeiten. Seine Firma, für die Roy zahlreiche Musikvideos gemacht hatte, wurde im Augenblick gerade an ein Konsortium verkauft. Munday konnte so mehr Filme als bisher drehen, und das mit einem größeren Budget. Er würde der Geschäftsführer sein, und er würde reich werden.
»Ausgezeichnet«, sagte Roy.
»In gewisser Weise, ja«, sagte Munday.
»Was meinen Sie damit?«
»Genehmigen wir uns noch einen Drink.«
»Gut, das sollten wir feiern.« Roy stand auf. »Nur einen Augenblick.«
Auf dem Weg zur Tür hörte er, wie Jimmy sagte: »Es wird Sie vielleicht interessieren zu hören, daß ich selbst es zu meiner Zeit auch einmal mit dem Schreiben versucht habe ...«
Es war dieses »ich selbst«, das ihn nach draußen hasten ließ. Roy zog los, um Champagner zu kaufen. Er jagte um den Block. Mächtige Kräfte hielten ihn von seinem Haus fern. Sein Körper schmerzte, er zitterte vor Angst; bestimmt hatte er Aids, auf jeden Fall aber Krebs. Ein Herzinfarkt stand unmit-

telbar bevor. Er glaubte, jede Sekunde in Panik auszubrechen und schreiend auf die Straße zu laufen, war aber im Augenblick unfähig, noch einen weiteren Schritt zu tun. Wo er war, konnte er aber nicht bleiben, da er Angst hatte, sich einfach hinzulegen und zu weinen. In einem Pub bestellte er sich ein kleines Bier, trank jedoch nur zwei Schluck. Er wußte nicht, wie lange er da gesessen hatte, aber er wollte nicht nach Hause gehen.

Munday und Jimmy steckten die Köpfe zusammen. Jimmy schilderte ihm das »Szenario« für einen Film über einen berühmten, alternden Filmregisseur und ein herumstromerndes junges Paar, das ihm einen Besuch abstattet, um ihm ihre Verehrung zu gestehen. Nachdem die beiden jungen Leute mit ihm gegessen haben, seinen Blick und seinen Scharfsinn gelobt, seine Auszeichnungen bewundert und sich seine Geschichten über Brando angehört haben, fragen sie, ob es etwas gebe, das sie für ihn tun könnten. Der Regisseur sagt, er wolle zusehen, wie sie sich leidenschaftlich lieben, wolle ihre Gespräche belauschen, ihre Körper sehen, ihre Schreie hören und sie im Schlaf beobachten. Die Frau und der ernsthafte junge Mann willigen ein, bis … Sie werden seine Mitarbeiter, sie nehmen ihn gefangen, vielleicht bringen sie ihn auch um. Jimmy konnte sich an den Rest nicht erinnern. Er hatte es irgendwo aufgeschrieben.

»Klingt vielversprechend«, sagte Munday.

»Tja«, sagte Jimmy.

Munday drehte sich zu Roy um, der sich wieder zu ihnen gesellt hatte. »Wo haben Sie diesen Typen versteckt gehalten?« Munday war strapazierfähig und plump, doch trotz all seiner Anstrengungen waren seine Freundlichkeit und seine Sorge um andere augenfällig.

»In einem Pub.«

»Verkannter Künstler«, sagte Jimmy.

»Genau«, sagte Munday. »Zuviel Luxus macht satt. Ich mache es.«

Er würde Jimmy einen Vorschuß geben, um ein Skript zu schreiben.

»Wieviel?« fragte Jimmy.

»Genug.«

Jimmy hob sein Glas. »Genug? Phantastisch – meinst du nicht, Roy?«

Roy sagte, er müsse mit Munday ein Wort in der Küche reden.

»Okay«, sagte Munday. Roy schloß die Tür hinter ihnen. Munday sagte: »Toller Typ.«

»Er war mal spitze«, sagte Roy mit leiser Stimme, während ihm aufging, daß er den Champagner in der Kneipe gelassen hatte.

»Schade nur, daß er jetzt so völlig fertig ist.«

»Er hat ein paar prima Ideen.«

»Wie soll er die denn aufschreiben? Er war schon dreimal trocken, hat aber immer wieder angefangen.«

»Egal, ich sehe zu, was ich für ihn tun kann.«

»Gut.«

»Ich treffe in letzter Zeit so wenig interessante Leute. Tut mir allerdings leid, die Sache mit Ihnen.«

»Wie bitte?«

»Passiert den meisten.«

»Was passiert?«

»Ich verstehe. Sie wollen nicht, daß es sich herumspricht, aber wir arbeiten doch seit Jahren zusammen. Mir können Sie vertrauen.«

»Wirklich? Jetzt erzählen Sie schon«, sagte Roy. »Was soll das alles?«

Munday erklärte ihm, daß Jimmy ihm Roys Problem verraten habe, seine Kokainsucht und seine Alkoholabhängigkeit.

»Das glauben Sie ihm doch nicht, oder?« fragte Roy.

Munday legte seinen Arm um ihn. »Red keinen Stuß, Kumpel. Sie sind einer meiner besten Videofilmer. Und der Job ist so schon schlimm genug.«

»Und Sie nehmen wohl nichts, wie?«

»Er hat schon gesagt, daß Sie wahrscheinlich alles abstreiten würden.«

»Ich streite verdammt noch mal gar nichts ab.«

Munday machte große Augen. »Vielleicht nicht.«

»Mache ich nicht – ehrlich!«

Trotzdem hörte Munday nicht auf, ihn anzustarren, als wollte er herausfinden, wie diese überraschenden Einsichten zu dem Puzzle paßten, zu dem Roy für ihn geworden war.

Er sagte: »Was ist das für ein weißer Fleck unter Ihrer Nase? Und die Rasierklinge auf dem Tisch? Sie können immer für mich arbeiten, aber nicht, wenn Sie mir ins Gesicht lügen. Das ist erniedrigend, Roy! Ich kann es mir nicht leisten, wenn Sie auf dem Set zusammenbrechen. Und Sie haben nicht alles gegeben; Sie sehen aus wie ein Stück Scheiße!«

»Tatsächlich?«

»Fühlen Sie sich jetzt besser? Sie scheinen da ein Zucken im Gesicht zu haben. Vielleicht sollten Sie eine von diesen hier nehmen.«

»Was ist das?«

»Vitamine.«

»Munday …«

»Jetzt schlucken Sie schon.«

»Bitte …«

»Hier, ein Schluck Wasser. Spülen Sie sie runter. Mein Gott, Sie ersticken ja. Beugen Sie sich vor, dann kann ich Ihnen auf den Rücken klopfen. Verdammt, Sie arbeiten erst wieder für mich, wenn Sie aus der Klinik kommen. Ich lasse Ihnen noch heute abend vom Büro aus ein Bett reservieren. Immerhin könnten Sie dort ein paar interessante Leute kennenlernen.«

»Wen denn?«

»Gitarristen zum Beispiel. Weiß Clara schon Bescheid?«

»Noch nicht.«

»Wenn Sie nicht mit ihr reden, tu ich es.«

»Danke, aber ich muß unbedingt wissen, wie es mit dem Film steht.«

»Dann hören Sie zu. Nehmen Sie einen Schluck Wasser und konzentrieren Sie sich – falls Sie können.«

Später, an der Haustür, gab Munday Jimmy die Hand und sagte, er würde sich melden. Er sagte: »Ihr seid vielleicht Typen. Hängt hier rum, hört Musik, redet, nehmt ein bißchen Dope. Und ich muß zurück zum Flughafen, noch eine Maschine, noch ein Hotelzimmer. Ich will nicht klagen, aber ihr wißt ja, wie es ist.«

Munday war kaum in seinen Jag gestiegen und die Straße hinuntergefahren, da schrie Roy Jimmy an, der die Hände vors Gesicht hielt. Unter Schluchzen stieß er hervor, daß er nicht mehr wisse, was er Munday erzählt habe. Roy wandte sich ab. In Jimmy gab es nichts, was er greifen und bestrafen konnte.

Sie hielten vor einem Getränkeshop und setzten sich auf eine Bank in der Kensington High Street. Ein junger Typ, der sich »traveller« nannte, setzte sich neben sie und bot ihnen ein Stückchen Shit an. Roy dachte daran, wie lehrreich und vergnüglich solch ein Platz in der High Street sein konnte, wieviel man von den Menschen erfuhr, während man unsichtbar für die Passanten war, in denen man Furcht oder Mitleid weckte. Nach einer Weile zogen sie mißmutig in einen Pub, in dem der Barkeeper zuerst alle übrigen Kunden bediente und ihnen gegenüber dann ziemlich unhöflich wurde.

Roys Film sollte um mindestens achtzehn Monate verschoben

werden, bis Munday in einer besseren Position war, um »unkonventionelle« Projekte durchsetzen zu können. Roy glaubte nicht mehr daran.

Solange er erwachsen war, hatte er sich Erfolg gewünscht und gedacht, er wüßte, wie er sich anfühlen würde. Er würde eine Weile ohne die alte Hoffnung und nur mit sich selbst leben müssen, wie er nun eben war. Clara würde sich wahrscheinlich für ihn schämen. Und während seine finanziellen Verpflichtungen stiegen, waren seine Reserven in wenigen Minuten drastisch geschrumpft.

Als die Dunkelheit herabsank, die Straßenlampen angingen und die Menschen durch Metrostationen hasteten, ging er mit Jimmy spazieren und blieb hier und da stehen. In London schien es an jeder Ecke einen Pub zu geben, in denen zahllose Männer auf roten Plüschsitzen saßen, andächtig ihr Bier tranken und nichts Besseres zu tun hatten. Manchmal gingen sie an Restaurants vorbei, in denen Roy in alten Zeiten herzlich begrüßt worden war und viel Zeit, zuviel Zeit – manchmal vier oder fünf Stunden – mit längst vergessenen Geschäftspartnern verbracht hatte. Roy hatte sich bald verlaufen, er floh mit der Energie des Frustrierten und Verzweifelten, während Jimmy neben ihm herlief, mit gewohntem Keuchen, Stolpern und einem Kichern, angetrieben von dem Hochgefühl ungewohnten Erfolgs und einem Bier unterm Mantel.

Einmal zerrte Jimmy Roy plötzlich zu einer Telefonzelle. Er drängte sich hinein, hockte sich hin, schoß wieder nach draußen und zog Roy an seiner Jacke über die Straße, um sich dann hinter eine Hecke zu ducken.

»Was soll das?«

»Wir wären fast zusammengeschlagen worden.« Obwohl er am ganzen Körper zitterte und wilde Blicke um sich warf, hatte Jimmy sein Bier nicht verschüttet. »Hast du nicht gehört, wie sie uns verflucht haben? Schwuchteln, haben sie gesagt, Schwuchteln!«

»Wer denn, wer?«

»Keine Sorge. Aber halt den Kopf unten!« Nach einer Weile sagte er: »Jetzt komm. Hier entlang.«

Roy konnte sich nicht vorstellen, daß irgend jemand etwas Derartiges auf offener Straße versuchen würde, aber was wußte er schon? Er eilte mit Jimmy durch Trauben junger Leute, die für ein Konzert anstanden und ihnen meist auswichen, über von Plakaten gesäumte Straßen, auf denen für Bands und Komiker geworben wurde, deren Namen er nicht kannte. Hinter ihnen brandete schallendes Gelächter auf. Roy wirbelte herum, doch es war niemand zu sehen. Das Lachen kam aus einem parkenden Auto, nein, von der anderen Straßenseite. Dann schien es wie die letzte Bö eines Taifuns die Straße hinunter zu verschwinden. Jetzt rief jemand seinen Namen. Da er glaubte, man wolle ihn zum Narren halten, hetzte er weiter, bis er schließlich einen jungen Schauspieler, dem er Arbeit vermittelt und eine Rolle in seinem Film versprochen hatte, vor sich sah. Roy mußte an seine verdreckten Halbschuhe und an seine fleckige, nach Kneipe stinkende Jacke denken. Jimmy blieb neben ihm stehen, lehnte sich an seine Schulter und starrte den Jungen unverschämt an.

»Ich warte, bis ich von Ihnen höre, ja?« sagte der Schauspieler schließlich, nachdem er einiges gesagt hatte, das sie nicht verstanden hatten.

Sie zogen in einen Pub, den Roy nicht mehr verlassen wollte. Endlich brachte er es über sich, Jimmy zu erzählen, was Munday gesagt hatte und was es für ihn bedeutete. Jimmy hörte zu. Dann schwiegen sie.

»Erzähl mal, Mann«, sagte Jimmy. »Wenn du deine Drehpläne und all das ausgearbeitet hast ...«

»Bist jetzt wohl der große Drehbuchschreiber, wie?«

»Gib mir eine Chance. Dieser Typ, dieser Munday, der schien in Ordnung zu sein.«

»Tatsächlich?«

»Er hat in mir etwas Gutes gesehen, oder nicht?«

»Ja, stimmt. Hat er wohl.«

»Okay. Es hat angefangen, Bruder. Ich bin auf dem Weg nach oben. Ich brauche ein Zimmer – eine kleine Wohnung mit einem Tisch –, damit ich in Sachen Literatur was ins Rollen bringen kann. Leih mir ein bißchen Geld, bis Munday mich bezahlt.«

»Es geht schon los.«

Roy legte einen Zwanzigpfundschein auf den Tisch. Mehr Bargeld hatte er nicht. Jimmy steckte es ein.

»Was soll das? Ich brauche mindestens einen Riesen.«

»Einen Riesen?«

Jimmy sagte: »So teuer ist das eben – eine Monatsmiete im voraus, eine Kaution, Telefon. Du bist der wirklichen Welt seit zehn Jahren aus dem Weg gegangen. Du hast keine Ahnung, wie hart es da draußen zugeht. Und das Geld kriegst du zurück – zumindest von Munday.«

Roy schüttelte den Kopf. »Ich habe jetzt eine Familie, und ich habe kein Einkommen mehr.«

»Du bist ein eifersüchtiges Schwein – außerdem habe ich dir gerade das Leben gerettet. Ich finde es falsch, daß du mir meinen Optimismus nicht gönnst. Leih mir einen Stift.« Jimmy schrieb etwas auf die Rückseite eines Bustickets, strich es aus und schrieb es um. »Wart's ab. Nicht mehr lange, dann kommst du in mein Büro und bittest mich um Arbeit. Und ich checke deinen Lebenslauf, um sicherzugehen, daß du gut genug bist. Also, macht man das jeden Tag?«

»Was denn?«

»Arbeiten.«

»Natürlich.«

»Wirklich jeden Tag?«

»Ja. Ich habe jeden Tag gearbeitet, seit ich von der Uni weg bin. Und auch manche Nacht.«

»Ehrlich?« Jimmy sah sich an, was er auf das Ticket gekritzelt hatte, faltete es zusammen und steckte es in die Brusttasche. »Dann werde ich das wohl auch tun müssen.« Doch er hörte sich nicht an, als hätte Roy ihn überzeugt, eher so, als wollte Roy es aus lauter Trotz unnötig schwierig klingen lassen.

Roy sagte: »Ich komme mir vor, als hätte ich versagt. Ist nicht leicht, damit zu leben, aber die meisten Menschen kommen damit zurecht. Schätze, die suchen sich was anderes, worauf sie stolz sein können. Aber was bloß – gärtnern? Verdammt. Plötzlich geht alles den Bach runter. Wie soll ich mich bloß je wieder aufrichten?«

»Stolz?« schnaubte Jimmy verächtlich. »Nichts als ein Privileg der Selbstzufriedenen. Was für eine blöde Illusion.«

»Klar, du mußt natürlich so denken.«

»Und warum?«

»Du bist doch schon immer ein Versager gewesen. Du hast nie irgendwelche Erwartungen gehabt, die du aufgeben mußtest.«

»Ich?« Jimmy sah ihn ungläubig an. »Aber natürlich!«

»Phantasien eines Besoffenen.«

Jimmy starrte ihn an. »Du Arschloch! Du hast für meine Talente noch nie ein gutes Wort übrig gehabt.«

»Ein Glas heben können ist kein Talent.«

»Du machst mir vielleicht Mut! Du weißt nicht, wie gleichgültig die Leute sein können, wenn du am Boden liegst.«

»Habe ich dir nicht aufgeholfen und dich in mein Haus aufgenommen?«

»Und seitdem versuchst du, mich wieder vor die Tür zu setzen.

Alles an mir findest du falsch oder ekelhaft. Und meine Kleider hast du einfach weggeworfen. Ich sage dir, du knallst jedem die Tür vor der Nase zu. Das ist bourgeoiser Snobismus, einfach widerlich.«

»Du bist ziemlich schwierig, Jimmy.«

»Immerhin bin ich ein Freund, der dich gern hat.«

»Du machst mir nur einen Haufen Ärger.«

»Aber ich habe nichts, das weißt du doch! Und jetzt klaust du mir auch noch meine Hoffnung! Besten Dank dafür, daß du mich so ausgeraubt hast!« Jimmy trank sein Glas leer und sprang auf. »Du bist sicher. Egal, was passiert, du gehst niemals unter, ganz im Gegensatz zu mir!«

Jimmy ging. Roy hatte Jimmy noch nie derart entschlossen aus einem Pub gehen sehen. Er blieb noch eine Stunde sitzen, bis er wußte, daß Clara zu Hause sein würde.

Er schloß die Haustür auf und hörte Stimmen. Clara führte zwei Pärchen durchs Haus, alte Freunde, und beschrieb ihnen das Gewächshaus, das sie bauen wollte. Roy begrüßte sie und ging zur Treppe.

»Roy.«

Er setzte sich zu ihnen an den Tisch. Sie tranken Wein und sprachen über die Villa in der Nähe von Perugia, die sie sich im Sommer mieten wollten. Er malte sich aus, wie sie verschossene Leinensachen und uralte Strohhüte trugen und sich hochmütig Luft zufächelten.

Er neigte den Kopf zur Seite, um neue Blickwinkel einzufangen, rieb sich die Stirn und musterte seine zitternden Hände, wußte aber nicht, was er sagen sollte. Claras Freunde waren gut betucht, phantasielos und zweifellos intelligent. Zu den meisten Problemen hatten sie sich irgendeine aufgeschnappte Meinung zugelegt, die für Partyunterhaltungen ausreiche. Gestandene, abgesicherte Leute, von denen Roy sich nicht vorstellen konnte, daß sie sich kreischend auf den Knien eine Überdosis zubereiteten.

Das Problem war: Tief in ihm fußte Roys Weltverständnis auf den Rolling Stones und dem überholten Traum seiner Jugend – dem Gedanken, Kraft und Elan im Überfluß zu haben, Authentizität und das romantische, entfesselte Ich: ein bourgeoiser Gedanke, strikt antibourgeois gewendet. Letztlich hatte Roy nur mit diesen Gedanken gespielt, den Weg selbst aber nie eingeschlagen. Jimmy war ihn zu Ende gegangen – für sie beide.

Das selbstzufriedene Gerede machte Roy müde. Er ging nach oben. Während er sich auszog, löste eine Katze die Bewegungsmelder der Außenlampen aus, und er konnte den triefnassen Garten sehen. Er hatte in diesem Jahr kaum einen Schritt hineingetan, doch da draußen waren Bäume, Gras und Büsche. Bald würde er einen Tisch und Stühle für den Rasen kaufen. Mit dem Kind im Kinderwagen würde er dann unter einem Baum sitzen, von der Sonne beschienen, würde *vignottes* essen und einen Pfirsich aufschneiden. Was tat man, wenn es nichts mehr zu tun gab?

Er war eingeschlafen: Clara beugte sich über ihn und fauchte ihn an. Sie befahl ihm, sich anzuziehen und nach unten zu kommen. Sein Verhalten sei unverschämt, er wüßte nicht, wie er sich zu benehmen hätte. Er hätte sie »im Stich gelassen«. Doch er brauchte noch einen Augenblick, um nachzudenken. Als nächstes hörte er, wie sie ihnen an der Tür eine gute Nacht wünschte.

Er wachte abrupt auf. Es klingelte an der Haustür. Es war sechs Uhr früh. Auf Zehenspitzen schlich er nach unten, einen Hammer in der Hand. Jimmys dürre Gestalt war bis auf die Haut durchnäßt und wurde von einem Hustenanfall geschüttelt. Er war zu Kara gegangen. Da sie nicht da war, hatte er sich vor ihre Tür gelegt, um auf sie zu warten. Gegen fünf hatte es ein Gewitter gegeben, und er hatte eingesehen, daß sie nicht zurückkommen würde.

Jimmy hatte Fieberphantasien. Roy brachte ihn dazu, sich aufs Sofa zu legen, und deckte ihn zu. Als er Blut hustete, rief Clara den Arzt an. Kurz darauf holte ihn der Krankenwagen ab, da man Angst hatte, er könnte ein Blutgerinnsel in der Lunge haben.

Roy legte sich wieder neben Clara ins Bett und stellte seinen Drink auf ihrem harten Bauch ab. Clara ging zur Arbeit, aber Roy konnte nicht aufstehen. Er blieb den ganzen Vormittag im Bett und dachte, er würde nie genug schlafen können, um sich jemals wieder zu erholen. Gegen Mittag spazierte er durch die Stadt und verspürte nicht einmal den Wunsch, etwas zu kaufen. Am Nachmittag besuchte er Jimmy im Krankenhaus.

»Mensch, wie geht's dir?«

Ein Mann im Schlafanzug sieht einfach irgendwie behindert aus. Wie man sich auch aufplustert, man kann die blauweißen Streifen nicht gegen die tägliche Würde eintauschen, die man mit ihm zu Bett gelegt hat. Jimmy brachte kaum ein Hallo heraus. Er jammerte nach einem Drink und einer Zigarette.

»Wird dir guttun, die Zeit hier«, Roy tätschelte Jimmys Hand. »Kannst du mit dir ins reine kommen.«

Jimmy wäre fast aus dem Bett gesprungen. »Wollen wir tauschen?«

»Nein, danke.«

»Du aufgeblasener Drecksack – hättest du dich um mich gekümmert, würde ich jetzt nicht in dieser Scheiße stecken!«

Ein Facharzt im schicken Anzug betrat, von weißbekittelten Studenten gefolgt, die Station. Eine Schwester zog den Vorhang vor Jimmys verletztes Gesicht.

»Bild dir nichts ein, ich komme wieder!« rief Jimmy.

Roy ging an den eingefallenen, aschgrauen Patienten vorbei zum Lift. Zwei Männer in leichten Kitteln schoben auf dem Weg zum OP ein Gitterbett zur Tür. Roy schloß sich ihnen an. Über einen stummen Patienten hinweg, der an die Decke des Lifts blinzelte, fragten sie sich, wo sie später einen trinken würden. Roy hoffte, daß Jimmy morgen nicht wieder mit seinem Besuch rechnete.

Unten fegte die Drehtür Menschen ins Krankenhaus hinein und in die Stadt hinaus. An einer Ecke des Gebäudes, wohin sich gutgekleidete Patienten zum Rauchen verzogen hatten und wo Roy sich umdrehte, um dem Gebäude, in dem sein Freund lag, zum Abschied noch einmal zuzuwinken, sah er die Frau in dem Leopardenfell, Karas Freundin.

Er rief ihr zu. Lächelnd kam sie ihm entgegen, einen Strauß Blumen in der Hand. Er fragte, ob sie hier arbeite, und als sie den Kopf schüttelte, sagte er: »Geben Sie mir Ihre Nummer. Ich rufe Sie morgen an. Ich habe da ein paar Sachen laufen.«

Er hatte sie noch nicht bei Tageslicht gesehen. War dafür jetzt noch Zeit?

Sie sagte: »Wann kommt das Baby?«

»Kann jeden Tag soweit sein.«

»Dann werden Sie alle Hände voll zu tun haben.«

Er fragte sie, ob sie einen Drink wolle.

»Jimmy wartet auf mich«, sagte sie. »Aber rufen Sie mich an.«

Er mischte sich unter das rege Treiben auf der Straße. Jimmy konnte hier nicht spazierengehen, aber er, Roy, konnte unbekümmert davonschlendern und vor sich hin singen, als wäre er derjenige gewesen, der ins Krankenhaus eingeliefert worden war, und eine Stimme hätte im letzten Augenblick, als die Narkose bereits in seine Hand gespritzt wurde, »Halt!« gerufen, »Der nicht!«, und er war verschont geblieben.

In der Nähe war ein Café, in dem er früher oft gesessen hatte.

Der Kellner winkte ihm zu, brachte eine heiße Schokolade und ein Stück Kuchen und beschwerte sich wie eh und je über die Langeweile und sehnte sich nach einer Arbeit, wie Roy sie hatte. Kaum war er fort, nahm Roy seine Tasche und holte eine Zeitung, ein Buch, ein Notizheft und einige Stifte heraus. Aber dann schaute er nur den Passanten zu. Er konnte nicht lange bleiben, da ihm wieder eingefallen war, daß er mit Clara zu einer Geburtsvorbereitungsgruppe mußte. Er wollte zurück, wollte sehen, wie es zwischen ihnen beiden stand und was es ihm bringen würde. Manche Leute konnte man einfach nicht aus seinem Leben löschen.

Wir sind
keine
Juden

Azhars Mutter führte ihn im unteren Teil des Busses nach vorn, setzte ihn mit seiner Schultasche dort auf einen Platz, hastete zurück zur Bushaltestelle, um die Einkaufstüten zu holen, und setzte sich auf den Platz neben ihn. Als der Bus losfuhr, entdeckte Azhar Big Billy und seinen Sohn Little Billy, die neben dem Bus herliefen und dem Fahrer etwas zuschrien. Azhar schloß die Augen und hoffte, daß sie bereits zu schnell fuhren und die beiden nicht mehr aufspringen konnten. Aber sie schwangen sich nicht nur auf die Plattform, sondern stürmten lärmend durch den nahezu leeren Bus, als wären sie auf einem Rummelplatz. Sie setzten sich direkt ihnen gegenüber auf die andere Gangseite, von wo aus sie Azhar und seine Mutter anstarren.

Als seine Mutter das sah, wollte sie aufstehen. Big Billy tat es ihr nach, Little Billy sprang auf. Sie würden ihr und Azhar folgen. Mit einem Seufzer sank sie auf den Sitz zurück. Der Schaffner kam, eine Hand auf der Kurbel seiner Ticketmaschine. Er kannte die Billys und erzählte ihnen einen Witz. Er ließ sie umsonst Bus fahren.

Mutters grauer, parfümierter Handschuh suchte einige Pennys aus der Börse. Sie gab sie Azhar, der sie dem Schaffner reichte, wie sie es ihm gezeigt hatte.

»Einen und einen halben bis Three Kings«, sagte er.

»Bitte«, flüsterte seine Mutter mit einer Geste der Verzweiflung.

»Bitte«, wiederholte er.

Der Schaffner gab ihnen die Fahrscheine und ging.

»Verlier sie nicht«, sagte Mutter. »Falls mal ein Kontrolleur kommt.«

Big Billy sagte: »Guck mal, ist das nicht ein großer Junge?«

»Großer Junge«, plapperte Little Billy ihm nach.

»Der ist so groß, daß er noch zum Lehrer laufen muß«, sagte Big Billy.

»Heulsuse!« trompetete Little Billy.

Mutter sah unverwandt aus dem Fenster. Ihre Stimme klang fast normal, nur ein wenig gedämpft. »Schade, daß wir keine Zeit mehr für die Bücherei hatten. Aber dafür gehen wir morgen. Bist du immer noch der beste Leser deiner Klasse?« Sie stupste ihn an. »Bist du?«

»Glaub schon«, murmelte er.

Jeden Nachmittag nahm ihn Mutter mit in die winzige Bücherei in ihrem Viertel, damit er die Bücher vom Vortag gegen neue eintauschen konnte. Doch heute nachmittag hatten sie keine Zeit gehabt. Mutter wollte nicht, daß Vater sie fragte, wo sie so lange geblieben waren. Sie wollte nicht, daß er erfuhr, daß sie sich beschwert hatten.

Big Billy war in das stickige Zimmer der Direktorin gerufen und mit scharfen Worten darüber informiert worden – so jedenfalls hatte sie es Azhars Mutter gesagt –, daß sie »nicht viel davon halten würde«. Mutter war froh. Sie hatte sich beklagt, daß Little Billy ihren Jungen schikanierte. Little Billy saß in der Klasse hinter Azhar. Wochenlang hatte er ihn beschimpft und ihm das Lineal um die Ohren gehauen. Jetzt hatten andere Jungen, Freunde von Little Billy, ebenfalls angefangen, auf Azhar herumzuhacken.

»Ich freß Nüsse!«

Big Billy kreischte wie ein Orang-Utan, hüpfte herum und kratzte sich unter den Armen – genau dafür war Little Billy unter anderem bestraft worden. Doch sein Vater ließ sich dadurch nicht abhalten. Sein Gesicht sah gräßlich aus.

Big Billy wohnte ein paar Häuser von ihnen entfernt. Mutter kannte ihn und seine Familie seit ihrer Kindheit, und im Krieg hatten sie im selben Luftschutzbunker gesessen. Big Billy war früher ein Ted gewesen; er trug immer noch eine lange Jacke und kämmte sich eine Locke in die Stirn. Er hatte schwarze, abgebissene Fingernägel, einen verschmierten Ölfleck auf der Stirn und war auch als Motorrad-Bill bekannt, weil er seine Triumph immer wieder auseinandernahm und zusammenbaute. »Bills Triumph« brummte sein Vater oft im Vorübergehen. Wenn wochenlang diverse Metallteile auf Lumpen rund um den Motorradrahmen lagen und Big Billy am späten Abend die Maschine aufheulen ließ, während sein Plattenspieler im Fensterrahmen stand und immer wieder eine Single mit dem Titel *Rave On* abplärrte, dann wußten alle, daß Big Billy sich auf das alljährliche Feiertagsrennen zur Küste vorbereitete. Lärm und Abgase zwangen seine Mutter und die anderen Nachbarn dann, die Fenster zu schließen.

Mutter war aufgefallen, daß Azhar nach der Schule nicht nur niedergeschlagen wirkte, sondern auch ziemlich erschöpft und mitgenommen aussah. Man hätte glauben können, er wäre in eine Hecke geworfen und durch eine schlammige Pfütze gezogen worden – und das stimmte auch. Nach und nach rückte er damit heraus, wie die Jungen, insbesondere Little Billy, ihm zu schaffen machten.

Anfangs schien seine Mutter diese Streiche eher amüsant zu finden. Sie war überrascht, daß Azhar so sehr darunter litt. Er sollte die kindischen Bemerkungen ignorieren: viele Kinder waren grausam.

Aber Azhar verstand einfach nicht, was er an sich hatte, das Leute dazu brachte, solche Dinge zu sagen, oder warum nach so vielen zufriedenen Stunden mit seiner Mutter daheim eine solche Gewalt in seine Welt eingebrochen war.

Mutter hatte Azhar bei der Hand genommen und ihm gesagt,

er solle antworten »Little Billy, du bist ordinär – ordinär wie ein Stück Dreck!«

Azhar klammerte sich an diese Worte und wiederholte sie unablässig. Am nächsten Tag, als in einer Ecke die Fäuste seines Feindes auf ihn losschlugen, schloß er die Augen und brüllte die Worte hinaus: »Dreck, Dreck, Dreck – ordinär wie ein Stück Dreck bist du!«

Little Billy war von der Beschimpfung ebenso verblüfft gewesen wie Azhar. Wie ein Zauber verschloß sie ihm den Mund. Doch am nächsten Tag kam er mit der ungebrochenen Macht neuer Namen zurück, die Azhar unbekannt waren: Kanake, Bimbo, kleiner Nigger. Azhar ging nach Hause, um sich von seiner Mutter weitere Worte geben zu lassen, aber ihr waren die Worte ausgegangen.

Big Billy rief ihnen über den Gang zu: »Ordinär, hä? Warum sagst du mir das nicht laut ins Gesicht, hä? Traust dich wohl nicht, wie?«

»Nä«, rief Little Billy. »Die traut sich nicht!«

»Jedenfalls sind wir nicht so ordinär wie eine Schlampe, die einen Neger heiratet.«

»Neger, Neger«, wiederholte Little Billy. »Affe, Affe!«

Mutters Blick blieb unverändert geradeaus gerichtet. Dennoch, vielleicht aus Sorge, ihr Zittern könnte ihm angst machen, entzog sie ihm ihre Hand und zeigte auf ein Geschäft. »Sieh doch.«

»Was denn?« fragte Azhar irritiert, da Little Billy seinen Namen murmelte.

Im selben Augenblick, als Azhar den Kopf wandte, rief Big Billy: »Heda, kleine Lady! Warum siehst du uns nicht an?«

Sie drehte sich um und winkte dem Schaffner, der auf der Plattform am Ende des Busses stand. Doch ein Fahrgast stieg ein, und der Schaffner folgte ihm nach oben. Die wenigen übrigen Fahrgäste saßen wie Statuen und schienen nichts zu bemerken oder nicht darauf zu achten.

Mutter drehte sich wieder um. Azhar hatte sie noch nie so erlebt, aschgrau, die Augen feucht, der Körper steif wie ein Brett. Azhar spürte, welche Kraft sie aufwandte, um ruhig zu bleiben. Wenn sie daheim weinte, warf sie sich aufs Bett, bebte wie unter Krämpfen und schlug hämmernd auf das Kissen ein. Doch jetzt regte sich an ihr nur ein Tropfen Rotz, der unter ihrer Nasenspitze zitterte. Sie schniefte entschlossen, öffnete dann die Tasche und zog das parfümierte Taschentuch hervor, mit dem sie sonst immer Azhars Gesicht abwischte oder mit dem sie – eine Ecke zusammengedreht – lose Wimpern entfernte. Sie putzte sich energisch die Nase, aber er hörte ein Schluchzen.

Jetzt wußte sie, was los war und wie es sich anfühlte. Hätte er doch bloß nichts gesagt und sie beschützt, denn Big Billy redete sie jetzt mit Namen an. »Yvonne, Yvonne, he, Yvonne, hab ich's dir damals nicht gut besorgt?«

»Yvonne, gut besorgt, klar?« wiederholte Little Billy.

Big Billy grinste. »Weißt du was?« sagte er und hielt sich die Nase zu. »Hier im Bus stinkt's.«

»Puuh!«

»Wie viele von euch hausen da eigentlich zusammengepfercht in der Wohnung und stinken mit ihrem Curry und Reis bis auf die Straße?«

Keine Frage, in ihrer Wohnung war es ziemlich eng: Opa, ein pensionierter Arzt, schlief in dem einen Schlafzimmer, Azhar, seine Schwester und die Eltern in dem anderen und zwei Onkel im Wohnzimmer. Den ganzen Tag köchelte indisches Essen in großen Pfannen vor sich hin, so daß jeder essen konnte, wann er wollte. Die Tapete in der Küche warf Wellen, wurde rissig und hing wie antike Schriftrollen von der Wand herab. Aber Mutter hatte immer bestritten, daß sie »so« waren. Sie ließ nicht zu, daß man Vater einen »Gastarbeiter« nannte, denn für sie waren damit ungebildete kleine Männer mit niedergeschlagenen Augen und schlechtsitzender Kleidung gemeint.

Mutters Lippen bewegten sich, aber offenbar war ihre Kehle ausgedörrt. Kein Wort war zu hören. Dann brachte sie heraus: »Wir sind keine Juden.«

Danach war es still. Und Big Billy hatte seine Chance. »Was hast du gesagt?« Er legte eine Hand ans Ohr und über die lange, dunkle Kotelette. Mit der anderen Hand gab er Little Billy einen Klaps, der zu zischeln begonnen hatte. »Red lauter! He, Flittchen, wir können dich nicht hören!«

Mutter wiederholte ihre Bemerkung, konnte die Stimme aber nicht heben.

Azhar wußte nicht, was sie damit meinte. In seiner Verwirrung fiel ihm ein Gespräch über Südafrika wieder ein, wohin die Familie seines besten Freundes vor kurzem ausgewandert war. Azhar hatte gefragt, warum sie, wenn sie denn wegziehen wollten – und davon war die Rede gewesen –, nicht auch nach Kapstadt ziehen konnten. Mutter hatte ihm mühsam erklärt, daß dort die Menschen mit weißer Haut grausam zu den Schwarzen und Farbigen waren, die man für minderwertig hielt und die nicht dahin gehen durften, wohin die Weißen gingen. Die Schwarzen hatten eigene Eingänge, und ihnen war verboten, bei den Weißen zu sitzen.

Diese merkwürdige Tatsache lebendiger Geschichte, die so schwindelerregend unvernünftig war und in der Schule nicht gelehrt wurde, traf ihn wie der Klöppel einen Gong und hallte Nacht für Nacht durch seine Träume. Wie konnte das möglich sein? Was hatte das zu bedeuten? Wie also sollte er darauf reagieren?

»Quatsch«, sagte Big Billy. »Bist kein Jud, Yvonne. Gehörst zu uns. Bist nur schlimmer. Gehst mit einem Paki.«

Während der ganzen Zeit zischelte Little Billy, zuckte mit dem Kopf und imitierte einen spastischen Anfall.

Azhar hatte seinen Vater sagen hören, daß noch vor gar nicht langer Zeit »vergast« wurde. Nachbar hatte Nachbar niedergemetzelt, und das Böse war nicht ausgestorben. Vater zeigte dann mit dem Finger auf seine Frau, den Sohn und die kleine Tochter und behauptete: »Wir stehen an vorderster Front!«

Diese Gespräche waren oft ein Vorspiel zu seiner Ankündigung, daß sie zurück nach Hause, nach Pakistan, gehen würden. Da hätten sie nicht solche Probleme. Dann wurde Mutter meistens unruhig und fing an zu schimpfen. Wie sollte sie »nach Hause« gehen, wenn sie doch schon zu Hause war? In der Hitze würde sie umkommen. Scharf gewürztes Essen machte sie krank. Und wenn sie unter lauter Leuten wäre, die kein Englisch sprachen, würde sie sich einsam fühlen. Azhars Großvater und seine Onkel sprachen nämlich nur Urdu, und wenn Asifs Frau zu Besuch war, hielt sie sich, ohne dazu aufgefordert worden zu sein, auf der Straße immer mehrere Schritte hinter ihnen. Da Mutter für keine Seite Partei ergreifen wollte, mußte sie sich mit Azhar irgendwo in der Mitte dieser seltsamen Prozession einordnen, die sich dann zum Einkaufen auf den Weg machte.

Dabei machte der Gedanke an »zu Hause« seinem Vater durchaus Kopfzerbrechen, denn er selbst war nie »zu Hause« gewesen. Die Familie hatte in China und an vielen Orten in Indien gelebt, doch seit er sie verlassen hatte, war der Rest der Familie, wie hunderttausend andere Familien auch, nach Pakistan gezogen. Woher sollte er wissen, ob ihm das neue Land gefallen und ob er dort erfolgreich sein würde? Wenn Mutter jammerte, dann schlug er die Hand an die Stirn und rief: »O Gott, ich versuche, in alle Richtungen gleichzeitig zu denken.«

In letzter Zeit stolzierte er oft mit Stiefeln an den Füßen und

Tüllgardine um den Kopf durch die Wohnung, in der Hand seine tragbare Schreibmaschine, und sagte, daß er erwarte, als Kriegskorrespondent nach Vietnam berufen zu werden, und sich deshalb auf den Dschungelkampf einstellen wolle.

Das brachte sie zum Lachen. Seit zwei Jahren arbeitete Vater als Packer in einer Fabrik für Schuhcreme. Die harte, körperliche Arbeit zermürbte ihn und machte ihn launisch. Er liebte Bücher und wollte welche schreiben. Jeden Morgen stand er um fünf Uhr auf, und abends arbeitete er so lange, wie er die Augen aufhalten konnte; selbst beim Essen kritzelte er auf die Rückseite von Briefumschlägen, auf Absagen und Fabrikpapier und versuchte, Artikel an Zeitschriften und Zeitungen loszuwerden. Gleichzeitig nahm er an einem Fernkurs zum Thema: Wie werde ich ein erfolgreicher Autor? teil. Das frenetische Hämmern seines Tippens hallte wie Gewehrfeuer in ihren Ohren. Er hatte ihnen verboten, sich deshalb zu beschweren. Vater war fest entschlossen, Geld mit den Artikeln über Sport, Politik und Literatur zu verdienen, die er fast jeden Tag abschickte, begleitet von einem Brief, der stets mit den Worten begann: »Sehr geehrter Herr, anbei finden Sie …«

Aber Vater beherrschte die englische Sprache keineswegs perfekt, auch wenn sie seine Sprache war – allerdings nicht gänzlich, sprach er doch eine »Bombay-Variante, ein Mischmasch«. Ihr Nachbar, ein pensionierter Lehrer, der so freundlich war, Vaters Grammatik- und Rechtschreibfehler zu korrigieren, sagte, er verwende »die richtigen Wörter an der falschen Stelle und vice versa«. Die Artikel wurden regelmäßig in selbstadressierten und frankierten Umschlägen, wie sie das Jahrbuch für Künstler und Autoren empfahl, zurückgesandt. Wenn sie dann durch den Briefschlitz plumpsten, öffnete Vater sie nie, sondern zerriß sie, trampelte darauf herum und fluchte in Urdu, schimpfte über die Engländer, die – davon war er überzeugt – sich ihm in den Weg stellten. Oder etwa nicht? Mutter hatte einmal angedeutet, daß er etwas falsch mache und lieber etwas Einträglicheres lernen solle, aber dadurch wurde es nur noch schlimmer.

Jeden Morgen schickte Mutter nun Azhar vor, damit er den Postboten abfing und die zurückgesandten Manuskripte einsammelte. Die Umschläge und Päckchen wurden im Garten versteckt wie die Flaschen eines Alkoholikers, hinter Mülltonnen, im Fahrradschuppen, sogar unter Wassereimern, wo sie ungesehen vor sich hin schimmelten, die Hoffnung aufrechterhielten und die Katastrophe verhüteten.

An jeder Bushaltestelle hoffte Azhar, jemand möge einsteigen, der gegen die Billys vorgehen oder sie verhaften würde. Aber keiner tat etwas, und je länger die Fahrt dauerte, desto mehr leerte sich der Bus. Little Billy sprang jetzt auf und ab und zog an der Glocke, worüber der Schaffner nur lachte.

Dann sah Azhar, daß Little Billy eine Murmel aus seiner Tasche gefischt hatte, mit dem Arm ausholte und sie werfen wollte. Als Big Billy dies sah, weiteten sich sogar seine Augen vor Schreck. Er packte Billy am Handgelenk. Aber die Murmel schoß bereits durch die Luft. Sie krachte zwischen Azhar und dem Kopf seiner Mutter gegen das Fenster. Etwas Glas splitterte ab.

Mutter schrie: »Aufhören! Aufhören! Warum hilft uns denn keiner? Wir werden ermordet!«

Der Lärm, den sie veranstaltete, schien aus der Hölle oder aus der Ewigkeit aufzusteigen. Little Billy wurde blaß und rückte näher an seinen Vater; sie verstummten.

Azhar stand auf, um gegen sie anzukämpfen, aber der Schaffner stellte sich ihm in den Weg.

Vor ihnen lag die vertraute Bushaltestelle. Noch ehe der Bus bremste, stand Mutter auf, griff nach den Einkaufstüten, gab Azhar zwei und drängte ihn zur Plattform. Als er an den Billys vorbeiging, wollte er sie erst nicht ansehen, aber dann hob er den Kopf, starrte ihnen ins Gesicht, Auge in Auge, damit er sie sehen konnte und keine Angst mehr vor ihnen hatte. Sie mochten ihn hassen, doch er würde sie kennen. Aber wenn er sie nicht bekämpfen konnte, was konnte er dann mit seiner Wut machen?

Sie stolperten aus dem Bus und mußten sich nicht umsehen, um zu wissen, daß die Kreppsohlen der Billys hinter ihnen herkamen, sie hörten bereits die Billys hinter ihnen rufen, aber nicht mehr so laut wie zuvor.

Als sie in ihre Straße einbogen, kam der pensionierte Lehrer, der Vater zur Hand ging, mit Trilbyhut und in dreiteiligem Anzug, Scottie an der Leine, aus dem Haus. Er betrachtete seinen Garten, hob einen über den Zaun gewehten Papierfetzen auf und sog die Abendluft ein. Azhar war zum Lachen zumute: Der Lehrer glich einem Phantom; in einer verstörten Welt schien das Normale absurd zu sein. Mutter zog Azhar sofort zum Gartentor hin.

Ihr Nachbar lüpfte den Hut und sagte in freundlichem Ton: »Wie geht es Ihnen?«

Zuerst verstand Azhar nicht, wovon sie redete. Doch offenbar meinte sie Vater. »Sie schicken sie zurück, seine Artikel, jeden Tag; und er wird so wütend … so wütend … Können Sie ihm nicht helfen?«

»Aber ich helfe ihm doch schon!« antwortete der Lehrer.

»Sorgen Sie dafür, daß er damit aufhört!«

Sie schnaubte in ihr Taschentuch und schüttelte den Kopf, als der Lehrer fragte, was los sei.

Die Billys zögerten einen Augenblick und gingen dann wortlos vorüber. Azhar sah ihnen nach. Für den Augenblick hatten sie es geschafft. Aber morgen war Azhar dran, und übermorgen, und am Tag danach. Keine Mutter konnte das verhindern.

»Ein prima Kerl«, sagte der Lehrer über Vater.

»Aber wird er es zu etwas bringen?«

66

»Vielleicht«, sagte er. »Vielleicht. Aber er ist womöglich eine Spur …« Azhar stellte sich auf die Zehenspitzen, um besser hören zu können, »zu erwartungsvoll. Zu erwartungsvoll.«

»Ja«, sagte sie und biß sich auf die Lippe.

»Sagen Sie ihm, er soll mehr Gibbon und Macaulay lesen«, sagte er. »Damit müßte er es schaffen. Fühlen Sie sich jetzt besser?«

»Ja, ja«, erwiderte Mutter.

Er sagte besorgt: »Ich begleite Sie.«

»Das ist nicht nötig, vielen Dank.«

Statt nach Hause zu gehen, eilten Mutter und Sohn in die entgegengesetzte Richtung. Sie kamen an einem Bombenkrater vorbei und bogen von der Straße auf einen schmalen Pfad ein. Als sie keinen asphaltierten Grund mehr unter den Füßen fühlten, überquerten sie im Dunkeln einen aufgewühlten, schlammigen Fußballplatz. Der starke Wind, der in Böen von der Seite kam, hätte sie beinahe ins glitschige Netz eines Tores getrieben. Azhar hatte keine Ahnung, wieso sie sich hier auskannte.

Endlich machten sie vor einer elenden Baracke, der öffentlichen Toilette, halt, in der es von Spinnen und Insekten wimmelte und in deren Nähe er und seine Freunde oft spielten. Er sah zu ihr hoch, konnte ihr Gesicht aber nicht erkennen. Sie stieß die Tür auf und ging über die nassen Fliesen. Als er zögerte, zog sie ihn hinter sich her in die Kabine. Sie würde ihn jetzt nicht draußen allein lassen. Er kratzte mit dem Taschenmesser an der Wand herum und übte Atemanhalten, bis sie fertig war und sich mit dem kratzigen Papier abgewischt hatte. Dann blieb sie mit geschlossenen Augen sitzen, als ob sie ein Gebet sprechen wollte. Seine Zähne klapperten, Gespenster flüsterten ihm ins Ohr, draußen waren Schritte zu hören, bleiche Finger schienen nach ihm zu greifen.

Lange musterte sie sich im Spiegel, puderte sich das Gesicht, zog die Lippen nach und kämmte sich das Haar. Es waren keine menschlichen Stimmen zu hören; nur der Regen trommelte auf das Wellblechdach und tropfte hinab auf ihre Köpfe.

»Mum«, rief er.

»Hör auf zu quengeln!«

Er wollte sein Abendbrot. Er hielt es hier nicht länger aus. In dem gelben Licht brannten sich ihre Augen in sein Gesicht. Er wußte, daß sie ihn bitten wollte, nichts von all dem zu verraten. Doch als sie endlich begriff, daß dies nicht nötig war, packte sie ihn plötzlich am Arm, als wäre es sein Fehler, daß sie aufgehalten worden waren, und sie eilte ohne ein weiteres Wort mit ihm nach Hause.

Die Wohnung war hell und warm. Vater, der Frühschicht gehabt hatte, war zu Hause. Mutter ging in die Küche, und Azhar half ihr, die Einkäufe auszupacken. Sie versuchte, normal zu wirken, aber die Mühe, die sie sich dabei gab, verriet sie, und sie küßte Vater nicht, wie sie es normalerweise tat.

Jetzt saß er neben Opa und Onkel Asif und hörte sich das Kricketspiel in dem großen Radio an, dessen erleuchtete Skala mit den Namen von Städten bedruckt war, die sie nie empfangen konnten: Brüssel, Stockholm, Hilversum, Berlin, Budapest. Vaters Schreibmaschine mit ihrer eingerollten Papierzunge stand umgeben von leeren Bierflaschen auf dem Tisch.

»Komm her, Junge.«

Azhar rannte zu seinem Vater, der ihm zu der Limonade etwas Bier ins Glas goß.

Die Männer rauchten Pfeife, starrten in die aschigen Pfeifenköpfe, klopften sie gegen den Tisch, stocherten mit ihren Pfeifenreinigern darin herum und zündeten sie erneut an. Sie unterhielten sich laut auf Urdu oder Punjabi und benutzten gelegentlich einige englische Worte, gestikulierten und hieben sich dabei aber gegenseitig auf die Schultern, wie es Engländer niemals tun würden. Dann und wann sprang einer von ihnen

plötzlich auf, klatschte in die Hände und schrie: »Ja – Aus –
Aus!«

Azhar war es gewohnt, mit seiner Familie zusammen zu sein
und nur Bruchstücke vom Gesagten zu verstehen. Er versuchte
zu erraten, worum es ging, lachte, wie er es immer tat, wenn
die Männer lachten, und bewegte stumm die Lippen, ohne zu
wissen, was die Worte bedeuteten, während ihm der Kopf vor
lauter Verständnislosigkeit schwirrte.

D'accord,
Baby

Die ganze Woche hatte sich Bill auf diesen Augenblick gefreut. Gleich würde er die Tochter des Mannes vögeln, der seine Frau gevögelt hatte. Er lag in ihrem Bett und konnte Celestine im Badezimmer summen hören, während sie sich für ihn zurechtmachte.

Es war lange her, daß er sich in einem derart kalten Zimmer ohne Heizung befunden hatte. Nach einer Weile wagte er sich mit den Armen über die Bettdecke, riß ein Kondombriefchen auf und legte den Pariser auf den Pappkarton, der als Nachtschränkchen diente. Er dachte daran, ein weiteres Kondom vorzubereiten, wollte aber nicht allzu optimistisch erscheinen. Mit einem würde er sein Ziel erreichen. Danach mußte er verschwinden. Es hatte schon zu viele Verzögerungen gegeben. Der Walzer zum Beispiel, obwohl er dabei gekichert hatte. Doch er hatte Nicola, seiner schwangeren Frau, erzählt, daß er um Mitternacht zurück sein würde. Was trieb Celestine nur da drinnen? Im Bad gab es nicht einmal eine Dusche, und der Wind pfiff eisig durch das zerbrochene Fenster.

Seine Frau hatte Celestines Vater, Vincent Ertel, einen französischen Intellektuellen und ehemaligen Maoisten, in Paris kennengelernt, und er hatte sie mächtig beeindruckt. Ständig hatte sie von ihm geredet, was schon schlimm genug war, aber dann hatte sie ihn kaum noch erwähnt, was, wie er jetzt wußte, noch schlimmer gewesen war.

Nicola arbeitete beim Fernsehen für eine spätabendliche Talkshow. Seit zwei Jahren wollte sie unbedingt Vincents Entwicklung vom Revolutionär zum katholischen Reaktionär porträtieren. Das sei, wie sie Bill gern wissen ließ – und benutzte dabei einen Ausdruck, der ihm in Erinnerung geblieben war –, symptomatisch für ihre Zeit. Mehrmals flog sie nach Paris, um sich mit Vincent zu treffen, dann wurde sie in sein Landhaus in der Nähe von Auxerre eingeladen. Schließlich brachte sie ihn für die Aufnahme des Interviews nach London. Als sie fertig waren, spendierte sie zur Feier des Tages Champagner, Fischfrikadellen und Pommes frites im Le Caprice.

An jenem Abend hatte Bill das Skript seines Films zur Seite gelegt und war mit Lineal, Bleistift und den *Brüdern Karamasow* früh zu Bett gegangen. Etwa zur gleichen Zeit, als Nicola sich für Vincent zu begeistern begann, war Bill zu dem Entschluß gekommen, nicht nur die großen Werke der Weltliteratur zu lesen – die schwierigsten und undurchdringlichsten, jene, vor denen er bisher immer zurückgeschreckt war –, sondern gewisse Absätze auch zu unterstreichen und sie sogar auswendig zu lernen. Sich zu konzentrieren war eine Qual, da seine Gedanken abschweifen wollten. Doch an den meisten Abenden – selbst in der Zeit, als Nicola sich für die Begegnung mit Vincent vorbereitete – brannte sein Licht noch lange, nachdem sie ihre Lampe gelöscht hatte. Fest entschlossen, die dicksten Pillen der Einsicht zu schlucken, lag er da und murmelte Sätze vor sich hin, die er behalten wollte. Eine seiner liebsten Formulierungen stammte von Emerson: »Wir können uns nur ungenau ausdrücken und schämen uns für den göttlichen Gedanken, den wir verkörpern.«

Eines Abends schlug Nicola die Augen auf und sagte mit fragendem Blick: »Kannst du nicht etwas nachsichtiger mit dir sein?«

Warum? Er wollte nicht aufgeben. An der Universität hatte er Biologie studiert. Also war er doch bestimmt nicht zu blöd, um zu begreifen, worum es in diesen Büchern ging? Sein Verlangen nach Wissen, Weisheit und geistiger Nahrung war stärker als sein Schlafbedürfnis. Wie konnte ein Mann die Hälfte seines Lebens hinter sich bringen und kaum eine Ahnung davon haben, wer er war und wohin er ging? Die schweren Bände enthielten gewiß die größten Höhen, zu denen sich der menschliche Geist je aufgeschwungen hatte; sie mußten ihm einfach eine Orientierung bieten.

Die aufmerksame, entspannte Kontemplation erfüllte ihn mit einer gewissen Befriedigung – zumeist, weil die Bücher ihn auf andere Gedanken brachten. Dies waren die Stunden des Tages, die ihm am besten gefielen. Gewöhnlich schlief er gut. Doch in der langen Nacht der Fischfrikadellen wachte er um vier Uhr auf und tastete nach Nicola. Sie war nicht im Bett. Zitternd wanderte er bis zum Morgengrauen durch das Haus und malte sich aus, sie hätte einen Autounfall gehabt. Erst nach einer Stunde fiel ihm ein, daß sie den Wagen stehengelassen hatte. Vielleicht war sie mit Vincent noch in ein Lokal gegangen, das bis spät in die Nacht geöffnet blieb. Sie hatte etwas Derartiges noch nie zuvor getan.

Er konnte nicht schlafen und nicht zur Arbeit gehen, also beschloß er, am Küchentisch sitzen zu bleiben, bis sie zurückkehrte, wann immer das auch sein mochte. Er trank Brandy, dabei trank er normalerweise nie vor acht Uhr abends. Hätte man ihm zuvor um diese Zeit einen Drink angeboten, hätte er behauptet, das wäre, als wollte man dem ganzen Tag Lebewohl sagen. Mitte der achtziger Jahre war er abends ins Fitneßstudio gegangen. Allerdings war für manche Tage Lebewohl sicherlich das passendste Wort.

Zerzaust und aufgewühlt kam seine Frau am späten Nachmittag in jenen Kleidern zurück, in denen sie ausgegangen war. Sie konnte ihm nicht in die Augen schauen. Er fragte, was sie getrieben habe, und sie sagte: »Was glaubst du wohl?« Und ging unter die Dusche.

Er hatte sich mehrere Reaktionen überlegt, auch die, sie zu

schlagen. Doch er flüchtete aus dem Haus und schaffte es bis zum Pub. Seit er Student gewesen war, saß er zum ersten Mal wieder allein da und hatte nichts zu tun. Er wurde nirgendwo erwartet, und er hatte keine Zeitung, dabei liebte er Zeitungen. Er schluckte noch die banalsten und unglaublichsten Dinge, vorausgesetzt, sie standen in der Zeitung. Er betrachtete die vorbeiziehenden Gesichter und dachte, wie gnadenlos die Welt doch war, wenn man kein sicheres Plätzchen in ihr hatte. Er brachte sich dazu, darüber nachzudenken, wie sinnlos es war, Menschen unter Druck zu setzen. In den meisten Beziehungen kam es zu einem Seitensprung. Jeder Mann und jede Frau ging heutzutage fremd oder wurde betrogen. Und warum auch nicht, wenn es der Ehe nicht gelang, die meisten menschlichen Bedürfnisse zu befriedigen? Nicola hatte etwas gebraucht, und sie hatte es sich genommen. Wie kühn, wie stilvoll! Und wie kleinlich der Vorwurf, man jage einer Liebe nach!

Er kam sich gedemütigt vor. Das Gefühl steigerte sich in den nächsten Wochen noch auf seltsame Weise. Er merkte, daß er bei der Arbeit, beim Warten auf die Metro oder beim Essen mit Nicola – die, wie ihm auffiel, neuerdings eine geschäftige, herrische Willenskraft oder Konzentration zeigte – wütend auf Vincent wurde. Tagelang konnte er einfach an nichts anderes denken. Es war, als wäre er von diesem Mann besessen.

Während er durch Soho lief, wo er arbeitete, amüsierte sich Bill in Gedanken mit Plänen, wie man sich an einem Typen wie Vincent rächen könnte, wenn einem denn daran gelegen wäre. Die Chancen standen ziemlich schlecht, aber das hielt ihn nicht davon ab, sich Geschichten auszumalen, aus denen er mit einer gewissen Zufriedenheit, wenn nicht gar mit Selbstachtung hervorging. Diese Geschichten waren in letzter Zeit fast seine einzige kreative Leistung.

Einige Tage später lief ihm Celestine über den Weg, die mit einem Mann in einem neu eröffneten Café saß und Cappuccino trank. Das Leben bot ihm eine Chance – es war schrecklich. Er stand in der Tür und tat, als suchte er nach jemandem, und er fragte sich, ob er die Chance nutzen sollte.

Vincents älteste Tochter wohnte in London. Sie wollte Schauspielerin werden, und Bill hatte sie vor einigen Jahren für einen Werbespot vorsprechen lassen. Außerdem wußte er, daß sie eine kleine Rolle in einem Film einer seiner Bekannten bekommen hatte. Also durchquerte er das Café, begrüßte sie, plauderte so angeregt mit ihr, wie er nur konnte, und wurde an ihren Tisch gebeten. Wie sich bald herausstellte, war der Mann ein schwuler Freund. Sie schwatzten miteinander. Und nach einigem ängstlichen Hin und Her fragte Bill mit möglichst cooler Stimme, ob sie sich in einigen Stunden auf einen Drink mit ihm treffen wolle.

Er ging anschließend nicht nach Hause, sondern spazierte umher. Als er müde wurde, setzte er sich mit dem ersten Band von *Auf der Suche nach der verlorenen Zeit* in einen Pub. Wenn er es schaffte, das Buch zu Ende zu lesen, so sagte er sich, dann hatte er großes Lob verdient. Er unterstrich einige wenige Zeilen und Worte, da er dies seit der Schule für ein Zeichen von Ernsthaftigkeit gehalten hatte, doch seine Gedanken schweiften noch häufiger ab als sonst, und schließlich wurde es Zeit, sich mit ihr zu treffen.

Zu seinem Vergnügen merkte Bill, daß Männer Celestine nachschauten, so sie nur konnten, andere stierten sie offen an. Wenn sie sich einen Drink holte, drehten sie sich um und betrachteten ihre Beine. Mit Nicola wäre ihm das nicht passiert; nur Vincent Ertel hatte sich für sie interessiert. Als er später mit Celestine die Straße entlangspazierte und nach einem Taxi Ausschau hielt, war sie damit einverstanden, daß er sie Ende der Woche in ihrer Wohnung besuchte.

Einige Tage lang genoß er das triumphierende Gefühl vorweg-
genommener Genugtuung. So etwas würde er häufiger machen. Offenbar waren die gemeineren Vergnügen des Lebens
bislang bei ihm zu kurz gekommen.

Während Nicola in der Wohnung umherging, sich anzog,
kochte, las oder nach ihrer Brille suchte, vergnügte er sich
damit, sie zu verachten. Seine beiden engsten Freunde ließ er
wissen, daß man die Wonnen der Rache nicht geringschätzen
sollte. Jetzt warteten seine Kumpel darauf, von seinem Coup
zu hören.

Celestine warf die in ein Trockentuch eingewickelten Schlüssel aus dem Fenster. Es war ein anstrengender Aufstieg: Ihre
Wohnung befand sich unter dem Dach eines fünfstöckigen,
heruntergekommenen Hauses in West-London, einer Gegend
voller Billigzimmer, Gastarbeiter und Studenten. Als er ins
Wohnzimmer trat, sah er, daß es Ausblick auf einen Platz bot.
Wind und Regen drangen durch die mit Zeitungspapier aus-
gestopften Löcher in den Fenstern. Die Wände waren gelb, der
Teppich war braun und fleckig. Die Gasheizung, vor der
mehrere Jeans auf einem Wäscheständer zum Trocknen hingen, gab einen merkwürdigen Geruch von sich und heizte
einige Ecken des Zimmers, andere ließ sie kalt.

Celestine überredete ihn, seinen Mantel auszuziehen, aber den
Schal behielt er um. Dann führte sie ihn in die Küche mit den
nackten Dielen, in der es neben einem alten Waschbecken und
dem Boiler kaum noch Platz für sie beide gab.

»Ich mache uns etwas zu essen.« Sie zeigte auf die beiden
Einkaufstüten. »Mögen Sie Uun?«

»Wie bitte?«

Sie meinte Huhn. Dazu sollte es Kartoffeln und grüne Bohnen
geben und zum Abschluß Apfelstrudel mit Sahne. Sie war
einkaufen gegangen und hatte sich einige Mühe gegeben. Die
Zubereitung würde ewig dauern. Damit hatte er nicht gerech-

net. Er ließ sie in der Küche stehen und sagte, er wolle etwas zu trinken besorgen.

Er lief im Regen zum Getränkeshop und bezahlte den Wein, als er durchs Fenster blickte und vor der Ampel ein Taxi halten sah. Er rannte los, um das Taxi zu rufen, und riß die Ladentür auf, hatte aber kein Glück. Also holte er den Wein und ging zu Celestine zurück.

Er wartete im Wohnzimmer, lief ungeduldig hin und her und trank. Sie hatte keinen Fernseher. Winterliche Winde ließen das Fenster klappern. Ihre Wohnung erinnerte ihn an Wohnungen, die er sich als Student mit anderen geteilt hatte. Und erleichtert wollte er schon versichern, daß er zum Glück nie wieder so leben mußte, als ihm einfiel, daß er, sollte er Nicola verlassen, vielleicht für eine Weile in einem fremden Zimmer mit fleckigen Teppichen und alten, zerbrochenen Möbeln enden würde. Wie anspruchsvoll er geworden war! Wie hatte das passieren können? Welch andere Veränderungen waren mit ihm vorgegangen, ohne daß er etwas davon bemerkt hatte?

Ihm fiel ein zerknittertes Foto an der Wand auf, das aussah, als wäre es Ende der sechziger Jahre aufgenommen worden. Bill nahm an, daß es den hoffnungsfrohen Radikalen zeigte, der seine Frau gevögelt hatte. Er war ein attraktiver Mann, Pfeife in der Hand, Haare bis über die Ohren, mit offenem Hemd und einem gewinnenden Blick voller Selbstüberzeugung und verwegener Lebenslust. Bill erinnerte sich an die Slogans, die Paris damals zierten: »Nichts ist unmöglich«, »Deine Träume sind Wirklichkeit« oder »Es ist verboten zu verbieten«. Einmal hatte er einen dieser Sprüche in einem Werbespot untergebracht. Was hatte diese Generation doch für einen Optimismus gehabt! Da er sein Leben ganz der Literatur, den Ideen, der Unterhaltung, dem Schreiben und dem politischen Engagement gewidmet hatte, dürfte der alte

Vincent eine phantastische Zeit erlebt haben. Jedenfalls hatte er wohl kaum pausenlos gearbeitet, so wie Bill und dessen Freunde.

Das Essen war gut. Bill beugte sich über den Tisch, um Celestine zu küssen. Seine Lippen streiften ihre Wangen, doch sie wandte den Kopf und schaute über den dunklen Platz zu den Lichtern dahinter, als suchte sie etwas.

Er redete über das Filmgeschäft und darüber, wie die Schauspieler, die Regisseure und Produzenten in Wirklichkeit waren. Zwar kannte er sie nicht persönlich, doch die Schauspieler und Techniker liebten den Klatsch. Celestine stellte Fragen und lachte gern.

Langsam sollte sich etwas tun. Er mußte um halb sechs aufstehen, um einen Werbespot für eine Bank zu drehen. Inzwischen war er für solche gutbezahlten Nebenjobs ziemlich gefragt. Und da Nicola schwanger war, würde er derlei Arbeiten noch öfter annehmen müssen. Es würde nicht leicht sein, außerdem noch Zeit fürs Drehbuchschreiben zu finden, jene Arbeit, die er eigentlich machen wollte. Langsam wurde ihm klar, daß er, falls er in seinem Alter noch etwas Bleibendes schaffen wollte, sich weit ernsthafter als bisher darum kümmern mußte. Doch wenn er an seine Pläne dachte, von denen er kaum jemandem erzählte – etwa über Land nach Indonesien zu fahren und dabei Proust zu lesen ... und andere, eher »innere« Vorhaben –, fühlte er Scham in sich aufkommen, als wäre es unreif oder obszön, derlei Hoffnungen zu hegen; als wäre es dafür in gewisser Weise bereits zu spät.

Er rückte mit dem Stuhl um den Tisch herum, bis er neben Celestine saß. Er versuchte erneut, sie zu küssen.

Sie stand auf und streckte die Hände aus. »Wollen wir tanzen?«

Er schaute sie überrascht an. »Tanzen?«

»Das bringt dich in Schwung. Oder ... tanzt du etwa nicht?«

»Eigentlich nicht.«

»Warum nicht?«

»Warum nicht? Weil wir immer so getanzt haben.« Er schloß die Augen und nickte mit dem Kopf, als versuchte er mit der Stirn einen Nagel einzuschlagen.

Sie schleuderte ihre Schuhe von sich.

»Wir haben immer so getanzt. Ich zeig's dir.« Sie blickte ihn an. »Zieh den aus.«

»Was denn?«

»Dieses dumme Ding.«

Sie zog seinen Schal fort, schob die Stühle an die Wand, legte einen Walzer von Chopin auf, nahm seine Hand und legte die andere Hand auf seinen Rücken. Er blickte selbst dann noch auf ihre tanzenden Füße, wenn er darauf trat, aber sie beklagte sich nicht. Sanft, doch mit festem Griff, drehte sie ihn im Zimmer herum, bis ihm schwindlig wurde und ihr Haar ihn im Gesicht kitzelte. Und so oft er aufsah, schaute sie ihm in die Augen. Jedesmal, wenn sie das Zimmer durchquert hatten, trabte sie stets aufs neue amüsiert mit ihm zurück, fest entschlossen, ihm das Tanzen beizubringen, und zutiefst davon überzeugt, daß es zu seinem Nutzen sein würde.

»Du brauchst noch ein wenig Übung«, sagte sie schließlich. Keuchend und lachend fiel er in einen Sessel. »Doch wer weiß, nach einer Woche könntest du vielleicht schon als Gigolo arbeiten.«

Es war Mitternacht. Celestine kam nackt aus dem Bad, eine Zigarette in der Hand. Sie stieg ins Bett und legte sich neben ihn. Er mußte daran denken, wie die Firma in New York einmal eine weiße Limousine zum Flughafen geschickt hatte. Während er Whisky trank, fernsah und die Limo über den Hudson nach Manhattan fuhr, hatte er sich nichts sehnlicher gewünscht, als daß seine Freunde ihn sehen könnten.

Sie fiel wie wild über ihn her, und die Erde bebte – entweder das oder die beiden Einzelbetten, in deren Mitte er lag, rutschten auseinander. Er streckte die Arme aus, um sie zusammenzuhalten, doch mit jedem neuen Ruck wurde sein Kopf tiefer in den Spalt zwischen den Betten gezwängt. Er glaubte, ihm würden die Ohren abgerissen. Jeden Augenblick würden sie beide krachend auf dem Boden landen.

Er rollte sie hinüber auf eines der Betten. Dann setzte er sich auf und zeigte ihr, was beinahe passiert wäre. Sie fing an zu lachen; sie konnte nicht aufhören.

Der Gaszähler tickte; sie döste. Nie hatte er neben einem schöneren Gesicht gelegen. Er fragte sich, was Nicola in jener Nacht neben Celestines Vater gedacht haben mochte. Zuneigung, Aufmerksamkeit, ernste Gespräche, Ehrlichkeit, Ablenkung. Gab er ihr das? Konnten sie das einander geben – und ein Kind erwarten?

Celestine stieß ihn an und versuchte, ihm etwas ins Ohr zu flüstern.

»Was willst du?« fragte er. Dann »quatsch, ... nein ... nein.«

»Doch, Bill.«

Er hielt sich für jemanden, der alles ausprobieren würde. Ein blaues Auge wäre jedenfalls eine eindeutige Botschaft an ihren Vater. Sie lächelte, als er die Hand hob.

»Ich habe deine Schläge verdient.«

»Die hat niemand verdient.«

»Doch ... ich schon.«

In jener Nacht pries er in dem eisigen Zimmer ihre Schönheit und ihren Verstand; er tat alles, worum sie ihn bat und so oft sie es wollte – noch nie hatte er so lange geküßt –, bis er vergaß, wo er war, wer sie beide waren, bis es nichts mehr gab, was sie wollten, und nur noch seliger Frieden herrschte.

Er stand auf und zog sich an. Er zitterte. Er wollte sich waschen, er roch nach ihr, aber ein kaltes Bad würde er nicht über sich bringen.

»Warum gehst du?« Sie sprang auf und hielt ihn fest. »Bleib, bleib, ich bin noch nicht fertig mit dir.«

Er zog seinen Mantel an und ging ins Wohnzimmer. Ohne sich noch einmal umzusehen, eilte er nach draußen und lief die Treppen hinunter, zog an der Haustür und rechnete damit, die kühle, feuchte Nachtluft zu spüren. Doch die Tür blieb zu. Er hatte es vergessen: Die Tür war abgeschlossen. Er stand einfach nur da.

Wieder oben hatte sie sich den Pelzmantel übergeworfen und schaute aus dem Fenster.

»Den Schlüssel«, sagte er.

»Ein alter Mann«, rief sie lachend. »Das bist du.«

Sie begleitete ihn barfuß die Treppe hinunter. Als sie die Tür aufschloß, murmelte er: »Wirst du deinem Vater sagen, daß du mich kennengelernt hast?«

»Warum das denn?«

Er berührte ihr Gesicht. Sie zuckte zurück. »Du solltest das behandeln lassen«, sagte er. »Ich habe ihn einmal getroffen. Er kennt meine Frau.«

»Ich sehe ihn kaum noch«, sagte sie.

Sie streckte die Arme aus, und sie tanzten einige Schritte durch den Flur. Diesmal kam er besser zurecht. Er ging hinaus auf die Straße. Taxis fuhren an ihm vorbei, aber er ließ sie fahren. Er ging weiter. Der Regen tröstete ihn. Er warf den Kopf in den Nacken und sah zum Himmel auf, und ihm war, als könnte er das Glück nicht verstehen, als würde alles herunterkommen, als könne nichts begriffen, sondern nur gelebt werden.

Mit deiner Zunge in meinem Hals

1 Ich sage euch, ich fühle mich ausgelaugt und dreckig, aber man hat mir gesagt, daß ich in den nächsten Tagen nicht baden soll, also bleibe ich dreckig. Gestern morgen habe ich geweint; eine Frau hat mich nach meiner Adresse gefragt, für den Notfall, hat sie gesagt; ich habe mir eine ausgedacht. Ich mußte mich ausziehen, bekam einen weißen Kittel über; und fünfmal haben sie Temperatur und Blutdruck gemessen. Dann hat mich eine Krankenschwester im Rollstuhl in ein grünes Zimmer zum Arzt geschoben. Er nannte uns »meine Damen« und erzählte Witze. Ich merkte, wie sich einige Frauen darüber aufregten. Er war leider Inder und sah ganz seltsam zu mir herüber, als wollte er sagen: »Was machst du denn hier?« Aber vielleicht habe ich mir das auch nur eingebildet.

Ich mußte mich auf den Tisch legen, und sie gaben mir ein oder zwei Spritzen in den linken Arm. Mir wurde heiß, und ich versuchte zu reden. Als ich wieder zu mir kam, lag ich im Weckzimmer, und eine Krankenschwester sagte: »Wach auf, Mädchen, es ist vorbei.« Der Arzt tippte mir mit seinem Zeigefinger auf den Bauch und sagte: »Gut. Sehr gut.« Ich spürte, wie ich wütend wurde. »Machen Sie das immer so?« fragte ich. Er sagte, er würde den ganzen Tag nichts anderes tun.

Um sechs haben sie uns geweckt; draußen warteten einige betreten aussehende, verschlafene Liebhaber. Ich nahm den Bus und fuhr zu meiner Bude.

Ein paar Monate später haben sie uns rausgeworfen, und ich mußte zurück in Mas Wohnung. Jetzt bin ich also wieder hier, schreibe, lege meine Beine auf den Tisch und sehe bestimmt wie eine Künstlerin aus. Ich nippe an einem Glas mit Wasser und einer Zitronenscheibe. Ich schreibe an Mas Küchentisch, und um mich herum wachsen Kräuter in Blumentöpfen. Wenigstens sieht es hier sauber aus, wenn's auch ziemlich schäbig und armselig ist. Fotos von Mas Freundinnen aus der Labourpartei und der Frauensolidaritätsgruppe hängen an der Wand, Blakes Bild von Newton neben Malereien von ihren Schulkindern. Überall liegen Bücher, Bücher über die Alexander-Methode und Bücher über die Suzuki-Methode und Bücher über sämtliche Methoden dieser Welt. Und dann ist da noch ihr Liebhaber.

Glaubt's oder glaubt's nicht, aber der radikale (haha!) Drehbuchschreiber und stadtbekannte Trunkenbold Howard Coleman sitzt mir gegenüber, während ich ihn mit meinem Kugelschreiber beschreibe. Er liest eines seiner Skripte, raucht, blättert darin herum und hört nicht auf, über seinen eigenen Text zu kichern. Ätzend! Zum Glück kommt Ma jeden Augenblick aus ihrer Schule für katholische Mädchen zurück.

Dieses Tagebuch war Howards Idee; er meinte, ich solle aufschreiben, was so passiert. Meine Halbschwester Nadia kommt aus Pakistan, sie wird bei uns wohnen. Schreib's auf, hat er gesagt.

Wenn ihr Howard sehen könntet, so wie ich ihn jetzt sehe, ihr würdet euch biegen vor Lachen. Kein Witz. Er ist um die vierzig und trägt eine Lederjacke, die bei jeder Bewegung quietscht, und Jeans, in denen ihm der Hintern zwischen den Kniekehlen hängt, dazu Turnschuhe mit Sohlen, dick wie Matratzen. Er sieht aus, als hätte er sich sein Lebtag noch nie etwas Neues geleistet. Und falls doch, wirft er seine Sachen, sobald er sie gekauft hat, auf den Boden, kippt seinen gesamten Müll darüber aus und springt dann in einem Paar schmutziger Knobelbecher darauf herum. Dreckige Klamotten gehören zu seiner politischen Überzeugung.

Aber jetzt kommt das Härteste. Howard raucht Selbstgedrehte. Er hat diese Blechdose vor sich und seine Blättchen, und mit seinen Wurstfingern rollt er den ganzen Tag lang Zigaretten, beleckt und befummelt sie, klopft sie auf den Tisch, zündet sie an, drückt sie aus und zündet sie wieder an. Dieses Theater hört auch nicht auf, wenn er mit Ma im Bett liegt, wahrscheinlich dreht er sie auf ihrer Brust. Ich war einmal morgens in ihrem Zimmer schnüffeln, sein Aschenbecher stand neben dem Bett, Pariser obendrauf.

Scheiße! Er nickt mir wohlwollend zu, wenn ich schreibe. Bestimmt, weil er so scharf darauf ist, daß der ordinäre Pöbel sich mit eigenen Worten Ausdruck verschafft, erst recht, wenn es solche No-Futures sind, wie ich eine bin. Einen Tag schreiben wir, den nächsten stehen wir auf den Barrikaden.

Howard besucht Ma jeden Freitag.

Eines muß man dir lassen, Held Howard, wenn du mit ihr ausgehst, dann ist es immer was Abgefahrenes, der neueste Club, das neueste Irgendwas (scharfe Sache für eine notleidende Lehrerin). Und wenn du zurückkommst, hakst du ihr den BH auf und reißt ihr den Pulli hoch, während sie mit ihren Händen in deine Hose taucht. Ich hab euch mal dabei überrascht! Nach diesem kindischen Vorspiel verschwinden Mutter und Liebhaber im Bett und lassen eine halbe Stunde lang das Zimmer beben. Ich zünde eine Kerze an, mach das Radio aus und liege da mit Riesenohren. Schon komisch, wenn man hört, wie's die eigene Mutter treibt. Schreie und Keuchen und Grunzen, das klingt, als wollte Howard einen Nagel in die Wand schlagen. Und Ma hört sich an, als würde sie operiert werden. Manchmal habe ich mich schon gefragt, ob ich mit dem Erste-Hilfe-Kasten in ihr Zimmer rennen soll.

Ist das mit den Freitagen was Besonderes? Er besucht Ma nur freitags. Wenn Howard an einem Freitag einen Preis für sein Schreiben einheimst oder mit einem Kritiker zu einem dieser eleganten Essen geht, dann kommt er nicht vor dem nächsten Freitag. Samstage sind auf keinen Fall drin!

Wir wohnen im neunten Stock. Ich sage zu Howard: »Hey, Klugscheißer. Reiß mal deinen Blick für einen Moment von deinem eigenen Werk los und guck aus dem Fenster.«

Die Siedlung sieht aus wie ein Bauplatz. Überall Bretter und Fensterrahmen – Eisenstangen, Zementmischer, Sand, Kies, Männer, die irgendeine Anmache schreien, und Mörtel, der unter den Schuhen knirscht.

»Und?« fragt er.

»Ein Müllplatz. Nadia wird glauben, wir sind der letzte Dreck.«

»Meine kleine Nina«, sagt er. So redet der mit mir.

»Ja, mein großer Howard?«

»Warum sich schämen für das, was man ist?«

»Weil wir im Vergleich mit Nadia einfach ein Niemand sind, meinst du nicht?«

»Ich bin jemand. Du bist jemand. Und jetzt schreib weiter.«

Er streicht mit der Hand über mein Gesicht. »Du bist ganz schön aufgeregt. Ist eine große Sache für dich, wie?«

Das ist es, glaube ich auch.

Mein ganzes Leben lang war ich ein Einzelkind in dieser Mietwohnung mit Ma, der Lehrerin für Schauspielunterricht. Ich war, um genau zu sein, ein Einzelkind bis zu meinem elften Lebensjahr, als Ma sagte, sie habe eine Überraschung für mich, eine der schönsten, die ich je erlebt hätte. Ich habe eine gleichaltrige Halbschwester in einem anderen Land.

»Dein Vater hat eine Frau in Indien«, sagt Ma und zuckt bei dem Wort *Vater* jedesmal zusammen. »Sie haben mit fünfzehn geheiratet, das ist da so üblich. Als er sich entschloß, mich zu verlassen, weil ich für ihn zu selbstbewußt bin, fuhr er schnurstracks nach Indien, zurück zu Frauchen. Das war damals, als ich wußte, daß ich mit dir schwanger war. Seine andere Tochter, Nadia, wurde ein paar Tage später gezeugt, aber nur einen Tag nach dir geboren. Stell dir das vor, Liebling! Jetzt habe ich gehört, er soll außer euch beiden noch zwei Töchter haben!«

Ich habe nicht weiter an meine gleichaltrige Halbschwester in einem anderen Land gedacht, und wenn doch, dann nur, weil ich sie nicht mochte und weil mir nicht gefiel, wie sie sich auf einmal in mein Leben drängte. Bis ich plötzlich eines Abends Dad schrieb und ihn fragte, ob er sie nicht zu uns kommen lassen wollte, sie könnte doch bei uns wohnen. Ich stand auf und fuhr mit dem Fahrstuhl nach unten und ging über die Straße und warf den Brief ein, bevor ich es mir anders überlegen konnte. Die Nacht war eine meiner schlimmsten Nächte, und ich wünschte mir, Nadia würde kommen und mich retten.

An manchen Freitagnachmittagen, wenn ich nicht gerade zehn Seiten lange Haßbriefe an Diskjockeys schreibe, macht Howard Phantasieübungen mit mir. Ich muß mich auf den Boden legen, mir wie verrückt Dinge vorstellen und sie beschreiben. Echt *sixties*. Aber ich habe auch schon gehört, daß er von einer Frau sagt: Oh, sie hatte so aufregende *sixties*. »Nina«, sagte er bei einer unserer Sitzungen, »du solltest mal die Beziehung zu deiner Schwester aufarbeiten. Ich möchte, daß du mir Nadia beschreibst.«

Ich zappe durch die Fernsehprogramme in meinem Kopf – Howard hockt neben mir, Hand auf der Stirn, sendet Liebessignale. Ich sehe ein Mädchen unter einer Palme, sie liest einen Roman von den Brontës und trinkt Joghurt. Ich sehe ein Mädchen, das mit meinem Vater schmust. Er erzählt Ge-

schichten von Tigern und Elefanten und Rikschafahrern. Ich
sehe ...
»Ich kann nichts mehr sehen!«
Weil ich mir Nadia nicht vorstellen kann, ich muß sie sehen.

So. Genau so kam die Sache ins Rollen. Ma und ich sitzen am
Frühstückstisch, Ma kaut auf ihrem vegetarischen Käse. Für
die Schule hat sie sich ein langes, sackartiges, purpurfarbenes
Trägerkleid angezogen, dazu schwarze Strümpfe und eine
schwarze Schleife im Haar. Sie sieht aus wie ein Teenager aus
den fünfziger Jahren. Ma ist vor kurzem blond geworden und
sieht sich ständig im Spiegel an. Ich bin noch in T-Shirt und
Slip. Ma ist nervös wie immer, gestern hat sie mit Freunden
stundenlang wegen der Schule telefoniert. Sie versucht mich
für Kindesmißhandlung und gewöhnlichen Inzest im Zusam-
menhang mit Schulabschlußzeugnissen zu interessieren. Ich
sage ihr, wie es mich anwidert zu essen, wie langweilig es ist
und daß ich es lieber nur einmal die Woche machen würde,
um dann nichts mehr damit zu tun haben zu müssen.
»Aber der Gaumen ist ein sensibler Teil deines Körpers«, sagt
Ma. »Du solltest ihn kultivieren, statt ihn ...«
»Hör bloß auf, mir eine deiner verdammten Vorlesungen zu
halten.«
Die Post kommt. Ma öffnet einen Luftpostbrief. Sie liest ihn
zweimal. Ich weiß, daß er von Dad ist. Ich reiß ihn ihr aus der
Hand, gehe im Zimmer auf und ab und lese:

> Ihr zwei Lieben,
> das ist eine gute Idee. Nadia kommt am 5. Holt sie
> bitte vom Flughafen ab. Euer Angebot ist sehr
> großzügig. Gebt auf sie acht; sie ist das Kostbarste,
> was ich auf der Welt besitze.
> In Liebe.

»Freue mich, Euch beide bald zu sehen«, hat Nadia unten drunter geschrieben.

Hmmmmmmm …

Ma gießt sich Kaffee nach und überlegt. Sie hat diese fürchterlichen Kaffee-Exzesse. Ihr Magen muß aussehen wie abgewetztes Leder. Sie ist fest entschlossen, es sachlich zu nehmen: keine Gefühle. Sie meint, ich soll den Besuch absagen.

»Es ist ganz einfach. Du schreibst ihnen eine kurze Notiz und sagst, es wäre alles ein Mißverständnis.«

Und so habe ich reagiert: »Ich höre wohl nicht richtig? Wie? Kommt nicht in Frage! Und warum auch?« Scheiße, ich könnte krepieren vor Wut, oft genug versucht habe ich es jedenfalls.

»Weil ich nicht darauf vorbereitet bin, Nina. Ich weiß wirklich nicht, ob ich deine Schwester kennenlernen möchte. Für mich symbolisiert sie nur die Treulosigkeit deines Vaters.«

Ich räume die Marmelade vom Tisch (ohne Zucker und Konservierungsstoffe).

»Symbolisieren?« frage ich. »Sie ist ein Mensch.«

Ma zieht sich den Regenmantel über und sammelt die Hefte ein, die sie gestern abend korrigiert hat. Beinahe hätte ich ihr gesagt, daß sie ziemlich ordinär aussieht. Sie drückt mir einen Kuß auf die Stirn. Die Mädchen in der Schule vergöttern sie. Da ist sie jedenfalls ein Star.

Aber mir ist es ziemlich ernst. So ernst: »Ma. Nadia kommt. Oder ich gehe. Ich gehe hier aus dieser Tür und zurück zu Drogen und Prostitution, wie in alten Zeiten.«

Sie läßt ihre Tasche fallen. Sie setzt sich hin. Sie knallt ihre Autoschlüssel auf den Tisch.

»Nina, ich bitte dich.«

2 Heathrow. Seit drei Stunden warten wir hier, Ma und ich, und vergraben unsere Gesichter in Krapfen. Wie befreite Gefangene strömen die Passagiere durch den Ausgang und beginnen den Spießrutenlauf vorbei an aufeinander losstürmenden Verwandten und schilderhochhaltenden Chauffeuren: *Welcome Ngogi of Nigeria.*

Aber keine Nadia. »Mein freier Tag«, stöhnt Ma, »und ich verbringe ihn auf dem Flughafen.«

Aber dann. Sie ist es. Da kommt sie. Sie ist es! Ich weiß es! Ich hüpfe und winke wie verrückt! Ja, ja, nein, ja! Endlich! Mein Spiegel. Meine Schwester!

Wir umarmen Nadia, und plötzlich weint Ma, und ihre Nase läuft, und ihr Mund fängt an zu zittern. Ich weine auch, dabei weiß ich nicht mal, wen zum Teufel ich da eigentlich so fest an mich drücke. Bis ich mir verstohlen einen langen Blick auf dieses Mädchen gönne.

Du. Jeden Morgen nach dem Aufwachen habe ich versucht, mir dein Gesicht vorzustellen, und jetzt bist du hier, dein Kopf zuckt nervös hin und her, du sagst wenig, während wir dich mit Tränen überschwemmen. Mir wird klar, daß du jemand bist, von dem ich nichts weiß. Du machst mich schrecklich nervös.

Du bist kleiner als ich. Und nicht so hübsch, wenn ich das sagen darf. Größere Nase. Dunkler, natürlich, eine phantastische Mähne, als hätte dir jemand ein Stück Schokolade auf den Rücken geklebt. Ich hatte gedacht, warum weiß ich auch nicht (wahrscheinlich reines Vorurteil), daß du eure Nationaltracht trägst, die Pumphose, das lange Überhemd und die wehenden, hauchdünnen Seidentücher. Aber du trägst F.U. Jeans und ein verwaschenes, blaues T-Shirt – du siehst aus, als würdest du aus Enfield kommen. Aber das kriegen wir schon noch hin.

Nadia sitzt vorn im Wagen. Ma sieht zu ihr rüber, sooft sie kann. Sie muß fragen, wie es ihrem Vater geht.

»Ach«, antwortet Nadia. »Dad! Wie immer. Danke. Hat sich überhaupt nicht verändert, Debbie.«

»Aber wir sehen ihn ja kaum«, sagt Ma.

»Ach so«, sagt Nadia nach einer Pause.

»Also wissen wir nicht«, sagt Ma und hebt ihre Stimme, »was du mit ›wie immer‹ meinst.«

Nadia sieht aus dem Fenster auf das grüne und graue, das gute alte England. Ich will nicht, daß Ma sich in einen ihrer Anfälle von schlechter Laune hineinsteigert.

Danach ungefähr ein Jahrzehnt lang keinen Pieps, dann platzt die pure Straßeneuphorie aus Nadia.

»Was habt ihr tolle Straßen! So glatt, so breit und so lang!«

»Stimmt«, sage ich. »Die gibt's bei uns überall.«

»Wahnsinn. Wirklich? Überall?«

Kennen die drüben noch nicht einmal diese Scheiß-Straßen? Nadia flüstert. Wir beugen uns zu ihr rüber, um vom leiblichen Wohl ihres lieben Vaters zu hören. Wie oft der alte Mann doch neuerdings pissen muß, und wie er sich zwischen die Beine greift, wenn er aufs Klo rennt. Der traurige Zustand seines mürben Zahnfleisches und sein abscheulicher Mundgeruch. Wie gebannt starren Ma und ich uns dieses Herzchen an und wundern uns, wer das ist: so nahe und von meinem Blut, und doch so anders, erzählt uns von Dad mit einer unerhörten Intimität, die wir niemals teilen können. Wir kommen zu Hause an, und sie sagt, in einem Akzent, süß wie Sirup (der mich vor Freude aufjauchzen ließ, als ich ihn das erste Mal hörte): »Ich bin sehr müde. Wenn ich mich etwas ausruhen könnte ...«

»Schlaf in meinem Bett!« schrie ich.

Vorher hatte ich Ma geschworen, daß ich es niemals aufgeben würde. Aber als meine Schwester mit uns durch die Siedlung geht und dann endlich in unserer Wohnung über dem Bauplatz steht, als sie sich die merkwürdigen Dinge ansieht und Mas Methodenbücher und Opernprogramme in die Hand nimmt, schmelze ich nur so dahin, ich schmelze. Ich werde ab jetzt im Wohnzimmer pennen müssen. Aber für sie würde ich in der Toilette pennen.

»Dafür, daß ich in deinem Bett schlafen darf«, sagt sie, »will ich …, muß ich dir etwas schenken.«

Sie zieht einen Teppich aus ihrem Koffer und überreicht ihn Ma. »Der ist von Dad.« Ma legt ihn auf den Boden, betrachtet ihn aufmerksam, dann tritt sie drauf.

Und für mich? Ich bin schon immer ein begeisterter Anhänger von Kreppapier gewesen, und darin eingewickelt lag das pakistanische Kleid, das ich jetzt trage (mit handgemachten, zehfreien Sandalen). Es ist phantastisch: gelb und grün, aus dünnem Sommerstoff mit durchwirkten Goldfäden.

In ein paar Minuten muß ich meine Stütze abholen, und ich mache mich schon auf die Blicke im Amt gefaßt, wenn die mich in dieser Aufmachung sehen. Ich halte euch auf dem laufenden.

Ich schreibe dies vor meinem Zimmer, während ich darauf warte, daß Nadia aufwacht. Wie eine besorgte Krankenschwester klopfe ich alle fünfzehn Minuten vorsichtig an ihre Tür. »Bist du wach?« flüstere ich. Und: »Schwester, Schwester.« Ich schwärme für dieses neue Wort. »Kann ich etwas für dich tun?«

Ich glaube, ich bin verliebt. Endlich.

Ma bringt ihre Bücher in die Bibliothek zurück, damit ich mit ihr allein sein kann. Ma ist eine liebe Seele, aber ich schätze, das habt ihr inzwischen auch erkannt. Sie ist gütig und sanft und kann Gewalt oder Unfreundlichkeit einfach nicht begreifen. Sie glaubt, jeder wartet nur auf die Chance, zu einem anständigen Lebenswandel bekehrt werden zu können. »So

ändern wir die Welt ein bißchen«, sagt sie, wenn sie mich an
Wahltagen bei der Hand nimmt, um an fremde Türen zu
klopfen. Doch solange ich mich erinnern kann, lebt sie am
Rande eines Nervenzusammenbruchs. Vor Howard hatte sie
andere Liebhaber, aber von denen hat es keiner lange ausge-
halten. Sie war auf diesem liberalen Trip, daß Frauen Männer
nur benutzen sollten, und deshalb waren die meisten verheiratet. Einer von ihnen war ein Mittelklasse-Labourpartei-Sof-
tie, den ich Chubbie getauft hatte.
»Bist du verheiratet?« zischte ich ihn an, als Ma nicht im
Zimmer war. Ich saß neben ihm und befummelte seinen
Nylonschlips.
»Ja.«
»Aha. Du gibst es also zu. Wo ist deine Frau? Weiß sie, daß
du hier bist? Hast du heute nachmittag gehabt, was du haben
wolltest?«
Man konnte fast zusehen, wie die Männer die Flucht ergriffen,
sobald sie in Ma diesen tiefen Brunnen der Begierde entdeck-
ten, der danach schrie, von ihrer Liebe gefüllt zu werden. Und
dann noch dieses Monster-Kind mit grünen Haaren, das sie
wütend anfunkelte. Howard ist viel zu egoistisch und arro-
gant, um sich von Mas Bedürfnissen abschrecken zu lassen.
Er ignoriert sie einfach.

Ganz schön anstrengend, in diesem Paki-Aufzug rumzu-
laufen!
Ich gehe bei der Apotheke vorbei, um meine Drogen einzu-
sacken, meine Tranqs. Jeanette, meine Freundin aus der
Siedlung, kommt mit. Sie hat sich längst an meinen exzentri-
schen Stil gewöhnt – zum Beispiel an den Waschbärfellhut
mit dem langen Kaninchenschwanz. Die Apothekerin in dem
weißen Kittel nickt mir zu, als ich ihr mein Rezept gebe, und
sagt zu Jeanette: »Kann sie Englisch?«

Bin hingerissen von meinem neuen Ich, exotisch und geheimnisvoll. Mit dem Schal um den Kopf gehe ich ins Jugendzentrum und sehe aus wie eine Frau vom Land, mit Hühnern im Garten, die sich verlaufen hat.

In Sekundenschnelle umringen mich die Kommunisten und Kiezfürsten. Ich nuschele in meinen Schal. Sie geben mir Flugblätter und Telefonnummern. Ich bin unterdrückt, wißt ihr, und saudoof, man schlägt mich, meine Eltern haben meine Hochzeit arrangiert, und später heißt es Witwenverbrennung für mich. Aber dann habe ich genug, und ich spiele Dart, eine Runde Billard und trinke ein paar Bier mit einer netten Lesbe.

Wieder zu Hause mache ich meiner Nadia Spaghetti mit roter Paprika, geriebenen Karotten, Käse und Petersilie. Ich laufe nach unten und kaufe eine Flasche Weißwein. Als ich über die Straße renne, sehe ich ein paar Kids in einem vorbeifahrenden Bus. Sie sitzen oben im Doppeldecker und glotzen auf mich runter, ein Schwarzer ist dabei. Sie machen eine Sondertour zur Plattform am Ende des Busses, wo die kleinen Äffchen um die Haltestange schwingen, ihre Schnauzen aufreißen und rassistische Verwünschungen gegen mich schleudern.

»Curry-Stinker, Curry-Stinker, Curry-Stinker!«
Der Bus fährt weiter. Ich bin baff.

Endlich taucht sie auf, meine Nadia, verschlafen, Falten um die Augen und dunkel. Sie sitzt am Tisch, Wimpern kaum auseinander, noch nicht zu einem kleinen Schwatz aufgelegt. Ich bringe ihr das Essen und ein Glas Wein, das sie mit erhobener Hand ablehnt. Ich durchbohre sie mit meinem Blick, aber sie sieht mich nicht an. Um das Schweigen zu unterbrechen, lege ich ihr eine Jazzplatte auf – Wynton Marsalis' erste. Ich frage, wie ihr die Platte gefällt, aber sie sagt nichts. Wahrscheinlich kann sie beim ersten Hören nicht viel damit anfangen. Ich beobachte sie beim Essen. Sie will nicht gestört werden.

Sie ißt fast nichts und sitzt nur da. Ich gebe ihr ein Paar schwarze Levis 501, vorn zum Zuknöpfen. Und einen großen Kaschmirpullover mit Rollkragen (geklaut), außerdem noch eine schwarze Lederjacke.

»Probier die mal.«

Sie ist verblüfft. »So sollst du aussehen. Du kannst alle meine Sachen tragen.«

Sie rührt sich immer noch nicht. Ich dränge sie sanft ins Schlafzimmer und schließe die Tür. Sie hat Glück. Das ist meine allerbeste Jacke, verdammt noch mal. Ich warte. Sie kommt aus dem Zimmer, in ihren alten Klamotten.

»Nina, ich glaube, die sind nichts für mich.«

Ich weiß, wie ich meinen Willen durchsetze. Ich schieb sie wieder zurück. Sie kommt aus dem Zimmer, rückwärts, Hände auf dem Gesicht.

»Laß dich ansehen, bitte.«

Sie wirbelt herum, Arme ausgestreckt, mit fliegendem Haar.

»Na?«

»Schwarz paßt zu deinem Haar«, bringe ich über die Lippen. Sie sieht besser aus als ich, kann ich nur denken. Sie sieht überwältigend aus, gefährlich, verletzbar, überlegen, mit ihrem Juwel in der Nase.

»Aber bin ich nicht … wirke ich darin nicht ein bißchen zu hart?«

»Klar! Jetzt können wir gehen. Ein kleiner Spaziergang, okay? Sehenswürdigkeiten und so.«

»Ist es gefährlich?«

»Natürlich. Aber ich habe das hier.«

Ich zeige es ihr.

»Mein Gott, Nina. Das paßt zu dir.«

Ach, wie mich das quält, wie mich das vernichtet. Sie hat sich schon ihre Meinung über mich gebildet, dabei habe ich mit meinen Entschuldigungen noch gar nicht angefangen.

»Hast du das schon mal benutzt?«

»Nur zweimal. Einmal gegen einen Vergewaltiger in einer Kneipe. Und einmal gegen einen Schläger, der mich fragte, ob ich ein paar Juwelen für ihn übrig hätte.«

Ihr Gesicht nimmt einen entschlossenen Ausdruck an. Sie sieht zur Seite. »Weißt du, ich will Medizin studieren. Ich will Menschen heilen, nicht verletzen.«

Sie geht zur Tür. Ich stecke das Klappmesser ein.

Daddy, dies habe ich meiner Schwester gezeigt: Ich schiebe sie aus der Wohnung und über den Flur. Sie hört, wie der Wind durch die eingeschlagenen Fenster heult. Sie riecht den Gestank und hält die Luft an. Eingesperrte Hunde bellen. Irgendein Idiot hat sich ein Schild vor die Tür gehängt: *Nich einbrechn, gibt nix zu klaun, bin schon alles los.* Und ein anderes Schwein hat *Nina ist ne alte Schlampe* an die Wand gesprüht. Ich drücke den Knopf für den Fahrstuhl.

Ich habe sie gerade aus dem Gebäude raus, als das Schlimmste passiert. Drei Jungs, zehn oder elf Jahre alt, steigen aus einer Tür, die sie eingetreten haben. Nachbarn sehen zu und murren. Die Kids tragen einen fetten Fernseher, einen Mikrowellenherd und die Lieblingsturnschuhe von irgend jemandem unter den Armen. Der Kleine läßt die Turnschuhe fallen.

»He«, sagt er zu Nadia (es ist ihr erster Tag hier). Nadia zuckt zusammen. »He, willste die nich aufhebn?«

Sie sieht mich an. Ich summe eine Melodie. Das Lied heißt *Just My Imagination.* Diese Zwergblödmänner machen mir keine Angst. Aber der schlechte Eindruck bricht mir das Herz. Nadia hebt die Turnschuhe auf.

»Schieb sie mir untern Arm«, sagt der Kleine und zeigt ihr seine Achselhöhle.

»Sind die nicht ein bißchen zu groß für dich?« fragt Nadia.

»Verpiß dich.«

Dann sind wir draußen und im Freien. Wir gehen Richtung South Africa Road und General Smuts Pub. Kinder spielen Fußball hinter Gittern. Die alten Frauen in ihren dicken Mänteln sehen aus wie isolierte Boiler auf zu kleinen Füßen. Sie schimpfen vor sich hin und schieben Einkaufswagen mit Schokolade und Katzenfutter durch die Straßen.

Ich bin mittlerweile völlig verkrampft und würde alles sagen. Ich spüre so ein mächtiges Verlangen, alles sagen, alles erklären zu wollen, daß ich für sie den Führer durch mein Herz und meine Tage mache.

Ich erkläre (ich kann nicht anders): Hier passierte dies, und da passierte das. In dem Abbruch da wurde ich geschwängert. Von dem Typen mit Strohhut und gelbem T-Shirt habe ich schlechten Stoff gekauft. Da hat man mich überfallen, und durch diesen Park bin ich entwischt. Aus dem Laden habe ich Kugelschreiber geklaut, habe sie in meinem Motorradhelm verschwinden lassen (ein Motorradhelm eignet sich übrigens hervorragend zum Klauen, falls es euch interessiert). Dann stand ich da an der Ecke, mir war alles und jeder egal, und ich konnte nicht weitergehen und nicht stehenbleiben und nicht zurückgehen. Mein Motor lief leer, mein Getriebe hatte sich ausgekuppelt. Dann hatte ich einen Nervenzusammenbruch.

Kommentarlos hört sie zu und nickt und schüttelt manchmal den Kopf. Ist da jemand drin? Ich fasse sie unter den Arm und lege mein Gesicht gegen ihres.

»Ich erzähle dir, was ich noch niemandem erzählt habe. Ich will, daß wir alles voneinander wissen.« Sie bleibt mitten auf der Straße stehen und vergräbt ihr Gesicht in den Händen.

»Aber mein Vater hat mir von so wunderschönen Gegenden erzählt!«

»Was meinst du, Nadia?«

»Und du zeigst mir nur diesen Dreck!« weint sie. Sie berührt meinen Arm. »Es könnte so nett sein, Nina, wenn du dich bemühen würdest, mir etwas Schönes zu zeigen.«

Etwas Schönes. Wir werden mit dem Bus nach Osten fahren müssen, zum Holland Park oder in die Nähe von Ladbroke Grove. Da liegt Zuckerguß-London für die Reichen. Da gibt es *La* Restaurants, Weinbars, Buchläden, da sind die Häusermakler reicher als die Ärzte und hübsche Menschen ganz in Schwarz, da bleiben alle jung. Da gibt es Naturkostläden, in denen man Tofu kaufen kann, Nüsse, unbehandelten Joghurt und Kräuterzahncreme. Da üben die süßen, schwarzen Kleinen unter der Autobahnüberführung auf ihren Stahltrommeln für Karneval, sitzen die Alten draußen auf Apfelsinenkisten und rufen sich etwas zu. Da steigen die Dope-Dealer im Versace-Outfit aus den Vorortzügen, tragen Brieftaschen und versuchen, den Slummern Stückchen von alten Autoreifen zu verkaufen.

Und da gibt's mehr Stars als Bettler. Zum Beispiel? Van Morrison in seinem weiten Mantel hastet nervös an uns vorbei.

»Hey, Van! Van? Willste nich Tach sagen?« schrei ich über die Straße. Wie ein Köter mit 'nem Stiletto-Schuh im Arsch beschleunigt Van der Mann seine Schritte, als er mich schreien hört.

Sie sieht müde aus, also gehe ich mit ihr in Julies Bar, wo's Zeitungen gibt und wir auf nett bestickten Kissen auf langen Bänken sitzen. Weiß der Teufel, was für einen schamlosen Preis die hier für eine Tasse Tee verlangen. Nadia sieht jetzt etwas besser aus. Wir sitzen da, ganz Freundlichkeit, und sie fängt an.

»Wie oft hast du unseren Vater gesehen?«

»Ich treffe ihn alle zwei, drei Jahre. Wenn er geschäftlich herkommt, steht ein Besuch bei uns in seinem Terminkalender.«

»Das ist lieb von ihm.«

»Das glaubt er auch. Kannst du mir etwas verraten, Nadia?« Ich rücke etwas dichter an sie heran. »Wenn er zu dir nach Hause kam, unser Vater, was hat er dann von mir erzählt?« Wenn ich doch alles nur nicht so herausfordern würde. Aber ihr kennt mich: Ein schlaffes Leben ist nichts für mich.

»Er machte sich Sorgen, Sorgen, Sorgen.«

»Scheiße. Dreimal Sorgen?«

»Er sagte … nein.«

»Was hat er gesagt?«

»Nein, nein. Er hat nichts gesagt.«

»Hat er doch, Nadia.«

Sie sitzt da, hält ihre Klappe und starrt auf Filmregisseure in schlechtsitzenden Leinenanzügen.

»Erzähl mir, was mein Vater gesagt hat, oder ich gieß mir diese Teekanne über den Kopf.«

Ich hebe die Teekanne an und nehme den Deckel ab, damit es sich besser über-den-Kopf-gießen läßt. Nadia sagt nichts; genauer gesagt, sie sieht mich gar nicht an. Habe ich also eine andere Wahl, als mir einen Teefluß über die Birne zu schütten? Es tropft über mein Gesicht und von meinem Kinn. Es ist brennend heiß, kann ich euch sagen.

»Er sagte, ich geb ja schon nach, er sagte, du wärest wie ein wildes Tier!«

»Wie ein wildes Tier?« frage ich.

»Ja. Und manchmal würde er dich am liebsten abknallen, um dich von deinem Elend zu erlösen.« Sie sieht starr vor sich hin.

»Du hast mich danach gefragt. Du hast mich dazu gezwungen.«

»Der Arsch. Seine eigene Tochter.«

Sie hält meine Hand. Mit weit geöffneten Augen und drängendem Mund sieht sie mich zum ersten Mal an. »Es ist fürchterlich, einfach fürchterlich zu Hause. Nina, ich mußte da raus! Und ich habe mich in jemanden verliebt! In jemanden, der sich nichts aus mir macht!«

»Und?«

Und sonst nichts. Sie sagt kein Wort mehr, nur noch: »Es ist zu grausam, wirklich, zu grausam.«

Ich sehe mich um. Diese Kneipe eignet sich ideal für einen *run*. Man wäre aus der Tür, über die Straße und in der Metro, noch bevor die einmal Luft geholt hätten. Ich will Nadia einen entsprechenden Vorschlag machen, aber da ich ihr schon erzählt habe, daß ich heroinsüchtig bin, zwei Abtreibungen hatte und mir gerade eine Teekanne über den Kopf gegossen habe, sage ich lieber nichts; ich will nicht, daß sie einen schlechten Eindruck von mir bekommt.

»Ich hoffe«, sage ich zu ihr, »ich hoffe nur, daß wir auch befreundet und nicht bloß verwandt sein können.«

Was für ein Arsch mein Dad ist! Wildes Tier! Dabei ist er selbst kein Engel. Wie kann er nur so etwas sagen. Ich habe mich ihm bloß von der besten Seite gezeigt und die Handgelenke und Arme immer bedeckt gehalten. Jetzt muß ich ständig an ihn denken. Ich muß heulen.

So kreuzte er bei uns auf, mein Daddy, in den Tagen, als er uns noch besuchte.

Zuerst herrscht ein Tag lang Terror und Vorfreude und Vorbereitung. Wenn Ma und ich erledigt sind, weil wir die ganze Wohnung praktisch mit unseren Zungen geschrubbt haben, schiebt sich ein schwarzes Taxi, in dieser Gegend seltener als ein Krankenwagen, über den Horizont der Siedlung, Geschenke blitzen auf dem Rücksitz: Champagner, Fahrräder, Kleider, die nicht passen, Bücher, Träume in Schachteln. Dad strahlt in Seidenschlips und 3000-Pfund-Anzug. Nachbarn beugen sich über Balkongeländer, um ihre Augäpfel am Prinzen zu erfreuen. Zwei oder drei müssen schichtweise arbeiten, um die Beute nach oben zu buckeln.

Dann verschwinden wir mit dem Taxi, zischen zu Restaurants, in denen Dad den Manager kennt und die Speisekarten auf französisch geschrieben sind. Dad erzählt uns Geschichten über fanatische Religiosität und übermütige Korruption, und wenn Ma sich beim Lachen ertappt, dann beißt sie sich fest auf die Lippen – warum? Ich denke mir, sie merkt, daß sie wieder mal vom Magnet seines Charmes angezogen wird.

Nach der Völlerei gehen wir in ein großes Musical, und Mum und Dad halten Händchen. Die letzten Musicals waren alle von Andrew Lloyd Webber.

Wir leben vom Feinsten; nur wenn Dad wieder abgefahren ist und wir zurück in unser altes Leben müssen, dann ist uns manchmal nicht danach. Wir fühlen uns ziemlich daneben, sehen uns an und schlurfen mit unseren gewöhnlichen Füßen aufs neue durch die ordinäre Welt. Warum muß er uns jedesmal wieder verlassen?

Nach einem seiner Besuche gehe ich aus dem Haus, ich vermisse ihn. Wenn ich allein bin, dann rede ich mit ihm. Um fünf Uhr morgens komme ich zurück. Um acht steht Ma in meinem Zimmer, eine einsame Frau, und so wütend und verzweifelt.

»Hast du was mit Drogen und Prostitution zu tun?«

Ich habe es mit Typen für Geld gemacht. Im Massagesalon macht jede so wenig, wie sie kann. Aber von den Typen hat mich keiner angeekelt, und wir haben unseren Spaß mit ihnen gehabt. Ma ist dahintergekommen, weil ich immer soviel Geld habe. Sie weiß Bescheid. Sie steht über mir.

»Ja.« Keine Ausflüchte. Ich sag es einfach. Ja, ja, ja.

»Habe ich mir gedacht.«

»So ist das Leben nun mal. Kann ich jetzt weiterschlafen? Ich soll um zwölf wieder bei der Arbeit sein.«

»Nenn das nicht Arbeit, Nina. Dafür gibt es andere Worte.«

Sie geht. Und noch ehe ihr Wagen im Hof nicht anspringt, bin ich ins Bad gerannt, habe das Becken voll Wasser laufen lassen, Mas beschissenen Beinrasierer genommen, ihn mir in die Handgelenke gehackt, erst in das eine, dann in das andere, und unter Wasser nach den Adern gestochert. (Ihr solltet es mal probieren; es ist schwieriger, als man glaubt: Haut ist zäh, und die Kehle zieht sich mit kotzsaurem Ekel zusammen.) Es hat die Sehnen erwischt, und sie mußten operieren, und alle waren genervt, weil ich ihnen soviel Ärger gemacht habe.

Wochen später versuche ich es auf eine andere Tour und schlucke dreißig Pillen und verschaffe mir einen Trip in Surreys Nervenklinik; ich lege Puzzles, flechte Körbe und werde regelmäßig aus medizinischen Gründen vom Kunsttherapeuten gevögelt, der sich an seinem kleinen Finger einen langen Nagel hat wachsen lassen.

Selbstmord ist auch eine Art, um Entschuldigung zu bitten.

Mit Nadia zum Tower von London, zum Monument, Hyde Park, Buckingham Palace, danach was Kulturelles mit einer Menge Perücken im National Theatre. Mit ihrem Geschwätz, das meinen Panzer bearbeitet wie Zucker den Zahnschmelz, hält Nadia mich von weiteren Bekenntnissen ab.

Ma ist schlecht gelaunt, leistet aber einen erstklassigen Job in Sachen Gastfreundschaft. Meistens nicht einfach, Nadia aus ihrem Zimmer zu locken. Hockt jeden Tag Stunden im Bad und experimentiert mit ihrem Make-up. Und dann kreuzt Held Howard auf.

Ma noch nicht zu Hause. Früher Abend. Ratet, was passiert ist? Mir gegenüber sitzt Nadia auf dem Sofa mit Howard. Sie sehen sich zum ersten Mal, und sie sitzt ihm schon fast auf dem Schoß. (Fast hätte ich *Scham* geschrieben.) Den ganzen Nachmittag habe ich mir schon dieses Treffen verwandter Seelen mit ansehen müssen. Sie haben es mit der Politik. Worte prallen von den Wänden: Pluralismus, Demokratie, Theokratie und Benazir! Howards sämtliche Sinne stehen auf den Zehenspitzen! Der kleine Scheißer kann gar nicht fassen, daß sich im selben Körper (in schwarzem Pullover und schwarzer Lederjacke) soviel Intelligenz und Schönheit paart und Nadia auch noch so phantastisch mit Fakten über die Dritte Welt jonglieren kann! Ich sehe, daß sie mit ihm redet, mit ihren Armreifen und ihrem Parfüm, wie sie kein einziges Mal mit mir geredet hat – gestikulierend!

»Howard, aus tiefster Seele sage ich dir, es ist ein korruptes Land! Sogar die Revolutionäre sind korrupt! Niemand hat mehr einen Funken Hoffnung!«

Er antwortet im Gegenzug, nachdem er unter dem Niagarafall ihres Redeflusses wieder aufgetaucht ist: »Nadia, kann ich dir etwas zeigen? Videos von den Sachen, die ich fürs Fernsehen geschrieben habe?«

Sie kann es kaum erwarten.

Keiner von uns hat sie hereinkommen sehen. Ma ist da, Mantel an, Tüten in den Händen, so sieht sie Nadia und Howard, die so dicht beieinander sitzen, daß sich ihre Arme ständig berühren.

»Hallo«, sagt sie endlich zu Howard. »Hey«, zu Nadia. Ma hat sich ein paar Blumen gekauft, die sie unter dem Arm trägt – Nelken. Howard steht nicht auf, um sie zu küssen. Außer Nadia faßt er niemanden an, und er ist mit sich sehr zufrieden. Nadia nickt Ma zu, aber ihre Augen fliegen zurück zu Held Howard.

Nadia sagt zu Howard: »Dem Westen ist es egal, ob wir ein undemokratisches Land sind oder nicht.«

»Ich bin erledigt«, sagt Ma.

»Tach jedenfalls«, sage ich zu ihr.

Ma und ich packen in der Küche die Einkäufe aus. Howard ruft Ma Fragen über die Schule zu, die sie nicht beachtet. Der Schaden ist angerichtet. Yeah. Nadia hat Ma in ihrem eigenen Haus praktisch ignoriert. Ich merke, daß Howard nicht wohl dabei ist. Er will sich gerade aus seinem Sessel wuchten, als Nadia ihre Hand auf seinen Arm legt und fragt: »Wie arbeitest du, wenn du schöpferisch tätig bist?«

»Wenn ich schöpferisch tätig bin?«

Wenn Howard schöpferisch tätig ist? Mit fünf Wortküssen hat sie in Howard eine Nelsonsäule aus blankem Enthusiasmus errichtet. Wie sie arbeiten, wenn sie schöpferisch tätig sind, ist das letzte, was man diese Typen fragen sollte.

»Sie verstehen sich wohl ganz gut?« fragt Ma und beobachtet sie durch den Türspalt. Ich lehne mich an den Kühlschrank.

»Warum auch nicht?«

»Nur so«, sagt sie. »Nur, daß dies hier mein Haus ist. Nur, daß alles, was ich außerhalb dieser Wände mache, reine Zeitverschwendung ist und mir keiner dafür dankbar ist und daß sich keiner um mich kümmert, und jetzt bin ich noch aus meiner eigenen Wohnung verbannt!«

»He, Ma, reg dich nicht ...«

»Schenk mir einen verdammten Whisky ein, okay?«

Ich gieß ihr einen ein. »Dein Abendessen steht im Ofen, Ma.« Ich reiche ihr den Whisky. Meine Ma legt ihre Hände um das Glas. War schon immer ein Kampf für sie. Ihr Dad in der Armee; weißer Abschaum. Sie mußte lernen, wie man kämpft.

»Es gibt Fischpastete. Und ich hab die Wäsche gemacht und gebügelt.«

»In solchen Sachen warst du immer gut, das muß ich dir

lassen. Du hast sogar gekocht, wenn du krank warst. Ich kam nach Hause, und da stand es. Ich habe allein gegessen und dir den Rest vor deine Tür gestellt. War fast, als müßte ich einen Hamster füttern. Du kannst lieb sein.«

»Bist du sicher?«

»Deine Freundlichkeit muß sich den Platz nur mit so vielen Wildheiten teilen. Ich kenne Frauen, deren Kinder sind genauso. Eine Tragödie oder eine Enttäuschung. Ihre Gefühle sind zu stark. Es ist unsere Zeit in England, die, in der wir leben. ich wünschte mir nur, du könntest irgendeine Karriere oder so was machen.«

Ich sehe sie an, und sie dreht sich um und beobachtet Howard, der mit der Schwester turtelt, die ich hergebracht habe. Ma ist traurig und sanft. Ich könnte sie jetzt in die Arme nehmen und sie trösten und ihr sagen, sie braucht sich um mich keine Sorgen zu machen, aber ich will sie nicht zu sehr verwöhnen. Eine seltsame Frage fällt mir ein. »Ma, warum bist du noch mit Howard zusammen?«

Sie sitzt auf dem Küchenstuhl und nippt an ihrem Drink. Sie starrt ungefähr drei Minuten lang auf den Boden, sagt nichts, sammelt sich, schlägt sich mit der Faust auf den Oberschenkel, wie jemand, der sich gerade verschluckt hat. Durch die Tür dringt Howards erklärende Stimme.

Ma steht auf und tritt die Tür zu.

»Weil ich ihn liebe, auch wenn er mich nicht liebt!«

Ihr Whiskyglas zerschlägt auf dem Boden, und Splitter spritzen uns um die Füße.

»Weil ich Sex brauche, warum auch nicht! Weil ich einsam bin. Ich bin einsam. OKAY! Und ich brauche einen intelligenten Menschen, mit dem ich reden kann! Glaubst du vielleicht, ich kann mit dir reden? Glaubst du vielleicht, du interessierst dich jemals für mich, auch nur für eine Minute?«

»Ma …«

»Du hast dich nie um mich gekümmert! Und dann hast du Nadia hergebracht, gegen meinen Willen, diese süße, heuchlerische Nadia, und erinnerst mich damit an diese ganze katastrophale Vergangenheit und an die Anstrengung, die mich die lange Zeit des Alleinlebens gekostet hat!«

Ma schluchzt in ihrem Zimmer. Howard ist bei ihr. Nadia und ich sitzen auf dem Sofa, jede in einer Ecke. Mas nackter Kummer läßt sich trotz der Wände hören, meine Ohren laufen dunkelrot an.

»Du bedeutest mir ja was.« Howards Stimme wird lauter. »Ich liebe dich, Baby. Und Nina liebe ich auch. Euch beide.«

»Ich weiß nicht, Howard. Du zeigst nie deine Gefühle.«

»Das ist doch bloß, weil ich so gehemmt bin!«

Ich sage zu Nadia: »Männer sind verdammt egoistische Idioten, die können uns nicht verstehen. Soviel steht fest.«

»Howard ist ein interessanter Typ«, sagt sie gelassen. »Sehr aufgeschlossen in künstlerischer Hinsicht.«

Auf meine alten Tage lasse ich mich noch dazu verleiten, jemanden in Schutz zu nehmen; ich habe langsam die Schnauze voll.

»Er ist der Freund meiner Mutter und ihr langjähriger Liebhaber.«

»Ja. Das weiß ich.«

»Also laß die Finger von ihm. Bitte, Nadia. Versuch doch zu verstehen.«

»Was willst du mir denn vorwerfen, gerade du?«

Ich bin nicht besonders scharf auf dieses *Gerade-du*-Gerede. Aber hört euch das an.

»Ich dachte, ihr fortschrittlichen Westler glaubt an den freien Tausch der Geschlechtspartner?«

»Tun wir. Wir tauschen die ganze Zeit.«

»Und was willst du mir sagen, Nina?«

»Es geht um ihn«, erkläre ich und gehe zum Angriff über. »Er ist schwach, ein schwacher Mensch. Ein freundliches Wort von einer Frau, und er glaubt, sie will mit ihm schlafen. Zwei freundliche Worte, und er glaubt, er sei der einzige Mann auf der Welt. Es ist eine Art Geisteskrankheit, ein Wahn. Wenn ich du wäre, würde ich mich mit so einem Wahnsinnigen nicht einlassen!«

Ja, ja!

Ein paar Tage später.

Ich hänge bei Howard rum. Howards Loch oder *Bude*, wie er es nennt, liegt in einem Wohnblock aus rotem Backstein mit Privatschule, stattlichen Eichenalleen, nicht weit von der Kensington High Street. Die Situation wird schlimmer und schlimmer. Nadia bleibt in ihrem Zimmer, oder sie geht aus, zückt ihre kleine Kamera und fotografiert »Geschichte«. Ma geht zu jedem Treffen, das ihr zu Ohren kommt. Ich bin schon fast wieder zu einem Trip über die Ader-Straße aufgelegt.

Ich habe euch gerade einen Gefallen getan. Ich hätte euch jede Sekunde von unserer Sitzung vor Howards Fernseh-*Œuvre* beschreiben können (dabei habe ich immer gedacht, das Wort bedeute *Ei*). Aber – vorgespult zu den pikanteren Einzelheiten!

Da sitzen sie, Howard und Nadia, Wange an Wange, so eng beieinander, daß jeder den Atem des anderen inhalieren kann, und gemeinsam gehen sie das Skript durch.

Heute morgen waren wir zuerst in Covent Garden einkaufen. Nadia hat sich Sachen zum Anziehen besorgt und wollte dabei meinen Rat. Also kaufen wir Pepita-Jacken, echt City, aus leichter brauner und weißer Wolle, die Jacke in der Taille mit einem schwarzen Ledergürtel abgesetzt; einen kurzen Glockenrock; ein Polohemd aus weißer Seide; dazu einen flachen, schwarzen Hut, Wildlederhandschuhe und

Pumps. Wenn ihr etwas gefällt, wenn sie etwas haben will, dann kauft sie es. Die Reichen. Nadia hat mir eine Leinenjacke gekauft.

Vielleicht seufze ich zuviel. Sie werfen mir nicht gerade entzückte Blicke zu.

»Wenn du möchtest, bringe ich Nadia nach Hause«, sagt Howard.

»Um meine Schwester kann ich mich alleine kümmern«, sage ich. »Aber ich geh mal um den Block spazieren. Ich bin bald wieder da.«

Ich zottele zu einem Café in Rotting Hill, quer durch Holland Park, an dem blauen, geschwungenen Dach des Commonwealth-Instituts vorbei (oder Nigger-Eck, wie wir es früher nannten), in dem ich einmal, auf einem Klassenausflug, in einen Papierkorb gepißt habe. Vorbei an modernen Kindermädchen – junge Frauen in meinem Alter mit schwarz gefärbtem Haar –, die Hunde oder Kinder ausführen.

Der Park ist überfüllt mit pfiffigen Kids aus der Holland-Park-Schule, die im Gras liegen und rauchen; schwarze Typen mit Flat-tops und Muskeln; Yuppies mit fliegenden Frisbees; und weiße Jungs, die Madonna und Prince spielen. Schwule mit schnellen Augen ziehen durch den Park, und die üblichen Londoner Schnorrer, die Drachensegler und Bösewichte, die nur darauf warten, irgendwo mitmischen zu können. Ich fühle mich zu niemandem zugehörig, also gehe ich weiter, über die blumengesäumte Allee am Ende des Parks, bis dahin, wo sich nachts die Beilagenpackerinnen zum Straßenstrich aufreihen. An der Mauer steht: *Schwulensolidarität ist Klassensolidarität.*

Draußen vor dem Café parkt ein Mannschaftswagen der Polizei, Gitter vor den Fenstern, lauter kleine, kichernde Jungbullen ohne Helm. In dieser Gegend ist das normal, aber die Straßen sind etwas ruhiger als sonst. Ich gehe an einer asiatischen Polizistin vorbei, sie sagt hallo zu mir. Ich zische »Tante Tom« und gehe ins Café.

Hier spielen sie den neuesten Calypso, Soca und die neue Platte von Eric Satie. Ein weißer Rasta setzt sich zu mir. Er zahlt für meinen Tee. Ich bestelle mir Chili, eine gebackene Kartoffel und geriebenen Käse, als Beilage Tomatensalat, danach polnischen Käsekuchen. Die Stimmung im Café ist gedrückter als sonst; die Bullen machen die Leute nervös. Aber der Rasta ist ein lieber Typ. Sogar noch lieber als lieb: Er faßt unter den Tisch und drückt mir etwas in die offene Hand. Ein klotziges, schokoladenbraunes Dope-Piece.

»He. Davon würde ich gerne was kaufen«, sage ich und wickele meine entzückten Nüstern um das Stück.

»Das ist alles, was ich besitze, meine Süße«, sagt er. »Behalt es. Mein letzter Brocken Nirwana.«

Er geht. Ich beobachte ihn. Als er in seinen Trödelklamotten über die Straße geht, mit seinem Haar, das wie winzige Sprungfedern von seinem Kopf absteht, steigen die Polizisten aus dem Wagen und halten ihn an. Er fuchtelt vor ihren Gesichtern herum. Der Wagen leert sich. Ungefähr sechs Polizisten umringen ihn. Es gibt eine Auseinandersetzung. Er riskiert eine dicke Lippe. Sie durchsuchen ihn. Einer zerrt an seinen Haaren. Im Café sehen alle zu. Ich stecke mir das Dope in den Mund und schlucke es runter. Lecker-lecker.

Ich gehe auf die Straße. Es macht mir nichts aus. Mein Freund ruft mir zu: »Sie wollen mir was unterschieben. Aber ich habe nichts.«

Ich sage den Scheißbullen, sie sollen ihn in Ruhe lassen. »Es ist wahr! Der Typ hat wirklich nichts!« Sie kriegen von mir mächtig was zu hören. Einer von denen kommt auf mich zu.

»Sollen wir dich auch gleich mitnehmen?« fragt er und stößt mir gegen die Brust.

»Ist mir egal«, sage ich. Ist mir wirklich egal. Ma würde mich besuchen kommen.

Einige Kids versammeln sich, beobachten den Aufruhr. Sie sehen zerrupft und jämmerlich und edel und einzigartig und trotzig aus, alles gleichzeitig. Sie tun mir leid. Die Bullen schieben meinen Freund in den Wagen. Das ist das letzte, was ich je von ihm sehen werde. Ich weiß, er hat zwei Jahre Trouble vor sich.

Als ich von meinem Spaziergang zurückkomme, sitzen sie auf Howards Habitat-Sofa. Irgend etwas geht hier vor, und es hat nichts mit Kultur zu tun. Sie sitzen zu weit auseinander, zu unbequem. Ich fahre meine Knopfaugenantenne aus und messe die Temperatur. Kann ich das schlechte Gewissen nicht fast riechen?

»Komm«, sage ich zu Nadia. »Ma wartet bestimmt schon.«

»Bestimmt«, sagt Howard und steht auf. »Und sag ihr, daß ich sie liebe.«

Ich werfe ihm einen meiner Blicke zu. »Meinst du das ernst oder meinst du ›nur ein bißchen‹?«

Wir sitzen im Bus, nett und freundlich; der Bus fährt an Geschäften vorbei, an Menschen und am Sozialamt, als plötzlich diese schrecklichen Szenen beginnen, die ich nicht erklären kann.

Das Oberdeck des Busses, die Sitze vor mir bäumen sich auf. Ich drehe mich zum Fenster in der Hoffnung, wenigstens die Straße sei fest mit der Erde verankert, aber sie ist es nicht. Die Straße wirft sich mir an den Kopf und hebt und senkt und krümmt sich wie ein Hochhaus im Tornado. Von der Seite schlagen die Geschäfte nach mir aus. Die Welt hat sich in ein Monster verwandelt. Um Himmels willen, alles ist in Bewegung, aber ich bin fest entschlossen, ich werde durchhalten. Also klammere ich mich mit meinen Fäusten an den Sessel und frage Nadia, zumindest glaube ich, daß ich sie frage: »Hast du ihn geküßt?«

Sie sieht starr geradeaus, als wäre sie von einem Bettler belästigt worden. Ich weiß, jeden Augenblick schleudert es mich aus diesem Bus. Aber ich gebe nicht auf.

»Nadia. Du hast. Stimmt's?«

»Das ist doch unwichtig.«

Hatte ich nicht recht? Kann ich einen Kuß nicht auf hundert Meter riechen?

»Küssen ist unwichtig?«

»Nein, Nina«, sagt sie. »Ist es nicht. Aber zwischen uns ist nur Zuneigung. Das ist normal. Und Howard und ich haben uns viel zu sagen.« Auf einmal wirkt sie sehr bedrückt. »Er weiß, daß ich jemand anderen liebe.«

»Gegen reden habe ich nichts. Aber kann man nicht zusammen reden, ohne sich gegenseitig mit der Zunge über die Mandeln zu l-l-lecken?«

»Du hast eine vulgäre Art, dich auszudrücken«, antwortet sie, dreht sich heftig zu mir um und wächst bis an das Dach des Busses. »Schade! Du wirst nie verstehen können, was Leidenschaft ist.«

Ich bin vulgär, na und? Aber gleich werde ich in dieser Ecke von zweihundert braunen Luftballons zerquetscht. Oh, Schwester.

»Geht's dir nicht gut?« fragt sie und steht auf.

Danach sehe ich uns aus dem fahrenden Bus stolpern, und ich liege auf einem freien Abschnitt des feuchten Bürgersteigs vor der Albert Hall. Über mir schaukelt der Himmel. Nadias Gesicht schwebt vor meinen Augen wie eine Protoplasmazelle. Dann legt sie in Doktormanier ihre Hand auf meine Stirn. Ich schlage fest nach ihr.

»Warum weinst du?«

Wenn unser Vater uns sehen könnte.

»Dein schlechtes Benehmen mit Howard! Ich weine wegen Ma.«

»Schlechtes Benehmen? Warte nur, bis ich meinem Vater erzähle …«

»Unserem Vater …«

»Von dir.«

»Was willst du ihm erzählen?«

»Ich sag ihm, daß du drogensüchtig bist und eine Prostituierte.«

»Das würdest du ihm sagen, Nadia?«

»Nein«, sagt sie nach einer Pause. »Wahrscheinlich nicht.«

Sie hält mir ihre Hand hin, und ich halte sie fest.

»Es wird Zeit, daß ich nach Hause fahre«, sagt sie.

»Für mich auch«, sage ich.

3 Heute ist nicht Freitag, aber Howard kommt trotzdem mit uns nach Heathrow. Nadia blättert einige Modehefte durch, sieht sich Kleider an, die sie jetzt nicht mehr kaufen kann. Sie ist heute unwahrscheinlich stolz und edel. Howard gibt mir einen Stapel Bücher und Schreibblöcke und ungefähr ein Dutzend Kugelschreiber.

»Haben die da keine Kugelschreiber?« frage ich.

»Es ist ein Dritte-Welt-Land«, sagt er. »Denen fehlen die einfachsten Konsumgüter.«

Nadia schlägt ihm auf den Arm. »Howard! Natürlich gibt es bei uns Kugelschreiber, du blöder Idiot!«

»Ich habe ja nur Spaß gemacht«, sagt er. »Die sind für mich.«

Er versucht sie alle in die Brusttasche seiner Jacke zu stopfen. Sie fallen auf den Boden. »Ich schreibe etwas, das euch interessieren könnte.«

»Alles, was du schreibst, interessiert uns«, sagt Nadia.

»Nicht unbedingt«, sagt Ma.

»Aber dies wird euch besonders … wichtig sein«, sagt er.

Ma zieht mich auf die Seite: »Wenn du wirklich gehen mußt, dann schreib, Nina. Und erzähl deinem Vater kein Wort von mir!«

Nadia lenkt alle Aufmerksamkeit auf sich, als sie ihre Arme hebt, ihren Kopf in den Nacken legt und mitten im Flughafengebäude schreit: »Nein, nein, nein, ich will nicht gehen!«

Mein Zimmer, diese Zelle, dieser Safe, diese leere, ans Haus meines Vaters geklatschte Schachtel, hat einen Steinboden und getünchte Wände. Darin steht ein Bett, mein geöffneter Koffer, kein Kleiderschrank, keine Musik. Ach, Armut tut weh. Alles liegt unter einem khakifarbenen Staubschleier, der nur darauf wartet, mir in der Nase zu kitzeln. Das Fenster ist winzig, gerade zweimal so groß wie mein Kopf. Nebenan ist ein kleineres Zimmer mit einer selbstgebastelten Dusche, einem Waschbecken und einem Loch im Boden, über das sich hocken muß, wer pissen oder scheißen will.

Trotz meiner Klagen gefällt mir die Einrichtung. Ich habe sogar extra um dieses Zimmer gebeten. Zuerst wollte Dad, daß Nadia und ich uns ein Zimmer teilen. Aber hier bin ich niemandem im Weg, vor allem nicht meinen beiden anderen Halbschwestern, die ich nur Trine und Trampel nenne.

Ich wache auf, und es ist heiß, heiß, heiß, und um mich herum schwillt der Lärm an, und die Abgase steigen auf. Ich strample mich in meine Jeans und streif mir mein Keith-Haring-T-Shirt über. Einmal, auf der King's Road, kamen unabhängig voneinander zwei Typen auf mich zu und haben mich gefragt: »Sag mal, ist das ein Keith-Haring-T-Shirt?«

Draußen wartet die Sonne darauf, mich zu verbrennen. Das Licht ist hier auch anders: man kann die Dinge wirklich klar erkennen. Ich setze meine Sonnenbrille auf. Die Brille ist cool. Man sieht hier nicht viele Frauen mit Sonnenbrille.

Der Fahrer läßt den Motor von einem von Dads drei Wagen

aufheulen. Ich öffne die Wagentür und springe rein, ein Gefühl, als würde ich mich mit dem Hintern ins Feuer setzen, ich rutsche hin und her, und der Fahrer reißt lachend seine roten, vorstehenden Zähne auseinander, als hätte er in seinem Leben noch nie etwas Lustigeres gesehen.

»Fahr mich«, sage ich. »Fahr mich in diesem Sonnenlicht spazieren, fahr mich irgendwohin. Bitte, bitte.« Ich faß ihn am Arm, und er zuckt zurück. Er ist hübsch. »Bei diesen Autos braucht man die Motoren nicht vorwärmen. Fahr los!«

Er dreht das Steuer hin und her, tut so, als würde er fahren und drückt auf die Hupe. Er ist jung und dünn – sie sehen hier alle unterernährt aus –, und er ärgert mich ständig.

»Du blöder Hund.«

Na, hab ich nicht raus, wie man mit Bediensteten spricht? Es dauerte fast eine Woche, bis ich meine natürliche Freundlichkeit gegenüber Armen verlernt hatte.

»Mach schon! Fahr die Auffahrt runter!«

»Keine Schuhe, keine Schuhe, Nina!« Er zeigt auf meine Füße.

»Keine Bananen, keine Ananas«, sage ich. »Auch keinen Job, Lulu. Du wirst beim Arbeitsamt landen, wenn du nicht bald in die Gänge kommst.«

Und los geht's, die paar Schritte bis zum Ende der Auffahrt. Die Wache am Tor winkt. Ich drehe mich um und sehe zurück, und da stehst du in deinem Pyjama auf der Veranda, Gesicht mit Rasiercreme eingeschmiert und ein weißes Tuch um den Kopf gewickelt, weil du dir gerade das Haar geölt hast. Du winkst nicht auf Wiedersehen. Trine, meine neu erworbene Schwester, rennt hinter deinem Rücken hervor und schüttelt ihre Fäuste, die Hunde bellen in ihren Käfigen, die Hühner gackern. Ha. Ha!

Wir fahren langsam durch die Siedlung, in der Dad und die anderen Armee- und Marine- und Luftwaffenmenschen leben: riesige Häuser und große Bungalows, von der Straße abgesetzt, Wassersprenger auf dem Rasen, einige haben Swimmingpools, alle haben Wachen.

Wir fahren auf dem Superhighway zwischen den angemalten LKWs, bunter als chinesische Puppen, ein Spatz unter Pfauen. Was für eine beschissene Straße, ein Gefühl, als würde man auf dem Mond fahren, im Ernst. Dad sagt, die Bauarbeiter klauen und verscheuern das Baumaterial, und deshalb bleibt nicht genug übrig, um die Straße fertigzubauen. Also hören sie einfach auf und lassen große Strecken halbfertig liegen.

Hier ist immer was los. Ob gut oder schlecht, aber in diesem Land passiert ständig was. Ich denke daran, daß ich glücklich bin, jedenfalls beinahe, als auf der Gegenfahrbahn ein Taxi heranrast, ein alter, gelbschwarzer, mit Tesaband zusammengeklebter Morris Minor. Er schlängelt sich ungeheuer schnell zwischen den Autos durch, bis der Fahrer die Kontrolle verliert und das Taxi gegen die Stoßstange des Vordermanns knallt, einen anderen Wagen streift und dann über den Superhighway direkt auf uns zu geschossen kommt. Lulu tritt erst auf die Bremse, als ich das Gesicht des Fahrers bereits erkennen kann. Nur einen Meter vor uns fliegt das Taxi gegen eine Mauer neben der Straße. Die beiden Männer fliegen weiter, Kopf gegen die Brust gepreßt, krachen ihre Körper durch die Windschutzscheibe und hinaus in die Morgenluft. Sie sehen aus wie Weihnachtspudding.

Lulu gibt Gas. Ich klammere mich an ihn und schrei auf ihn ein, er soll anhalten, aber wir fahren schneller und schneller. »Die sind hinüber. Verdammte Idioten«, sagt er, als ich ihn loslasse. »Ein wildes Land. Passieren solche Sachen auch bei euch in England?«

»Ja, ich denke schon.«

Endlich kann ich ihn überreden anzuhalten, und ich steige aus dem Wagen.

Ich bin allein auf dem Basar, nehme Juwelen in die Hand und Teppiche und Töpfe und bin verwirrt. Ich weiß, ich sollte Geschenke mitbringen. Besonders für Held Howard, der für alles bezahlt hat. Das da ist genau das Richtige für ihn: ein Käfig, so groß wie ein Farbeimer, mit drei Küken. Der Besitzer bemerkt, was ich mir ansehe. Er zerrt ein Küken aus dem Käfig, schlägt ihm auf einem Holzblock den Kopf ab und hält es mir ins Gesicht, die Federn fliegen mir ins Haar.

Ich gehe weiter und weiche einem beinlosen Balg aus, das sich mir auf einem vierrädrigen, aus einer Tür gezimmerten Karren, in den Weg wirft und dann über den Rinnstein und durch eine Gasse verschwindet. Überall Kranke und Gebrechliche, und ich habe gerade Lust auf mein Mittagessen, als plötzlich alle anfangen, davonzulaufen. Sie springen von der Straße und ziehen ihre Kleinen hinter sich her. Drei Lastwagen mit Soldaten, die durch den Basar pflügen, rufen diese Flutwelle von Aktivität hervor. Die Männer, Gewehr im Arm, stehen still und lässig auf der Ladefläche. Ich werde von irgendeinem Arsch, der von seinem Fahrrad geschleudert wurde, fast erschlagen. Auf Zehenspitzen suche ich mir den Weg aus diesem Chaos entlang der verdammten Rinnsteine, Scheiße schwappt über meine Schuhe. Ich habe genug von diesem Land, ich will mich gerade auf die South Africa Road zurückwünschen, als –

»Lulu«, rufe ich. »Lulu.«

»Ich passe auf Sie auf«, sagt er. »Entschuldigen Sie, daß ich Sie berühre.«

Er bringt mich zum Auto. Fette, schwarze Büffel schnauben und wälzen sich im Schlamm. Mir gefallen diese Tiere nicht, überall Tiere, Hühner und Hunde und wer weiß was noch, mit ihren Geschwüren und blutenden Wunden und Angst und Furcht.

»Weißt du«, sage ich, »ich bin einsam. Es gibt hier niemanden,

mit dem ich reden kann. Keinen, mit dem ich lachen kann,
Lulu. Und ich glaube, meine Familie haßt mich. Haßt dich
deine Familie auch?«

Ich strecke mich und aale mich und wälze mich im Vorgarten
in T-Shirt und Shorts. Ich atme Ströme voll Luft in meine
Lungen. Ich öffne für eine Sekunde meine Augen, und die
Welt verblüfft mich. Dieser Glanz. Ein Diener beobachtet
mich, schielt hinter einem Baum hervor.
»Hey, Spanner!« rufe ich und laß mich nicht stören. Als ich
wieder hinblicke, sehe ich, daß sich der Koch und der Lauf-
bursche zu ihm gesellt haben, sie schütteln sich und zwit-
schern.
»Was glaubt ihr, was ich hier mache?« sage ich. »Ein Konzert
geben?«
In der Tageszeitung lese ich, daß zukünftige Ehefrauen als »tu-
gendhaft und hellhäutig« angepriesen werden. Warum sollte
ich lasterhaft und braun sein wollen? Aber ich will, ich will!
Ich dusche mich in meinem Zimmer und schlendere zum Haus
hinüber. Ich stehe vor deinem Zimmer, Dad, in dem sich am
frühen Abend die Männer versammeln. Ich sehe durch den
Maschendraht der Terrassentür, und da bist du, der mein Vater
war in all diesen Jahren. Und machst, was du gemacht hast,
während ich hinten in der Klasse in meiner Schule in She-
pard's Bush saß, schwanger war und mich gefragt habe, ob
du mich liebst.
Morgens, wenn ich frühstücke, treffen wir uns im Wohnzimmer bei der Bar, und du fährst dein Trimm-dich-Fahrrad. Du
keuchst und siehst mich ab und zu an, dein sehniger Körper
schwankt und verspannt sich, aber du sagst, scheißegal. Wenn
ich rede, hörst du mir nicht zu. Du bist einer dieser altmodi-
schen, romantischen Männer, für die Frauen nur dann wirklich existieren, wenn sie es so wollen.

Jetzt liegst du auf deinem Bett und pflückst dir mit der einen Hand etwas zu essen, und in der anderen hältst du einen amerikanischen Comic. Ein Diener, ein Junge, preßt eines dieser vibrierenden, elektrischen Anti-Fett-Geräte, für die sie im *Observer Magazine* Reklame machen, auf deine kurzen Beine. Du schaust auf und entdeckst mich. Mein Anblick ärgert dich. Du winkst mir wütend zu, ich soll hereinkommen. Nein. Noch nicht. Ich gehe weiter.

Im Frauenflügel des Hauses, den Besucher selten besuchen, sitzt Dads Frau und näht.
»Hallo«, sage ich. »Ich glaube, ich nehme mir ein Stückchen Zuckerrohr.«
Ich würde gern nach den Namen der anderen Früchte auf dem Tisch fragen, aber Frauchen ist ganz und gar griesgrämig, spricht kein Wort Englisch und kann mich in allen Sprachen nicht ausstehen. Neben ihr hocken zwei Dienerinnen und sehen sich indische Videos an. Eine alte Frau, die früher einmal, das spüre ich sofort, ein Leinwandstar gewesen sein muß, liegt jetzt auf den Knien und wischt mit einem Bündel Reisig den Boden auf. Zufällig stoße ich, während ich dasitze und mein Bein auf und ab schwingen lasse, mit dem Fuß an ihren Hintern; auf ihrem Kleid bleibt ein Staubflecken zurück.
»Stell dir vor«, sage ich zu Frauchen.
Ich schieb mir das Zuckerrohr in den Mund. Der Saft spritzt auf meine Geschmacksnerven. Ich spucke den leergesaugten Rest wieder aus und stoße ihn vor das Reisigbündel des Leinwandstars. Es kann richtig Spaß machen, sich mit jemandem zu unterhalten, der nichts versteht.
»Jetzt stell dir bloß mal vor, daß mein Dad meine Ma deinetwegen verlassen hat! Und du rührst dich nie vom Fleck. Nur einmal im Monat, wenn du zur Bank gehst, um deine Juwelen zählen zu lassen.«

Frauchen hat ihren gesamten Besitz um sich herum auf dem Boden liegen. Sie ist eindeutig verrückt. Aber ich mag die Verrückten hier: sie spazieren genau wie alle anderen durch die Gegend, und keiner kümmert sich um sie, und man gibt ihnen zu essen.

»Du siehst aus wie eine Pennerin. Weißt du, was eine Pennerin ist?«

Trampel kommt ins Zimmer. Offenbar hat sie jedes Wort mit angehört. Sie schreit mich an. Frauchens Schnabelnase dreht sich mir voll Interesse zu. Etwas geschieht; etwas, das sogar noch interessanter als Fernsehen ist. Sie wollen mich klein-kriegen. Ich glaube, deshalb mögen sie mich. Ma, wenn du se-hen könntest, wie sie mich behandeln, nur weil du bei einem Tanz in der Old Kent Road einen Mann getroffen hast, dessen Pariser geplatzt ist, als du, Beine hoch, vor der Gasheizung lagst!

»Du bist mit dem Wagen gefahren, als wir zur Arbeit mußten!« schreit Trampel. »Du hast den Fahrer dazu gezwungen! Wir mußten ihn entlassen!«

»Warum entlassen?«

»Er ist frech! Frech! Du hast gesagt, er wäre schlecht gefahren! Hätte dich fast umgebracht! Du machst uns nur Schwierig-keiten, Nina, machst ständig irgendeine Dummheit, irgend-eine blöde Dummheit!«

Trampel und Trine sind älter als Nadia und ich. Sie waren beide verheiratet, wurden von Ehemännern schikaniert, die Dad ausgesucht hatte, und leben jetzt von ihnen getrennt. Sie haben ihre kleine Chance im Leben gehabt. Danach sind sie zu Daddy zurückgekommen. Heute sind sie Sekretärinnen. Heute geben sie mir an allem die Schuld.

»Übrigens«, ich greife in meine Tasche, »das ist für dich.«

Trampel glotzt auf meine offene Hand. Ihre Augen bringen ihren Mund zum Schweigen. Sie setzt ihr Fett in Bewegung.

Sie schwankt. Sie kommt auf mich zu. Ihre Hand schnappt nach dem Lippenstift.

»Jetzt kannst du mit mir ausgehen. Wir gehen zum Holiday Inn.«

»In Ordnung. Aber du bist sehr frech.« Der Lippenstift lenkt sie ab. »Welche Farbe hat er?«

»Kannst du sie um Himmels willen nicht mal in Ruhe lassen? Ständig hackst du auf ihr herum!« Das ist Nadia, sie hat Feierabend und kommt ins Zimmer. Sie wirft sich in einen Sessel. »Ich bin so müde.« Zur Dienerin sagt sie: »Bring mir einen Tee.« Sie lächelt mir zu. »Hallo, Nina. Angenehmen Tag gehabt? Du hast einige Freiluftübungen veranstaltet, habe ich gehört. Sie haben mich deshalb bei der Arbeit angerufen.«

»Ja, Nadia.«

»Ach Schwester, die haben hier so ihre Prioritäten.«

Für die anderen bin ich die »Kusine«. Vom ersten Tag an war es ihnen peinlich, wenn sie erklären sollten, wer ich bin. Trampel und Trine sagten meistens: Sie ist unsere entfernte Kusine aus England. Es amüsiert mich mit anzuhören, wie mein Vater damit fertig wird. Er bringt weder »Kusine« noch »Tochter« über die Lippen, also sagt er einfach nur Nina, und damit hat es sich. Aber natürlich wissen alle, daß ich seine uneheliche Tochter bin. Nadia ist hier die »richtige Tochter«. »Nadia ist eine eindrucksvolle Person«, sagte mein Vater an meinem ersten Tag und machte damit deutlich, daß ich jemand Geringeres bin, eine von denen mit Dreck unter den Fingernägeln. Nadia ist klug, bald eine Ärztin, eine Lebensretterin. Wenn ich sie mir jetzt ansehe, wirkt sie nicht mehr so klein wie in London. Sie hat genug Persönlichkeit für ein ganzes Parlament.

»Sie haben das Krankenhaus mit Tränengas beschossen.«

»Wer?«

»Unsere schlaue Polizei. Draußen war eine kleine Demonstration. Die Polizei hat sie auseinandergetrieben. Als sie die Demonstranten ins Krankenhaus jagten, hat man sie mit Tränengas beschossen! Was für ein Tag! Was für ein Land! Ich muß mir mein Gesicht waschen.« Sie geht aus dem Zimmer.

»Siehste, siehste!« zwitschert Trampel. »Sie ist besser als du! Ja. Ja. Ja!«

»Wahrscheinlich. Ist auch nicht schwierig.«

»Wir wissen ganz bestimmt, daß sie besser ist als du.«

Ich drehe ihnen den Rücken zu und gehe in Vaters Zimmer. Es ist, als würde man von einem Stück zum nächsten gehen. Was geschieht auf dieser Bühne? Der Duft von Räucherstäbchen aus einem grünen, spiralförmigen Kunstwerk vor der Tür parfümiert das Zimmer und tötet die Mükken. Ein fortschrittliches Telefonsystem verbindet ihn mit Paris, Dubai und London. Über Video läuft ein amerikanischer Film. Fünf Jugendliche vergewaltigen eine Frau. Vater – wie nenn ich ihn? Dad? – sitzt auf der Bettkante, seine kleinen Beinchen ausgestreckt. Ein Diener zupft Socken über Vaters Füße.

»Du holst dir einen Sonnenstich«, sagt er, als würde er mich schon mein ganzes Leben lang kennen und hätte ein Recht darauf, so anmaßend mit mir zu reden. »Nackt im Garten herumzuhüpfen.«

»Jetzt war ich also schon nackt?«

»Außerdem mußten wir den Fahrer entlassen. Setz dich.«

Ich setze mich in die Stuhlreihe neben ihn. Als würde man jemandem im Krankenhaus besuchen. Er liegt auf der Seite in seiner bevorzugten »Jetzt-verarsch-ich-Dich«-Stellung.

»Jetzt –«

Das Licht geht aus. Der Fernseher geht aus. Ich schließe meine Augen und lache. Stromausfall. Vater tobt auf seinem Bett.

»Dieses scheißverdammte Land!« Der Diener stürzt aus dem Zimmer, holt Kerzen und zündet sie an. Da es Freitag ist, sitze ich hier und denke an Ma und Howard, die sich heute zum Essen, zu Gespräch und Sex treffen. Ich finde, Howard ist trotz allem eigentlich gar nicht so übel, und er sieht beinahe gut aus. Außerdem hat er Ma noch nie absichtlich beleidigt. Er hat Affären – doch das ist bloß seine Eitelkeit, eine Schwäche, kein Verbrechen –, und er besucht sie nur freitags, läßt ihr aber ihren Stolz. Was kann man von Männern mehr erwarten? Ma liebt ihn – seit dem ersten Augenblick, sagt sie; sie konnte nichts dagegen tun. Sie hat noch immer Vertrauen und ist trotz allem sehr offen.

Ist mir noch nie passiert.

Dad dreht sich zu mir um: »Was zum Teufel treibst du eigentlich in England?«

»Nadia hat doch sicher schon umfassend Bericht erstattet, oder nicht?«

Ein umfassender Bericht? Zwei Tage habe ich durch das Fenster gegafft und wollte von den Lippen ablesen, was Vater und Nadia sagten, als sie mir Nase an Nase, flüsternd und kichernd, Hände reibend, mit hochgezogenen Augenbrauen und mit Kinnladen, die wie Guillotinen nach unten klappten, den Prozeß machten. Die beiden Salz-und-Pfeffer-Fäßchen, Trampel und Trine, bewachten den separaten Eingang zum Zimmer.

»Aber ich hätte gern ein volles Geständnis aus deinem eigenen Mund.«

Er liebt es, jemanden zu ärgern. Er ist ein gefährlicher Mensch. Vertrau ihm etwas an, und bald wissen es alle.

»Was soll ich gestehen?«

»Daß du dich bloß hier und da rumtreibst. Mit anderen Worten, daß du von morgens bis abends überhaupt nichts tust, und das full-time.«

120

»Außer den Yuppies tut keiner mehr was in England.«

»Und gehst du nur mit einem Jungen oder bist du mit mehreren zusammen?« Ich sage nichts. »Aber deine Mutter hat doch jetzt einen Lover, stimmt's? So einen Federfuchser, einen völligen Versager, einen Playboy mit so abscheulichen Augenbrauen, die über der Nase zusammenwachsen?«

»Hat Nadia so den Mann beschrieben, mit dem sie fast –«

»Was?«

»Enge Freundschaft geschlossen hätte?«

Der Diener hält eine Schere in der Hand. Er schneidet Vaters Haar, er schnippelt an Vaters Ohr herum, er untersucht Vaters Nasenlöcher mit den stählernen Klingen. Er bindet Vater ein Geschirrtuch um den Kragen, cremt Vaters Gesicht mit Rasierschaum ein, schärft das Rasiermesser am Streichriemen und rasiert Vaters Gesicht glatt und rot.

»Nicht direkt«, sagt Vater und spuckt Schaum aus. »Ich benutze nur meine Phantasie. Nadia sagt Augenbrauen, und ich sehe Haarbüschel.«

Er zeigt auf mich und sagt zu seinem Diener: »Sieh sie dir an, eine Engländerin, wie sie im Buche steht.«

Der Diener stolpert mit dem offenen Rasiermesser durch das Zimmer.

»Aber du gehörst hierher zu uns«, sagt Dad. »Keine Sorge, ich bringe dich noch auf den rechten Weg. Aber erst einmal werden wir für strenge Disziplin sorgen müssen.«

Das Zimmer ist voller Gäste in Gala-Abendkleidung, die um Dad herumsitzen und ihn ansehen. Dad liegt in seinem besten Anzug auf dem Bett. Fröhlich stößt er Verleumdungen gegen die Steuerhinterzieher aus, gegen die Bestechlichen und allen sonstigen Abschaum, der heute abend nicht kommen konnte. Vater ist hier offensichtlich ein sehr populärer Mann. Unterhaltend zu sein ist besser, als gut zu sein. Wäre Ma hier, sie würde vor Wut Gift und Galle spucken.

Endlich gibt Dad das Kommando, auf das sie alle gewartet haben.

»Bringt die Getränke.«

Der Diener öffnet die Vitrine und holt den Whisky.

»Gib allen einen Drink, nur Nina nicht. Sie muß sich erst noch an das koschere Leben gewöhnen!« sagt er, und alle lachen über mich.

Hier sind Landmaschinenhändler versammelt (mein erster Landmaschinenhändler!) und die Landbesitzer, Journalisten und ein einunddreißigjähriger Medienzar, der einen Haufen Zeitungen geerbt hat. Er wirkt ungeheuer gebildet und ist gewaltig fett. Ich rate euch, seht ihn euch von vorn an und sagt mir, ob er nicht wie eine Flunder aussieht. Ich schaue auf und sehe meine Schwester, die durch Dads Zimmerfenster die feuchten Blicke ihres Herzens nach dieser Flunder auswirft, die nicht heiraten will, weil sie schon das angenehmste Leben führt, das die Welt ihr bieten kann.

Also, hier ist eine Message für euch Scheißer daheim. Diese Typen laden Nadia und mich in ihre Häuser ein, nehmen uns in ihre Clubs mit und spielen Tennis mit uns. Sie sind teuflische Chauvis, aber dafür machen sie auch die große Show. Sie sind lustig und geben Geld aus und nehmen uns mit auf ihre Landsitze, zeigen uns ihre Gewehre und töten vor unseren Augen eine Schlange. Sie flirten und wollen ihr Ding in uns reinstecken, aber sie glauben nicht, daß sie es schaffen.

Mit seiner bauschigen Baseballjacke, den rosaroten Turnschuhen und Flickenjeans schlüpft Billy ins Zimmer. Er steht da, steckt seine Hände in die Hosentaschen und nimmt sie wieder raus.

»He, Billy, willst du einen Drink?«

»Okay. Ja … Danke. Okay.«

»Sei nicht so schüchtern«, sagt Dad. »Nina ist auch nicht schüchtern.«

Also sehen alle nach dem schüchternen Billy, und Billy starrt auf den Boden.

»Nein, na gut, also, ich könnte einen Drink gebrauchen. Nur einen. Danke.«

Der Diener besorgt Billy etwas zu trinken. Irgend jemand sagt zu irgend jemand anderem: »Seit dem Urlaub in Lahore sieht er besser aus.«

»Hat ihm wirklich gutgetan.«

»Fürchterlich, was dem Jungen passiert ist.«

»Ja, ja. Wirklich gräßlich.«

Billy kommt und setzt sich neben mich. Sie setzen ihre laute Unterhaltung fort.

»Ich habe von dir gehört«, übertönt Billy das Gerede. »Die reden ununterbrochen von dir.«

»Gut so.«

»Yeah. Kaugummi?« fragt er.

Er setzt sich auf das Bett, und ich öffne meinen Koffer und gebe ihm alle meine Kassetten.

»Das Neueste aus England.«

Er sieht sie aufgeregt durch. »Die hat hier noch keiner. Mann, das ist das beste, was mir je untergekommen ist.« Er sieht mich an. »Darf ich? Kann ich mir die ausleihen? Es macht dir nichts aus?« Ich nicke. »Mein Zimmer ist unter dem Dach. Ich bin also leicht zu erreichen.«

Oh, küß mich jetzt! Ich weiß natürlich, daß das ein bißchen voreilig ist, besonders in einem Land, in dem sie dir für Ehebruch die Arme oder sonst was abhacken. Ich mag deine schwarzen Jeans.

»Was hast du für einen Akzent?« frage ich.

»Kanadisch.« Er steht auf. Nein, geh noch nicht. Noch nicht. »Wie wär's mit einer kleinen Spritztour?« fragt er.

In der Auffahrt rauchen und reden die Chauffeure. Jetzt hören sie auf zu reden. Sie beobachten uns. Billy setzt mir sein Baseballkäppi auf und streicht über mein Haar.
»Billy, schieb das Motorrad auf die Straße, dann hört keiner, daß wir wegfahren.«
Ich frage ihn aus. Seine Mutter war Kanadierin. Sie ist gestorben. Sein Vater war Pakistani, aber Billy wuchs in Vancouver auf. Ich drehe mich um, und Trampel schreit mir nach. »Nina, Nina, es ist spät. Dein Vater will jetzt mit dir reden; er will dir was über Disziplin sagen!«
»Fahr weiter, Billy.«
Er schiebt das Motorrad und beachtet Trampel überhaupt nicht. Manchmal wirft er mir einen Blick zu, als könnte er sein Glück nicht fassen. Ich kann meins nicht fassen, Baby!
»Also kamen Paps und ich her, um hier zu leben. In die Heimat, hat er gesagt. Meine Heimat ist das nicht. Aber er wollte immer zurück.«
Wir schieben das Motorrad bis auf die Hauptstraße.
»Nach Vancouver war dies hier ein Schock«, sagt er.
»Ging mir auch so.«
»Ja?« Seine Stimme klingt schärfer. »Aber ich wurde hergebracht, um hier zu leben. Wie willst du verstehen, was das bedeutet?«
»Kann ich nicht. Hast recht, das kann ich verdammt noch mal nicht.«
Er redet weiter. »Paps und ich, wir haben in 'Pindi ein Haus umgebaut. Fundamente gegraben, Wände verputzt, Leitungen gelegt …«
Wir steigen auf, und ich umarme ihn.
»Zum Strand, Billy.«

«Okay, aber leicht ist das nicht. Du weißt, die Bullen halten hier die Pärchen an und fragen nach ihrer Heiratsurkunde.«

Stimmt, aber scheiß drauf. Langsam und feierlich reiten die zwei bleichen Gesetzlosen durch die Stadt der offenen Feuer. Ich brülle einen Song von Aretha Franklin in die Nacht. Männer hocken neben ihren kaputten Autos. Wilde, verstümmelte Köter laufen uns über den Weg. Der Verkehr wälzt sich durch den Staub, an Hotels, den Gebäuden der Fluggesellschaften und an Studenten vorbei, die unter Ampeln hocken und in ihrem Licht lesen, nicht weit von dort, wo Terroristen Bomben explodieren lassen und die Straße wie Plastik schmilzt.

Wir schaffen es bis zum Strand, ohne unsere Heiratsurkunde vorzeigen zu müssen. Mehr Wüste als Strand. Nur Sand: keine Geschäfte, keine Hotels, keine Eisverkäufer, keine Tätowierer. Völlig dunkel. Panikartig suchen deine Augen nach Licht, nach Sicherheit. Aber die Vorhänge der Welt sind hier lückenlos zugezogen.

Ich führe Billy zur Strandhütte der Flunder. Diese *Hütte* ist größer als Mas Wohnung. Wir drücken die Hintertür auf und stehen im großen Wohnzimmer. Billy und ich tanzen herum und reißen die Fensterläden auf. Auftritt Mondlicht und Strand. Billy faselt immer noch von seinem Dad.

»Paps sagte, bohr in der Küche ein paar Löcher. Aber ich mußte die Karre auskippen. Also hat er gebohrt. Er hat ein Kabel oder so was getroffen. Jedenfalls ist er tot.«

Wir küssen uns lange, ungefähr vierzig Minuten. Beim Küssen kann man nicht viel machen; es könnte einem wie eine Ewigkeit vorkommen, eine halbe Stunde lang eine fremde Zunge im Mund zu haben, aber wir tun, was man tun kann. Ich ziehe mich nackt aus und höre dem Meer zu und weine fast, so sehr vermisse ich die South Africa Road. Aber dafür reiben unsere Lippen leicht aufeinander, berühren sich kaum.

Härter. Ich drücke seinen massigen Kopf gegen meinen, presse meine Zunge in seine Mundwinkel. Bald gleite ich durch die Mundöffnung und taste dem inneren Schwung seiner Lippen nach. Dann füllt seine Zunge plötzlich meinen Mund, dringt in mich ein, und ich fasse sie mit meinen Zähnen. Ach, ach, ach. Er zieht sie zurück, ich folge ihr, schiebe meine Zunge in seinen Maulofen und liege auf der Bank vor den offenen Fensterläden, blicke über das Arabische Meer, vereint durch Zunge und Schleim, meine Finger in seinen Ohren und Haaren, seine Finger in mir, unsere Körper verschmelzen, bis wir uns vergessen und an nichts mehr denken; Dank sei der Vögelei.

Es ist immer noch dunkel, und höchstens neunzig Minuten sind vergangen, als ich einen Wagen höre, der vor der Hütte hält. Ich rüttele Billy wach, schieb ihn von mir runter und schleif ihn durch das Zimmer in die Küche. Die dämliche Tür hat sich verzogen und schließt nicht richtig, also legen wir uns nebeneinander auf den Fußboden. Ich presse meine Hand auf Billys Maul. Direkt vor meiner Nase riecht es nach Scheiße. Ich muß kichern. Ich stopfe mir Billys Finger in den Mund. Er kann sich vor Lachen nicht halten. Aber wir werden schlagartig still, als ein Pärchen die Hütte betritt und es sich darin bequem macht. Aus irgendeinem Grund glaube ich, wir sollen erschossen werden.

Der Mann sagt: »Komisch. Meine Schwester muß beim letzten Mal die Fensterläden offengelassen haben.«

Die andere Person sagt, es sei schön, das Mondlicht und so weiter. Dann hören sie auf zu reden. Ich kann meine Hand vor Augen nicht sehen, aber die Ohren sind voll ausgefahren. Yeah, Kußgeräusche.

Nadia sagt: »Nimm du die Pariser, Bläschen!«

Meine Schwester und die Flunder! Sieh an. Die Flunder zündet eine Laterne an. Genau, da sind sie, jetzt kann ich sie erkennen: Sie versucht ihm sein langes Hemd über den Kopf zu ziehen, und er will nicht.

»Nur meinen Hintern!« quietscht er. »Mein Bauch! O mein Gott!«

Es überrascht mich nicht, daß er sich schämt, wenn ich mir in diesem Dämmerlicht den Balkon über seinem Spielzeugladen ansehe.

Ich höre meinen Namen. Nadia erzählt der Flunder – oder *Bläschen*, wie sie ihn nennt –, daß mir das Zentrum für Familienplanung in London Kondome gegeben hat. Die Flunder gluckst vor Mißbilligung, liegt auf dem Bett vor dem Fenster und sieht aus wie ein Nilpferd; meine Schwester hockt über seiner Wampe, hebt und senkt sich, seufzt und schreit manchmal auf, fast als wäre sie überrascht. Dabei schwatzen sie ganz natürlich weiter, vögeln und klatschen, und die Flunder redet von mir. Er will wissen, ob ich's mit vielen Männern treibe. Ob ich's mit jedem mache? Und wie mich mein Vater erziehen will, jetzt, wo ich in seiner Hand bin? Billy ändert seine Stellung. Er könnte diesen ganzen Quatsch leicht glauben. Ich wünschte mir, ich hätte ein Stück Papier und einen Stift, um ihm eine Nachricht zu schreiben. Statt dessen küsse ich ihn sanft. Während ich ihn küsse, spüre ich wieder dieses eigenartige Gefühl, das ich heute zum ersten Mal gespürt habe: Ich merke, daß es Billy ist, den ich küsse, nicht nur seine Lippen, spüre nicht nur seinen Körper, sondern mir ist, als wäre es was Inneres, als wäre seine Haut die ganze Person, als wäre sie seine Vergangenheit und sein Blut. Amore ist noch nie derart vertraut für mich gewesen!

Nadia und die Flunder werden schärfer. Ständig fragt sie Bläschen, warum sie es nicht jeden Tag treiben können. Er sagt ja, ja, ja, und kannst du mir die Eier kraulen? Ich frage mich, wie sie die finden will. Dann schüttelt es die Flunder, und Nadia, die sich rhythmisch bewegt, als tanze sie einen langsamen Tanz, muß aufhören. »Bläschen!« sagt sie und schlägt ihn, als wäre er ein unartiges Kind, das sich gerade erbrochen hätte. Bläschens Hintern entfährt ein langer Furz. »Oh, Bläschen«, sagt sie und sinkt auf ihn herab, hält ihn fest umarmt.

Er schläft bald ein. Nadia wuchtet sich von ihm herunter, geht zum Sessel und weint ein bißchen vor sich hin, während sie ihn ansieht. Sie will nur im Arm gehalten und geküßt und berührt werden. Ich möchte fast selbst zu ihr hingehen.

Als ich aufwache, ist es hell, und sie sitzen nebeneinander und reden von ihrem Lieblingsthema. Die Flunder raucht, und sie versucht, ihm einen zu wichsen.

»Warum ist sie eigentlich mit dir hierhergekommen?« fragt er. Billy öffnet seine Augen und weiß nicht, wo er ist. Dann seufzt er. Ich stimme ihm zu. Wo sind wir hier nur, was tun wir hier überhaupt? (Andererseits, denke ich gerade, bin ich auf Feten immer in der Küche zu finden.)

»Nina hat mich einfach morgens beim Frühstück gefragt. Ich hatte keine Wahl, und dieser Mann, Howard –«

Die Flunder lacht: »Du hast gesagt, er sei hübsch.«

»Ich habe nur gesagt, daß er schönes Haar hat«, sagt sie.

Aber hier halte ich es mit der Flunder, obwohl er dieses Kompliment kaum verdient hat. Die Flunder steht auf. Er will gehen.

Und Billy auch. »Ich halte das nicht mehr lange aus«, sagt er. Nadias Kopf zuckt in unsere Richtung. Einen Moment lang fürchte ich, sie hat uns gesehen. Aber die Flunder lenkt sie ab. Ich höre Autoschlüssel klappern, und die Flunder sagt: »Hier, zieh dir deinen Slip an. Ich möchte nicht, daß deine Unterwäsche auf dem Boden liegenbleibt. Aber zuerst will ich ihn küssen! Ich küsse ihn!«

Ich höre saugende Kußgeräusche. Billy windet sich fürchterlich und trommelt mit seinen Absätzen auf den Boden. Nadia
sieht zur Flunder, der sein Gesicht in einer Handvoll weißer
Baumwolle vergraben hat.

»Und«, sagt er mit erstickter Stimme, »der Saft steigt wieder
in meinem Kolben, Nadia. Komm, meine Schöne, legen wir
uns hin.«

Schwungvoll greift die Flunder nach ihrer Hand und zerrt sie
zu seinem Gestänge. Sie schlägt die Hand zur Seite. Sie sieht
nicht gerade glücklich aus.

»Ich habe meinen Slip an, du verdammter Idiot!« sagt Nadia
barsch. »Diese Unterhose, in die du gerade deine Nase vergraben hast, gehört offenbar einer anderen Frau, mit der du es
hier getrieben hast!«

»Was? Aber ich war mit keiner anderen Frau hier!« Die Flunder
starrt sie wütend an. Er untersucht die Unterwäsche, als würde
er hoffen, darin einen Namen zu finden. »Marks & Spencer.
Seltsam. Mir wird schlecht.«

»Marks & Spencer! Scheiß drauf!« sagt Billy und schiebt meine
Hände von seinem Gesicht. »Mir fallen gleich Arme und Beine
ab!«

Also steht Billy auf. Er kämmt sich das Haar, schlägt sich den
Hemdkragen hoch, schlendert ins Wohnzimmer und singt ein
paar Refrains von *The The*. Ich hoch und ihm nach und sehe
gerade noch, wie Nadia ihren Mund aufreißt und bei unserem
Anblick einen lauten Schrei ausstößt. Die Flunder hat keine
Hose an, jault erschrocken auf und läßt meinen Slip fallen,
den ich aufhebe und ganz lässig anziehe. Ich bin ruhig und
auf das Schlimmste gefaßt. Jedenfalls habe ich meinen Arm
um Billy.

»Hey zusammen«, sagt Billy. »Wir haben im anderen Zimmer
geschlafen. Keine Sorge, wir haben nichts gehört, weder die
Sache mit den Parisern noch das von Ninas Charakter oder

das von den Unterhosen oder sonst irgendwas. Nichts. Wie wär's übrigens mit einer Tasse Tee?«

Gegen Mittag steige ich von Billys Motorrad. »Baby«, sagt er. »Glücklich«, sage ich, trage sein kariertes Hemd offen über der Hose. Ich gehe am Sprenger vorbei über den Rasen zu Dads Club, einem sonnenverwöhnten weißen Palast mitten zwischen Blumen.

Diener in weißen Uniformen, unterwürfig wie Beerdigungsunternehmer, stellen Tabletts mit dampfendem Joghurt ab. Ich könnte selbst einen vernünftigen Drink gebrauchen. Oberste mit Generälen und die Damen mit Dauerwelle fächeln sich zu und sitzen mit überschlagenen Beinen in Rohrstühlen. Hätte ich bloß länger geschlafen.

Der alte Herr. Da stehst du, in Blazer und Leinenhose, blätterst durch *The Times* auf dem Lesepult aus Eiche, von dem aus du den Garten überschauen kann. Du blickst auf. Sieh an, sieh an, sagen deine Augen, mit der könnte ich spielen. Der heutige Tag ist gerettet.

Du führst mich in den Speisesaal. Hier ist es kühl und elegant, und auf den Tischen liegen dicke weiße Tücher und silbernes Besteck. Männer rücken für die hübschen, schlanken Frauen Stühle zurecht, und Kellner nehmen den fetten Männern ihre Jacken ab. Mir fällt auf, daß im Saal keine Jugendlichen zu sehen sind.

»Häuf dir was auf deinen Teller«, sagst du freundlich, »und komm her und setz dich zu mir. Bring mir auch was mit. Ein bißchen Fleisch und von dem Dhal.«

Aus den Kupfertöpfen des Büfetts in der Mitte des Saals löffle ich Essen auf den Teller und bringe es dir. Und da sitzen wir, Vater und Tochter, nichts als Freundlichkeit.

»Wie geht es dir heute, Daddy?« frage ich und streichele ihm über die Wange.

130

Um uns herum schlägt sich die gesetzte Oberschicht den Wanst voll. Du hast mich nicht gehört. Noch einmal frage ich sanft: »Wie geht es dir heute?«

»Du verdammtes Aas«, sagst du, schiebst deinen Teller zur Seite und zündest dir eine Zigarette an.

»Ach herrje«, sage ich und merke, wie mir ein wenig kalt wird.

»Jetzt wissen wir, was wir voneinander zu halten haben.«

»Wo zum Teufel warst du in der letzten Nacht?« fragst du. Du sagst: »Du bist einfach abgehauen und hast niemandem Bescheid gesagt. Ich war verrückt vor Sorge. Mein Blutdruck ist bis zum Anschlag gestiegen. Dir hätte alles mögliche passieren können.«

»Ist es auch.«

»Der verdammte Junge ist nicht ganz dicht.«

»Aber Billy ist hübsch.«

»Red nicht, er ist genauso häßlich wie du. Und jemand, der mir ziemlich auf die Nerven geht.«

»Dad.«

»Unterbrich mich nicht! Ein Mischblut, ein Herumtreiber, ein Problem für alle, ein Außenseiter, heimatlos wie so ein Blö-der-Zufall-Bastard-Köter, den keiner haben will und den jeder in den Hintern tritt und der über das Antlitz dieser Erde stromert.«

Für die unter euch, die das Menü interessiert, ich löffle gerade Tränensuppe.

»Du hast uns verlassen«, sage ich. Ich zittere. Du zitterst. »Vor Jahren, da hast du Ma gevögelt und hast uns verlassen, du bist abgehauen und bist nie wiedergekommen und hast uns kein Geld geschickt, statt dessen durften wir uns Scheiß-Jesus Christ Superstar und Evita ansehen.«

Jemand kommt, ein gewiefter Richter, einer, der half, den Premierminister zu hängen. Wir schütteln uns alle die Hand. Verdammt, ich kann mit der Heulerei nicht aufhören.

Es wird dunkel. Ich räkle mich im Liegestuhl vor Billys Zimmer auf dem Dach. Billy sitzt auf einem Kissen. Wir tragen abgeschnittene Jeans, trinken Eiswasser und lesen alte Zeitungen, die wir untereinander austauschen. Unsere Wäsche hängt über einer Schnur, die wir zwischen Fernsehantenne und Zimmerecke aufgespannt haben. Die Tür zum Zimmer steht offen, und wir hören – in voller Lautstärke – zum x-ten Mal *Who's Loving You*, unsere Lieblingsplatte. Billy sagt immer: »Komm, noch mal, einmal noch.« Wir sind wie ein altes Pärchen auf einer Betonterrasse in Shepherd's Bush, bis wir aufstehen und barfuß tanzen und lachen und nach Luft schnappen, weil das Dach unter unseren Füßen so heiß ist, dann gehen wir ins Zimmer und lieben uns noch einmal.

Billy geht ins Bad, um zu duschen, und ich sehe ihm nach. Ich bin nur ungern von ihm getrennt. Ich höre, wie er die Dusche aufdreht, und ich setze mich hin und schiebe die Zeitungen zur Seite. Ich gehe nach unten zu Nadias Zimmer und klopfe an ihre Tür. Frauchen sitzt neben der Tür, hinter ihr Trampel.

»Sie ist nicht da«, sagt Trampel.

»Komm herein«, sagt Nadia und öffnet die Tür. Ich gehe ins Zimmer und setze mich auf den Stuhl vor ihrem Ankleidetisch. Es ist hübsch hier. Alles ist pink, und ihre Sachen sind ordentlich aufgeräumt. Sie sitzt auf dem Bett und striegelt ihr Haar, bis es glänzt. Ich sage ihr, daß wir miteinander reden sollten. Sie lächelt mich an. Ich merke, daß sie sich Mühe geben will, aber es überrascht mich. Sie hat letztens ziemlich verrückt gespielt, als wir aus der Küche kamen; sie hat sogar versucht, mich zu schlagen.

»Es war Zufall«, sage ich ihr jetzt.

»Aber was glaubst du, welchen Eindruck das auf den Mann gemacht hat, den ich heiraten will?« fragt sie.

»Sag einfach, es sei meine Schuld. Sag, ich sei eine von diesen bescheuerten Westlern. Sag, ich sei verrückt.«

»Es wirft ein schlechtes Licht auf die ganze Familie«, sagt sie.

Sie geht zum Schrank und öffnet eine Schublade. Sie nimmt einen Umschlag heraus und gibt ihn mir.

»Ein Geschenk für dich«, sagt sie freundlich. Als ich den Umschlag aufreißen will, legt sie ihre Hand über meine. »Bitte, nicht jetzt. Es soll eine Überraschung sein.«

Billy steht in Unterhosen auf dem Dach. Ich greife nach einem Handtuch und trockne sein Haar und seine Beine, und er hält mich, und wir bewegen uns zur Melodie einer imaginären Musik. Als ich mich an Nadias Umschlag erinnere, öffne ich ihn und nehme ein glänzendes Heftchen heraus. Es ist ein Ticket nach London.

Ich habe mein Ticket meinem Vater zur Aufbewahrung gegeben, ein offenes Ticket, mit dem ich jederzeit zurückfliegen kann. Ich sehe, daß Nadia bei der Fluggesellschaft gewesen ist, sie hat ein Datum eintragen lassen und den Flug gebucht. Ich soll morgen früh abfliegen. Ich gehe zu meinem Dad und frage ihn, was los ist. Er sieht mich nur an, und ich weiß, daß ich gehen muß.

4 Lieber Leser. Inzwischen ist dir sicher aufgefallen, daß ich, Howard, diese Nina- und Nadia-Story hier in meiner Wohnung geschrieben und daß ich das Land nicht verlassen habe, daß ich auf meinem breiten Hintern sitzen geblieben bin und mir John Coltrane angehört habe. (Zu selbstgedrehten Zigaretten.) Hast du wirklich geglaubt, Nina wären solche Sätze über die Lippen gekommen wie: »ein Akzent, so süß wie Sirup« oder »die Vorhänge der Welt sind hier lückenlos zugezogen« und erst recht das »ach, ach, ach«? Bei ihrer Erziehung? Ich war es also, von Anfang an, habe Grimassen gezogen und mit fremden Zungen geredet, habe nachgeahmt und versucht, der Wahrheit durch Lügen beizukommen. Außerdem wollte ich einfach Nina sein. Die Tage, die Deborah und ich damit verbracht haben, ihr den Kopf vollzustopfen, sie zurechtzubiegen, lies dies, lern tanzen, hier ein Buch über Balanchine und da dieses. Was hat sie mit diesem Kraftfutter angefangen? Also wurde ich sie, bin ich in sie hineingeschlüpft. Tut mir leid.

Nina ist seit einer Woche zurück, aber ich habe erst gestern von ihr gehört, als sie mich anrief, um mir zu sagen, daß ich ein Idiot sei und daß sie mich unbedingt sehen müsse. Ich mach mich sofort auf den Weg.

Bei Nina. Sie sitzt da, am Küchentisch, ihre Füße neben dem Aschenbecher auf dem Tisch, die Pose einer Künstlerin. Deborah ist noch nicht aus der Schule zurück.

»Du siehst phantastisch aus«, sage ich. Sie zuckt nicht vor Abscheu zusammen, als ich ihr einen Kuß gebe.

»Sehe ich phantastisch aus?« fragt sie interessiert.

»Yeah. Braun. Fit. Erholt.«

»Ach, ist das alles?« Sie sieht mich scharf an. »Einen Moment lang dachte ich, du würdest mir was Interessantes sagen. Etwa, daß ich mich verändert hätte. Oder daß ich aussehe, als wäre mir etwas passiert.«

Wir spazieren durch die Siedlung, Freitag nachmittag. Sie geht, als wäre sie über all das hier erhaben, als hätte sie es bereits hinter sich gelassen! Sie erzählt mit ruhiger Stimme: ihr Vater, die Diener, der Junge Billy, der Kuß, der Slip. Sie sagt: »Ich war total verzweifelt, als ich Billy in diesem Land allein zurücklassen mußte. Was fängt er an? Was passiert mit ihm? Ich habe ihm ein Paket mit Kassetten geschickt. Ich habe ihm einige Videos geschickt. Aber er wird einsam sein.« Sie ist sehr aufgeregt.

Wir essen alle drei zu Abend, und Deborah will von der Schule erzählen, aber Nina ignoriert sie. Genau wie früher. Aber Nina ignoriert Deborah nicht aus purer Grausamkeit, sondern weil sie mit ihren Gedanken woanders ist. Deborah denkt, daß Nina sie vielleicht für immer verlassen hat. Und ich mache mir Sorgen, daß Debbie mehr von mir wollen könnte.

Am nächsten Tag fliege ich an meinen Schreibtisch, lege eine Miles-Davis-Kassette ein und laß alles raus, tippe, was Nina gesagt hat, wie sie aussah, was wir gemacht haben, und ich schreibe (und streiche es später wieder durch), daß ich Deborah gerne meinen kleinen Finger in den Arsch stecke, wenn wir vögeln, und daß sie es auch bei mir macht, wenn sie bequem rankommt. Schamlos schreibe ich alles runter (und füge noch einige Kleinigkeiten hinzu), weil es mein Job ist, aufzuschreiben, was um mich her passiert, und weil ich mir vorgenommen habe, daß mir nichts heilig ist.

Was bedeutet das für mich?

Ich war einmal im Kino, als der gerade enttarnte Spion Anthony Blunt mit einem Freund hereinkam. Der ganze Saal (ich nicht) stand auf und schrie: »Raus, raus, raus«, bis die alte Tunte aufstand und ging. Bei dem, was ich zu tun habe, fühle ich mich wie dieser alte Spion, wie ein dreckiger Verräter mit einem Lautsprecher.

Ich biete euch diese Geschichte an, Deborah und Nina. Bevor ich sie zu meinem Verleger schicke, könnt ihr damit machen, was ihr wollt.

Lieber Howard,
Wie überaus nett von Dir, auf dem Küchentisch Deine Geschichte mit der beiläufigen Bemerkung: »Ich glaube, du solltest das hier lesen, bevor es veröffentlicht wird« liegen zu lassen. Ich habe mich gefreut, Dir einen Extra-Kuß gegeben und gedacht: Endlich

will er seine Arbeit (fast hätte ich geschrieben: seine Welt) mit mir teilen.

Ich wollte erst nicht glauben, daß Du die Geschichte mit einer Abtreibung angefangen hast. Du weißt, daß ich weiß, daß dieser Teil ungekürzt einem Brief entnommen ist, den Deine frühere Freundin Julie Dir geschrieben hat. Du warst bequemerweise in New York, als sie ihre Abtreibung hatte, so daß sie sich die Splitter ihres gebrochenen Herzens per Brief ausreißen mußte, und Du schiebst sie in Deine Geschichte ein und läßt es aussehen, als wenn meine Tochter es geschrieben hätte.

Die Geschichte ist auch über mich, über unsere *Beziehung* und darüber, wo wir unsere Finger hinstecken. Daß Du mich als fade Jammertrine beschreibst, der von Männern übel mitgespielt wurde, hätte mich zutiefst deprimiert, wüßte ich nicht, daß gefühllose, blutsaugerische Männer wie Du Frauen auf griffige Klischees reduzieren müssen, sie sogar zerstören müssen, wenn sie die Kontrolle nicht verlieren wollen.

Es tut mir bloß leid, daß ich so lange gebraucht habe, bis ich erkannt habe, was für ein elender, korrupter und blutsaugender Mensch Du bist, daß du die Liebe, die wir beide Dir angeboten haben, nie verdient hast. Du hast mich am Boden zerstört. Ich hoffe, Dir geschieht eines Tages das gleiche. Bitte versuche nicht noch einmal, Dich bei mir zu melden. Deborah

Irgend jemand trommelt an die Tür meiner Wohnung. Ich war den ganzen Tag allein. Ich erwarte niemanden, und wie ist, wer immer es ist, überhaupt in das Gebäude gekommen? »Mach auf, mach auf!« ruft Nina. Ich öffne, und da steht sie, völlig durchnäßt, eine pralle Sporttasche in der Hand und ein paar Plastiktüten unterm Arm. »Ziehst du ein?« frage ich.

»Möchtest du wohl«, sagt sie und steuert an mir vorbei. »Ich bin auf meinem Weg irgendwohin, und ich dachte, ich komme auf einen Sprung vorbei und leih mir ein bißchen Geld.«

Sie geht in die Küche. Es ist düster, und der Regen trommelt in den Innenhof. Aber Nina ist gut gelaunt, freut sich, wieder in England zu sein, und über ihren Vater macht sie sich keine Illusionen mehr. Er war wohl ziemlich hart zu ihr, hat sie Mischling genannt und so.

»Na, Howard, steckst ganz schön in der Scheiße, wie?« sagt Nina. »Ma hat die Schnauze von dir gestrichen voll. Sie hört mit der Heulerei überhaupt nicht mehr auf. Es war nicht auszuhalten. Ich bin weg. Ich meine bloß, es gibt Leute, die sterben an gebrochenem Herzen. Und damit kann man auch jemanden umbringen.«

»Red nicht davon«, sage ich, zerschlage das Eis mit einem Hammer und laß es in die Gläser klirren. »Sie hat mir einen wütenden Brief geschrieben. Willst du ihn lesen?«

»Der ist privat, Howard.«

»Lies ihn, verdammt noch mal«, sage ich und schieb ihn zu ihr rüber. Sie liest ihn, und ich gehe in der Küche auf und ab und starre sie an. Eine Zeitlang stehe ich hinter ihr. Ich kann heute nicht anders, ich muß sie ständig ansehen.

Sie legt den Brief zur Seite und zeigt kein Gefühl. Sie ist nicht sentimental; bei solchen Sachen ist sie immer praktisch, weil sie weiß, was für Arschlöcher die Menschen sind.

»Du hast Ma schon früher eine reingewürgt. Sie wird darüber wegkommen, und außer einem Haufen Mittelklasse-Wichsern liest den Scheiß, den du schreibst, sowieso keiner. Solange sie dich bezahlen und solange du mir was von der Knete abgibst, habe ich nichts gegen dich.«

Ich hatte recht. Ich wußte, sie würde sich geschmeichelt

fühlen. Ich gebe ihr Geld, und sie hebt ihre Sachen auf. Ich will nicht, daß sie geht.

»Wohin gehst du?«

»Zu einer Freundin in Hackney. Einer, mit der ich zusammen in der Klapse war. Ich werde bei ihr wohnen. Billy kommt übrigens auch bald.« Sie grinst. »Ich bin glücklich.«

»He. Das ist gut. Du und Billy.«

»Yeah, das ist es!« Sie steht auf und schüttet den Rest Whisky in sich hinein. »Man sieht sich!«

»Geh noch nicht.«

»Muß aber.«

An der Tür sagt sie: »Viel Glück mit dem Schreiben und so.« Ich bringe sie zum Fahrstuhl, und wir fahren zusammen runter. Wir gehen zum Eingang des Hauses. Als sie hinaus auf die Straße tritt, wo es Bindfäden regnet, sage ich: »Ich begleite dich bis an die Ecke«, obwohl ich für das Wetter nicht das richtige trage.

An der Ecke kann ich sie nicht gehen lassen, und ich bringe sie zur Bushaltestelle. Fünfzehn Minuten warte ich mit ihr, in Hemd und Pantoffeln. Ich bin völlig durchnäßt, trage sämtliche Tüten, aber ich denke, das hat nichts zu sagen. »Geh nicht«, denke ich unaufhörlich. Dann kommt der Bus, und sie nimmt mir die Tüten ab und steigt ein, und ich stehe da und sehe sie an, aber sie sieht nicht zurück, weil sie an Billy denkt. Der Bus fährt ab, und ich sehe ihr nach, bis sie verschwunden ist, und dann gehe ich in meine Wohnung und ziehe mich aus und nehme ein Bad. Später schreibe ich auf, was sie gesagt hat, aber das Zimmer riecht noch nach ihr.

Blue, Blue Pictures

Früher habe ich gern über Sex geredet. Das ganze Leben – von Politik bis Ästhetik –, so dachte ich, gipfele in leidenschaftlichen Begegnungen. Eine zärtliche Geste, ein Kuß allemal, konnte dich aus deiner Sehnsucht heraus nach Rußland versetzen und weiter zu Velazquez bis hin zur Anarchie. Um diese Phantasie zu untermauern, hatte ich einmal vor, ein »Buch des Begehrens« zusammenzustellen, eine Anthologie befremdlicher, melancholischer und drolliger Geschichten zu diesem Thema. Hätte ich diesen Plan verwirklicht oder mit der Arbeit auch nur angefangen, hätte ich die folgende Geschichte aufgenommen. Es ist eine sonderbare Geschichte. Eshan, der Fotograf, der sie mir erzählte, hat dieses Wort selbst benutzt. Zumindest sagte er, es sei die sonderbarste Bitte gewesen, die man je an ihn gerichtet habe. Als er in der Kneipe darauf angesprochen wurde, reagierte er zuerst mit Verlegenheit und Verwirrung. Aber natürlich war er auch fasziniert.

Am Ende der Straße, dort, wo Eshan ein winziges Büro und ein kleines dunkles Zimmer hatte, gab es einen Pub, in den er nahezu täglich zwischen halb sieben und sieben Uhr einkehrte. Er hielt sich gern an die Bürostunden, da er glaubte, daß seine Arbeit viel Disziplin verlangte, als würde er ohne Disziplin dem Wahnsinn verfallen, dabei war er dem Wahnsinn nie auch nur nahe gekommen – wenn man einmal davon absah, daß er sich in diese Kneipe setzte.

Eshan glaubte, die Routine zu mögen, und wochenlang tat er jeden Tag genau das gleiche, verfluchte aber immer wieder dieses Versinken in Gewohnheit. Im Pub rauchte er, trank und las ein, zwei Stunden die Zeitung, je nachdem, wie er gelaunt war und ob er wegen seiner Frau und seinen zwei Kindern ein schlechtes Gewissen hatte, sentimental gestimmt oder ihnen einfach nur sehr zugetan war. Manchmal kam er nach Hause, noch ehe die Kinder schliefen, und er trug sie huckepack, spielte mit ihnen Fußball und erzählte Geschichten von Schweinen mit Spinnen auf den Schädeln. Dann wieder kam er spät, so daß er seiner Frau das Essen machen konnte, und dann bedrückte ihn nicht länger der Gedanke, daß die Kinder sein Leben verschlangen.

Es gab viele glücklose Menschen in diesem Pub: schlaftrunkene Junkies aus der nahen Rehabilitationsklinik, Arbeitslose und Langzeitarbeitslose und Dauerkicker. Eshan nickte vielen von ihnen zu, doch wenn sich jemand, ohne zu fragen, an seinen Tisch setzte, konnte er unangenehm werden. Oft schwatzte er aber mit den Leuten im Lokal und freute sich über jede ablenkende Unterhaltung, mehr als er selbst es ahnte. Mit den Jahren war er folglich zu einer kauzigen Pubgestalt geworden.

Eshan wollte Leute fotografieren, die etwas Bedeutendes geschaffen hatten, deren Arbeit »wichtig« war. Dabei handelte es sich um Philosophen, Autoren, Maler, Filmemacher und Theaterregisseure. Er benutzte kaum Requisiten – nur einen grauen Vorhang – und hartes, direktes Licht. Dabei sollte nichts verborgen, sondern etwas bloßgestellt werden. Der Betrachter konnte das Gesicht mit der Tätigkeit des Fotografierten verbinden. Eshan nannte seine Bilder die Augenblicke der Wahrheit in den Zügen jener Menschen, die die Wahrheit suchten.

Er fotografierte Künstler und hielt sich insgeheim selbst für »eine Art« Künstler. Sich zu porträtieren – ein sich veränderndes, repräsentatives Wesen voller Tugenden und Idiotien – war für Eshan eine jener Beschäftigungen, die ein Höchstmaß an Ehrlichkeit und Erfüllung verlangten. Doch obwohl seine

Arbeiten veröffentlicht und ausgestellt worden waren, mußte er immer noch seine Mappe mit Empfehlungsschreiben verschicken und Leuten mit seinem Können in den Ohren liegen. Das war erniedrigend. Er hätte es inzwischen zu mehr gebracht haben können, doch er fand sich mit seiner Situation ab, dachte sich, daß er im großen und ganzen besaß, was er für ein einfaches, wenn auch nicht zufriedenes Leben brauchte. Seine Frau illustrierte Kinderbücher und konnte gutes Geld damit verdienen, so daß sie zurechtkamen. Um selbst anständig verdienen zu können, mußte Eshan neue Bands für die Poppresse fotografieren – obwohl ihn diese unreifen Gesichter keineswegs interessierten, nur hin und wieder faszinierte ihn ihre Häßlichkeit, die Dämlichkeit ihrer Unschuld oder ihre krassen Hoffnungen. Doch man verlangte nur Klischees.

Ein Mann namens Brian, der stets eine rosafarbene Sonnenbrille trug, begann, sich regelmäßig mit Eshan im Pub zu treffen. Der Pub war sein erster Halt gleich nach dem Frühstück. Er antwortete vage auf die Frage, was er so trieb, schien aber irgendwas mit dem Managen von Bands und mit ähnlichen Geschäften in Sachen Musik zu tun zu haben. Seine Hauptbeschäftigung war der Verkauf von Drogen, und es machte ihm Spaß, Eshan mit diversen Grassorten zu beliefern, die ihn seiner Meinung nach »kreativ« machen würden. Eshan erwiderte, er nehme Drogen, wenn er am Abend seine Kreativität dämpfen wolle. Wenn Eshan über Surrealismus oder über die großen Fotografen sprach, dann hörte Brian mit unschuldigem Enthusiasmus zu, als ginge es dabei um etwas, für das sein Interesse geweckt werden könnte, wäre er ein anderer Mensch. Wie sich herausstellte, wußte er einiges über jene Musik, die Eshan besonders gern mochte – die psychedelische Musik der West Coast aus der Mitte der sechziger Jahre –, und über die Filme, die Bücher und die Politik dieser Zeit. Eshan sprach von dem Traum von Freiheit, von Rebellion und Unverantwortlichkeit, den diese Ära verkörperte, und wie er sich wünschte, er hätte den Mut besessen, nach Kalifornien zu fahren und mitzumachen.

»Klingt wie die letzten Jahre in London«, sagte Brian. »Nur die Musik ist heute schneller.«

Einige Monate nachdem Eshan sich zum ersten Mal mit ihm im Pub getroffen hatte, trennte sich Brian von seinen diversen Freundinnen. Er ging regelmäßig aus – es war wie ein Job –, und er war einer jener Männer, zu denen sich Frauen in der Öffentlichkeit hingezogen fühlen. Es lag Hoffnung darin; jede Nacht konnte ihn zu neuen Orten bringen. Doch Brian war fast dreißig. Lange hatte er bei allem mitgemacht, was neu war, hatte nicht für den Augenblick, sondern für den nächsten Kick gelebt. Er begann allmählich zu begreifen, wie wenig ihm von seinem Vergnügen geblieben war, und er hatte Angst.

Er hatte eine Frau kennengelernt, die einmal Schlagzeug in einer Trip-hop Group gespielt hatte. Jedes Thema – sei es Ökonomie oder seien es die jeweiligen Vorzüge von Paris, Rom oder Berlin – brachte seine Rede auf diese Frau zurück. Tag für Tag wandte er beträchtliche Mühe auf, ihr ein Geschenk zu machen, manchmal war es nur ein Stift. Dann war es eine Erstausgabe von Elizabeth David, eine Art-déco-Lampe aus Prag, eine Aufnahme von *Five Easy Pieces*, ein Raubdruck einer Lennonplatte, auf der er *On The Road to Rishikesh* sang. Brian brachte diese Dinge mit in den Pub und bat Eshan gespannt um seine Meinung. Eshan fragte sich, ob Brian glaubte, er verfüge über Geschmack und ein sicheres Urteil, weil er Fotograf war und als Ehemann sicherlich einige Kenntnis von Romantik besaß.

Nach einigen Drinks ging Eshan nach Hause, und Brian begann mit jenen zahllosen Anrufen, die nötig waren, um die kommende Nacht zu planen. Später, für Eshan mitten in der

Nacht, würden Brian und Laura dann in einen Club gehen, zu irgend jemandem nach Hause und dann in weitere Clubs. Eshan erfuhr, daß einige Häuser ausschließlich am Sonntagmorgen um neun Uhr öffneten.

Während er mit seiner Frau im Bett lag, fernsah, Romane aus dem neunzehnten Jahrhundert las und Kamillentee trank, versuchte Eshan sich vorzustellen, was Brian und Laura miteinander trieben, was sie an Spaß zusammen hatten. Er freute sich darauf, am nächsten Tag zu hören, wo sie gewesen waren, welche Drogen sie genommen, was sie getragen und worüber sie sich unterhalten hatten. Vor allem wollte er wissen, wie Laura auf die einzelnen Geschenke reagierte, ob sie mehr Geschenke, schönere Geschenke forderte oder ob sie die Vorzüge jeder einzelnen Gabe zu schätzen wußte. Und was, so erkundigte sich Eshan einigermaßen besorgt, bekam Brian von ihr?

»Genug«, antwortete Brian unweigerlich.

»Ist sie gut zu dir?«

Überraschenderweise antwortete Brian, daß ihm noch von keiner Geliebten gezeigt worden war, was sie habe. Er beugte sich vor, blickte nach links und nach rechts und fühlte sich trotz der Treue zu seiner Lieben gedrängt, ihm zu sagen, was dies denn war. Ihre Berührungen, ihre Worte, ihre sinnliche Kunst, von ihrem Flüstern ganz zu schweigen, ihrem Keuchen, ihren Schreien; und ihre schlanken Handgelenke, die langen Finger und der dunkle, seidenweiche Busch, der abstand wie der zurückgekämmte Irokesenschnitt eines Punks – all das bedeutete für ihn ein unvergleichliches Entzücken. Erst letzte Nacht hatte sie ihn an den Schultern gefaßt und gesagt –

»Ja?« fragte Eshan.

»Dein Gesicht, deine Hände, du, alles, was du bist, du …«

Eshan trocknete sich die Handflächen an seiner Hose ab,

seufzte innerlich, hörte zu und nickte mit zustimmender, doch distanziert wirkender Miene. Er ermutigte Brian, alles noch einmal zu wiederholen, als handelte es sich um eine geliebte Geschichte, und Brian willigte begeistert ein, bis sie sich schließlich der Tatsachen nicht mehr sicher waren.

Vielleicht beneidete Eshan Brian um seine Geliebte und ihre Freuden, und Brian begann Eshan um seine Beständigkeit zu beneiden. Doch was es auch war, Brian ließ Eshan an seiner neuen Liebe teilhaben. Es war, wie Eshan erfreut feststellte, eine Qual. Laura brachte in Brian die besten Seiten zum Vorschein, Zärtlichkeit, Freundlichkeit, Großzügigkeit. Er drängte Leuten Drogen auf, damit er Laura allabendlich in ein Restaurant ausführen konnte; er lieh sich Geld und flog für eine Woche mit ihr nach Budapest.

Doch in der Liebe zählt jeder Augenblick doppelt, und jede Geste, jedes Wort und jede Betonung wird untersucht, als wäre es die Rede eines Präsidenten. Feste Erwartung, keimende Hoffnung, unermeßliche Enttäuschung – alle werden sie wie in einen Drogencocktail zusammengeworfen und innerhalb einer Stunde genossen, so daß die Liebenden ins Rotieren geraten. Wenn sie sich schönmachte und mit einem Freund auf eine Party ging, verbrachte er die Nacht wie ein Katatoniker mit Paranoia; wenn er eine Freundin von früher sah, ging sie davon aus, daß er nie wieder mit ihr reden würde. Und sie traf sich doch bestimmt mit einem anderen Mann, mit einem, der in jeder Hinsicht besser war als er? Empfand sie für ihn, was er für sie empfand? Sie zu lieben hieß, Angst zu haben, sie zu verlieren. Brian hätte sie in eine kahle Zelle gesperrt, hätte er damit die Zeit anhalten können.

Als Eshan eines Tages von der Theke zurückkam, sah er, daß Brian nach einer Mappe griff, die er liegengelassen hatte, daß Brian sie aufschlug und die Fotos hochhielt. Brian konnte dreist sein, das machte seinen Charme aus, und Eshan mochte

Charme, da er so selten war und es guttat, ihn wie ein Talent bewundern zu können. Doch der Charme stellte Brian auch als einen Mann bloß, der Angst hatte, denn sein Charme litt unter der Last, die Leute entwaffnen zu müssen, ehe sie ihn verletzen konnten.

»He«, sagte Eshan.

Brian deutete mit dem Finger auf ein Bild von Doris Lessing. Laura las gerade *Das goldene Notizbuch*, ob er es für sie kaufen könne? Eshan sagte, er könne es umsonst haben, aber Brian bestand darauf, bezahlen zu wollen. Sie einigten sich auf einen Preis und auf einen schwarzen Rahmen. Sie tranken noch einen und fragten sich, wie Laura es finden würde. Einige Tage darauf berichtete Brian, daß Laura, obwohl sie das Buch sicher nicht zu Ende lesen würde – sie las nie ein Buch zu Ende, die Befriedigung war nicht eindeutig genug –, das Bild toll fände. Ob sie sein Atelier sehen könne?

»Atelier? Wenn ich doch nur eins hätte. Aber ja, bring sie mit – es wird Zeit, daß wir uns kennenlernen.«

»Also morgen dann.«

Sie kamen über zwei Stunden zu spät. Eshan hatte meditiert, was er immer tat, wenn er angespannt oder wütend war. Die östlichen Religionen waren einfach unschlagbar, wenn es darum ging, ein Verlangen zu dämpfen. Als er das Licht ausmachte und gehen wollte, klopften Brian und Laura an die Tür, eine Flasche Wein in der Hand. Eshan breitete seine Arbeiten vor Laura aus. Sie betrachtete jede eingehend. Sie rauchten das Dope, das sich Eshan auf dem Balkon aus Brians Samen gezogen hatte, legten sich auf den Boden, so daß sich ihre Köpfe berührten, und sahen sich einen Film von Kenneth Anger an. Dann telefonierten Brian und Laura mit einigen Leuten und sagten, sie würden ausgehen. Ob er gerne mitkommen wollte? Fast hätte Eshan eingewilligt.

Doch dann sagte er, er würde sie gern begleiten, aber er stehe stets früh auf, um zu arbeiten. Zudem habe diese Musik, dieser elektronische Blitz aus Kreischen, Piepsen und Hämmern, nichts Menschliches.

»Ja, das stimmt«, sagte Laura. »Es gibt da nichts Menschliches. Ein Haufen drogenabhängiger Roboter.«

»Das meinst du nicht ernst«, sagte Brian.

Einige Tage nach diesem Besuch stellte Brian seine sonderbare Bitte.

»Sie war gern bei dir«, sagte er, während Eshan die Zeitung las.

»Hat mir auch gefallen«, brummte Eshan, ohne aufzusehen. »Hätte jedem gefallen.«

Es machte Brian glücklich, wenn sie gelobt wurde. »Ist sie nicht hübsch?«

»Nein, sie ist schön.«

»Ja, das ist sie, du hast das richtige Wort getroffen.« Brian griff nach dem Telefon. »Sie will dich um einen Gefallen bitten. Kann sie zu uns kommen?«

»Ich muß gehen.«

»Ich weiß, du mußt deine Kleinen ins Bett bringen, aber ich schätze, du wirst ihr Anliegen interessant finden.«

Laura war innerhalb einer Viertelstunde da. Sie setzte sich zu ihnen an den Tisch und fing an.

»Wir möchten, daß Sie uns fotografieren.«

Eshan nickte. Sie warf Brian einen Blick zu. »Nackt. Wir könnten auch ein paar Sachen tragen, Ringe im Bauchnabel oder so. Jedenfalls wollen wir uns dabei – lieben.« Eshan sah sie an. »Sie fotografieren uns beim Vögeln«, schloß sie. »Verstehen Sie?«

Eshan wußte nicht, was er sagen sollte.

Sie fragte: »Nun, was meinen Sie?«

»Ich mache keine Pornofotos.«

Er mußte ziemlich aufgeblasen geklungen haben, denn sie sah ihn amüsiert an.

»Ich habe mir Ihre Sachen angesehen, und wir haben keinen Mut zur Pornografie. Wir wollen nicht mal Schönheit. Und ich weiß, daß Sie das nicht interessiert.«

»Nein, aber worum geht es dann?«

»Wir gehen zusammen ins Bett, essen Cracker, trinken Wein, streicheln uns und schwatzen den ganzen Tag miteinander. Wir haben beide Schlimmes im Leben mitgemacht, verstehen Sie. Und jetzt wollen wir diesen Sommer festhalten – ich meine, wir wollen, daß Sie ihn für uns festhalten.«

»Damit Sie sich später daran erinnern können?«

Sie sagte: »Wahrscheinlich läuft es darauf hinaus. Wir wissen alle, daß die Liebe nicht von Dauer ist.«

»Stimmt das?« fragte Eshan.

Brian fügte hinzu: »Etwas anderes sollte an ihre Stelle treten.«

»Doch diese schreckliche Leidenschaft, dieses Mißtrauen … und diese Intensität … wird gezähmt werden. Ich glaube, wenn einer von uns eine Idee hat«, fuhr Laura fort, »selbst wenn es eine sonderbare Idee ist, dann sollten wir ihr nachgehen, finden Sie nicht?«

Eshan nahm an, daß er ihr recht gab.

Laura küßte Brian und sagte zu ihm: »Eshan macht mit.«

»Ich weiß nicht genau«, sagte Brian.

Eshan packte seine Sachen ein, verabschiedete sich und ging zur Tür, als er noch einmal zurückkam.

»Warum ich?«

Sie sah zu ihm auf.

»Warum? Brian hat Sie mit Ihren Kindern erlebt, und Sie sind bestimmt ein netter Vater, ein normaler Mann und verstehen sicher, was wir wollen.«

Er sah Brian an, der einen neutralen Ausdruck beibehalten

hatte. Sie sagte: »Aber ... wenn es für Sie zuviel ist, dann vergessen wir es einfach.«

Es war ein leichtfertig gefaßter Entschluß gewesen. Er würde ihr die Möglichkeit geben, die ganze Sache abzublasen. Sie konnte ihn am nächsten Morgen anrufen.

Im Bett dachte er darüber nach. Als Laura die Bitte gestellt hatte, war sie zwar aufgeregt, aber keineswegs unvernünftig oder überdreht gewesen. Natürlich ging es dabei um Eitelkeit, doch diese Eitelkeit war rührend und naiv, keineswegs großspurig, und er war mehr als je zuvor für Naivität zu haben. Außerdem war Laura eine Frau, die man sich bestimmt gern ansah.

Ein altes Klavier und eine Gitarre, bemalte Leinwände, die an der Wand lehnten, Flugblätter einiger Clubs, Zigarettenpapier, Pillen, eine Rasierklinge und leere und volle Bierflaschen, die auf einer Kommode standen. Daran angelehnt – ein langer Spiegel. Das Bett, die Laken weiß, stand mitten im Zimmer.

Laura zog die Vorhänge vor und öffnete sie dann wieder halb.

»Haben Sie genug Licht?«

»Ich schaffe es schon«, flüsterte Eshan.

Brian fing an, sich zu rasieren. Und während Eshan seine Gerätschaften auspackte, klampfte Brian mit offenem Mund auf der Gitarre und trank Bier. Sie redeten alle drei sehr leise miteinander und waren umeinander besorgt, als würden sie etwas Gefährliches und zugleich Heikles tun, etwa eine Bombe anbringen.

Ein junger, mit Pickeln übersäter Mann betrat das Zimmer.

»Raus hier und geh ins Bett«, sagte Laura. »Er hat die Masern. Hat sie jeder hier gehabt?«

Sie lachten. Danach wurde es besser. Laura rückte einen Stuhl vor die Tür. Sie sahen zu, wie sie sich auf dem Bett zurechtlegte. Eshan fotografierte ihren Rücken, er fotografierte ihr Gesicht. Sie zog ihre Kleider aus. Der Luftzug vom offenen Fenster streichelte sie, und sie streckte ihre Hand nach Brian aus. Er ging zu ihr, und sie preßten ihre Gesichter aneinander. Eshan fotografierte. Sie zog ihn aus. Eshan fotografierte seine Verlegenheit. Bald nahmen sie verschiedene Stellungen ein, rückten ihre Köpfe zurecht, legten ihre Hände hierhin und dorthin. Brian lächelte, als stellte er sich vor, ein Model zu sein.

»Ihr macht das ganz nett, aber so wird das nichts«, sagte Eshan. »Es funkt nicht. Es ist tot.«

»Vielleicht hat er recht«, sagte Laura. »Wir müssen so tun, als wäre er nicht da.«

Eshan sagte: »Ich lege jetzt einen Film ein.«

Eshan ging nicht ins Bett, sondern trug noch in der Nacht seine Geräte durch die Stadt zurück ins Atelier. So schnell er nur konnte, entwickelte er die Bilder und ging nach Hause, als er fertig war. Seine Frau und seine Kinder saßen am Frühstückstisch und lachten und stritten sich wie jeden Morgen. Er ging hinein, und seine Kinder baten ihn immer wieder, den Mantel auszuziehen. Er kam sich wie ein Verbrecher vor, dabei hatte er höchstens seine eigenen Gesetze gebrochen und hätte nicht einmal sagen können, welche das waren.

Ausnahmsweise hatte er die Bilder dabei und sah sie sich mehrmals an, während er einen Toast aß, hielt sie aber von den Kindern fern.

»Darf ich sie sehen?« Seine Frau legte ihre Hand auf seine Schulter. »Versteck sie nicht. Es ist lange her, seit du mir zuletzt deine Arbeiten gezeigt hast. Du führst so ein zurückgezogenes Leben.«

»Tu ich das?«

»Manchmal denke ich, du tust da hinten überhaupt nichts, sitzt einfach nur herum.«

Sie schaute sich die Fotos an, dann schloß sie die Mappe.

»Du warst die ganze Nacht fort, ohne mir Bescheid zu sagen. Was hast du getan?«

»Bilder gemacht.«

»Rede nicht so mit mir. Wer sind diese Leute, Eshan?«

»Ich habe sie im Pub getroffen, und sie haben mich gebeten, sie zu fotografieren.«

Sie gingen in die Küche, und seine Frau schloß die Tür. Sie konnte ziemlich abweisend aussehen und mochte keine Geheimnisse.

»Und das hast du getan?«

»Du weißt, daß ich gern irgendwo anfange und irgendwo anders aufhöre. Es war schließlich keine Orgie.«

»Willst du sie veröffentlichen oder verkaufen?«

»Nein. Sie haben sie bezahlt, und das war's.«

Er stand auf.

»Wo willst du hin?«

»Wieder an die Arbeit.«

»Machst du heute wieder so etwas?«

»Ha, ha, ha.«

Er versuchte, zu seiner Routine zurückzukehren, konnte aber nicht arbeiten, konnte nicht einmal Musik hören oder die Zeitung lesen. Er konnte sich nur immer wieder die Bilder ansehen. Sie waren keine Pornografie, dafür waren sie zu direkt und zu ungeschönt. Er hatte nichts Menschliches ausgelassen. Trotzdem bekam er von den Bildern einen trockenen Mund, sie erregten und verwirrten ihn gleichzeitig. Er würde erst dann wieder etwas tun können, wenn er dieses Material aus dem Weg geschafft hatte.

Er nahm an, daß Brian zurück in seine Wohnung gegangen war, wußte es aber nicht genau. Dennoch brachte er es nicht über sich, erst anzurufen. Er ließ den Zufall spielen und ging den ganzen Weg zu Fuß. Er war erschöpft, achtete aber sorgsam darauf, die Straße an der Stelle zu überqueren, an der er sie auch beim letzten Mal überquert hatte.

Sie kam im Morgenmantel an die Tür und war überrascht, ihn zu sehen. Er sagte, er wolle ihr die Bilder vorbeibringen, und hielt ihr wie zum Beweis die Mappe hin.

Er ging an ihr vorbei die Treppe hoch. Sie zog den Morgenmantel enger um sich, als hätte er sie noch nicht nackt gesehen. Oben setzten sie sich auf das eingesunkene Sofa. Laura sträubte sich, die Bilder anzusehen, wußte aber, daß sie es tun mußte. Sie hielt die Kontaktabzüge ins Licht und drehte sie wiederholt hierhin und dorthin.

»Ist es das, was Sie wollten?«

»Ich weiß nicht.«

»Ist es das, was an einem guten Tag passiert?«

»Ich sollte Ihnen für die wunderbare Arbeit danken, die Sie geleistet haben. Ich weiß nicht, wie ich Ihnen das vergelten kann.« Er schaute sie an. Sie sagte: »Wie wär's mit einer Schlagzeugstunde?«

»Warum nicht?«

Sie führte ihn in ein größeres Zimmer, in dem ihm einige von Brians Geschenken auffielen. Vor einem großen Fenster mit Blick auf Platz und Straße stand ihr mit roten Sternen übersätes Schlagzeug. Sie setzte sich, zeigte ihm, wie sie spielte, und machte vor, was er nachspielen konnte. Das schien sie bald zu langweilen, und sie bereitete das Mittagessen. Als er aß, wandte sie sich noch einmal den Fotos zu, blätterte sie kommentarlos durch und ging zurück an den Tisch. Er wußte nicht genau, ob sie ihn bei sich haben wollte, aber sie bat ihn auch nicht zu gehen und schien anzunehmen, daß er nichts Besseres zu tun hatte. Er wußte ohnehin nicht, was er ansonsten gemacht hätte, es war, als ob irgend etwas vorbei war.

Sie fingen an fernzusehen, doch plötzlich schaltete sie den Apparat ab, stand auf und setzte sich wieder. Aufgeregt begann sie, ihm Fragen nach den Menschen zu stellen, die er kannte, ob er viele Freunde habe, was ihm an ihnen gefiel und was sie sich einander erzählten. Anfangs gab er nur knappe Antworten, da er Angst hatte, sie zu langweilen. Doch sie sagte, sie habe nie eine führende Hand gekannt und sich wie alle Welt in den letzten Jahren nur amüsieren wollen. Jetzt wollte sie etwas tun, was wichtig war, einen Grund haben, der sie vor vier am Nachmittag aufstehen ließ. Er brummte, Vögeln sei eine gute Entschuldigung, wenn man das Bett hüten wolle, so wie Reinlichkeit eine gute Entschuldigung dafür sei, sich in der Wanne zu suhlen. Das verstehe sie, sagte sie. Sie kannte kaum jemanden mit Arbeit; London stecke voller bekiffter, nutzloser Leute, die nicht aufeinander hörten, sondern ständig nur daran dachten, wie sie sich ablenken konnten, die sich nie über etwas Ernsthaftes unterhielten. Sie war alles leid, selbst die Liebe; sie war eine weitere Droge geworden. Jetzt wollte sie interessante Probleme haben, nicht Vergnügen oder gar Bequemlichkeit.

»Und sehen Sie doch nur, sehen Sie sich die Bilder an …«

»Was sagen sie Ihnen?«

»Zu viel, mein Freund.«

Sie eilte aus dem Zimmer. Nach einer Weile kehrte sie mit einem Eimer zurück und stellte ihn auf den Teppich. Dann hielt sie die Fotos darüber und forderte ihn auf, sie mit einem Feuerzeug anzuzünden.

»Sind Sie sicher?« fragte er.

»Ja, natürlich.«

Sie sengten den Teppich an und verbrannten sich die Finger, und dann warfen sie ein paar Handvoll Asche aus dem Fenster und lachten.

»Gehen Sie jetzt in den Pub?« fragte sie, als er sich verabschiedete.

»Ich glaube nicht, daß ich in nächster Zeit dorthin gehe.«

Er erzählte ihr, daß er morgen einen interessanten Maler fotografieren werde, der auch einige Plattencover gestaltet hatte. Ob sie gern mitkommen würde? Das würde sie, sagte sie.

Er verließ das Haus und überquerte die Straße. Er konnte sie am Fenster sitzen und spielen sehen. Als er fortging, hörte er sie den ganzen Weg bis ans Ende der Straße.

Mein Sohn, der Fanatiker

Heimlich ging der Vater immer wieder ins Schlafzimmer seines Sohnes. Stundenlang saß er da und stand nur auf, um nach Spuren zu suchen. Es beunruhigte ihn, daß Ali so ordentlich geworden war. Das Zimmer, in dem sonst ein Durcheinander von Kleidern, Büchern, Kricketschlägern und Videospielen herrschte, wirkte sauber und aufgeräumt; Ordnung entstand, wo zuvor Chaos gewesen war.

Anfangs hatte Parvez sich gefreut: sein Sohn legte das Teenagergetue ab. Doch eines Tages fand Parvez neben dem Mülleimer eine zerrissene Einkaufstüte, die außer alten Spielsachen auch Disketten, Videos, neue Bücher und modische Kleider enthielt, die sich der Junge erst vor wenigen Monaten gekauft hatte. Außerdem hatte sich Ali ohne ein Wort der Erklärung von seiner englischen Freundin getrennt, die sie so oft besucht hatte. Seine alten Freunde riefen ihn nicht mehr an.

Aus Gründen, die er sich selbst nicht erklären konnte, war Parvez nicht imstande, Ali auf sein ungewöhnliches Verhalten anzusprechen. Er merkte, daß er sich vor seinem Sohn zu fürchten begann, der einen scharfen Ton anschlug, wenn er nicht gerade schwieg. Eine von Parvez' Bemerkungen »Warum spielst du nicht mehr Gitarre?« entlockte seinem Sohn die rätselhafte, aber definitive Antwort: »Es gibt Wichtigeres zu tun.«

Doch Parvez fand das exzentrische Verhalten seines Sohnes ungerecht. Stets hatte er um die Fallstricke gewußt, die anderer Leute Söhnen in England zum Verhängnis geworden waren. Und hatte Parvez nicht Ali zuliebe all die Überstunden gemacht, um das viele Geld für seine Ausbildung als Steuerberater zahlen zu können? Teure Anzüge hatte er ihm gekauft, sämtliche Bücher, die er brauchte, sogar einen Computer. Und jetzt warf der Junge seine Sachen weg!

Fernseher, Videorekorder und Stereoanlage folgten der Gitarre; bald sah das Zimmer fast leer aus. Selbst die tristen Wände wiesen blasse Flecken auf, wo die Bilder fehlten.

Parvez konnte nicht schlafen; immer häufiger griff er zur Whiskyflasche, selbst während der Arbeit. Er sah ein, daß es höchste Zeit war, die Angelegenheit mit einem verständnisvollen Menschen zu besprechen.

Seit zwanzig Jahren fuhr Parvez Taxi. Die letzten zehn Jahre hatte er für dieselbe Firma gearbeitet. Wie er waren die anderen Fahrer zumeist ebenfalls Punjabis. Sie zogen es vor, nachts zu fahren, wenn die Straßen freier und der Verdienst besser war. Sie schliefen am Tag und gingen so ihren Frauen aus dem Weg. Im Büro führten sie fast ein reines Männerleben, droschen Karten, spielten einander handfeste Streiche, erzählten sich schweinische Witze, redeten über Politik und besprachen ihre Probleme.

Doch über Ali konnte Parvez mit seinen Freunden nicht reden. Er schämte sich zu sehr. Außerdem hatte er Angst, sie würden ihm vorwerfen, daß sein Junge vom rechten Weg abgekommen sei, genauso wie er anderen Vätern vorgeworfen hatte, daß ihre Söhne sich mit unzüchtigen Mädchen herumtrieben, die Schule schwänzten und sich irgendwelchen Banden anschlossen.

Jahrelang hatte Parvez vor den anderen Männer damit geprahlt, wie hervorragend Ali in Kricket, Schwimmen und Fußball sei, welch aufmerksamer Schüler er war und daß er in den meisten Fächern Einsen bekam. War es denn zuviel verlangt, daß Ali eine gute Stelle antrat, ein anständiges

Mädchen heiratete und eine Familie gründete? Wenn Ali erst soweit war, würde Parvez glücklich sein. Sein Traum, es in England zu etwas zu bringen, wäre Wirklichkeit geworden. Wo hatte er nur versagt?

Doch eines Nachts, als er mit seinen zwei besten Freunden auf verschlissenen Sesseln im Taxibüro saß und sich einen Film mit Sylvester Stallone ansah, brach Parvez sein Schweigen.

»Ich versteh's einfach nicht!« platzte er los. »Alles ist raus aus seinem Zimmer. Und ich kann nicht mehr mit ihm reden. Wir waren mehr als Vater und Sohn – wir waren wie Brüder! Wo ist er hin? Warum quält er mich so?« Und Parvez stützte den Kopf in die Hände.

Noch während die Worte aus ihm heraussprudelten, wiegten die Männer die Köpfe und warfen sich bedeutsame Blicke zu.

»Sagt mir, was los ist!« forderte er sie auf.

Die Antwort klang beinahe triumphierend. Sie hatten bereits vermutet, daß etwas nicht stimmte. Jetzt ergab alles einen Sinn: Ali nahm Drogen und verkaufte seine Sachen, um den Stoff bezahlen zu können. Deshalb war sein Schlafzimmer leer.

»Und was soll ich jetzt tun?«

Parvez' Freunde rieten ihm, Ali gewissenhaft zu beobachten und streng mit ihm zu sein, denn sonst würde der Junge noch durchdrehen, eine Überdosis nehmen oder jemanden umbringen.

Entsetzt taumelte Parvez hinaus in die frühe Morgenluft: Sie hatten recht. Sein Junge – ein drogenabhängiger Killer!

Erleichtert stellte er fest, daß Bettina in seinem Wagen saß.

Die letzten Kunden der Nacht waren meist die Revierschnepfen, die Prostituierten. Die Taxifahrer kannten sie gut und fuhren sie oft zu ihren Verabredungen. War für die Mädchen die Nacht zu Ende, brachten die Männer sie nach Hause, doch manchmal kamen sie auch auf einen Drink zu den Kutschern ins Büro. Hin und wieder ging ein Fahrer mit einem Mädchen aufs Zimmer. »Einen Ritt für einen Ritt«, nannten sie das.

Bettina kannte Parvez seit drei Jahren. Sie wohnte außerhalb der Stadt, und auf den langen Heimfahrten, wenn sie nicht hinten, sondern neben ihm saß, hatte Parvez ihr von seinem Leben und seinen Hoffnungen erzählt, so wie sie auch über sich geredet hatte. Sie sahen sich fast jede Nacht.

Er konnte mit ihr über Dinge reden, die er niemals mit seiner Frau besprechen würde. Bettina wiederum berichtete ihm von ihrem nächtlichen Tun. Er wußte gern, wo und bei wem sie war. Einmal hatte er sie vor einem gewalttätigen Freier beschützt, und seither kümmerten sie sich umeinander.

Obwohl Bettina Ali nie kennengelernt hatte, hörte sie immer wieder Geschichten über den Jungen. Als Parvez ihr in dieser Nacht erzählte, daß Ali vermutlich Drogen nahm, machte sie weder den Jungen noch den Vater dafür verantwortlich, sondern sagte ihm ganz sachlich, worauf er achten mußte.

»Man sieht's an den Augen«, sagte sie. Manchmal würden sie blutunterlaufen, die Pupillen vielleicht erweitert sein, manchmal würde Ali auch nur müde aussehen. Unter Umständen bekam er plötzlich Schweißausbrüche oder litt an überraschenden Stimmungswechseln. »Alles klar?«

Dankbar bezog Parvez Posten. Jetzt, da er wußte, womit er es offenbar zu tun hatte, fühlte er sich besser. Und bestimmt, dachte er, war es noch nicht zu spät. Mit Bettinas Hilfe würde er das Problem sicher bald gelöst haben.

Er kontrollierte jeden Bissen, den der Junge zu sich nahm, saß bei jeder Gelegenheit neben ihm und schaute ihm in die Augen. Wenn möglich, faßte er nach seiner Hand und maß seine Temperatur. War der Junge nicht zu Hause, war Parvez emsig, sah unter dem Teppich nach, in Alis Schubladen und hinter dem leeren Kleiderschrank – schnüffelte, untersuchte, probierte. Er wußte, wonach er zu suchen hatte: Bettina hatte ihm Kapseln, Spritzbesteck, Pillen, Pülverchen und Rocks aufgezeichnet.

Jede Nacht wartete sie auf Neuigkeiten von ihm.

Nach einigen Tagen ununterbrochener Beobachtung konnte Parvez ihr berichten, daß der Junge zwar keinen Sport mehr trieb, ansonsten aber gesund zu sein schien. Seine Augen waren klar. Er wich – anders als Parvez es erwartet hatte – keineswegs schuldbewußt den Blicken seines Vaters aus. Eigentlich wirkte der Junge sogar wacher und ruhiger als gewöhnlich; er war mürrisch, schien aber auch auf der Hut zu sein. Und er erwiderte die langen Blicke seines Vaters mit einer kräftigen Portion Kritik, sogar mit einem Vorwurf in den Augen, so daß es Parvez manchmal so vorkam, als wäre er derjenige, der im Unrecht sei, und nicht der Junge.

»Körperlich hat er sich sonst nicht verändert?« fragte Bettina.

»Nein!« Parvez dachte einen Augenblick nach. »Aber er läßt sich einen Bart wachsen.«

Eines Nachts, nachdem er mit Bettina in einem rund um die Uhr geöffneten Café gesessen hatte, kam Parvez besonders spät nach Hause. Schweren Herzens hatten Bettina und er die Drogentheorie aufgegeben, da sich in Alis Zimmer nichts finden ließ, was einer Droge ähnlich sah. Außerdem machte Ali seine Sachen nicht zu Geld. Er warf sie fort, verschenkte sie, gab sie der Wohlfahrt.

Parvez stand im Flur, als der Wecker des Jungen klingelte. Parvez lief in sein Schlafzimmer. Seine Frau war noch wach und saß nähend auf dem Bett. Er befahl ihr, sich hinzusetzen und ruhig zu bleiben, obwohl sie weder aufgestanden war noch etwa ein Wort gesagt hatte. Neugierig sah sie zu, wie er seinen Sohn durch einen Spalt in der Tür beobachtete.

Der Junge ging ins Badezimmer, um sich zu waschen. Als er wieder in sein Zimmer zurückkehrte, hastete Parvez über den

Flur und legte sein Ohr an Alis Tür. Ein Gemurmel war zu hören. Parvez war verwirrt, aber erleichtert.

Dieser Hinweis führte dazu, daß Parvez ihn zu anderen Zeiten beobachtete. Der Junge betete. War er zu Hause, betete er ausnahmslos fünfmal am Tag.

Parvez war in Lahore aufgewachsen, wo man allen Jungen den Koran gelehrt hatte. Um Parvez im Unterricht am Schlafen zu hindern, hatte der Maulvi einen Bindfaden an der Decke befestigt und mit Parvez' Haar verknotet, so daß er, wenn sein Kopf vornüber sank, sofort wachgerissen wurde. Nach dieser Demütigung hatte Parvez alle Religion gemieden. Und die anderen Taxifahrer zeigten keineswegs mehr Respekt. Sie machten sogar ihre Späße über die Mullahs, die mit ihren Bärten und Käppis umherstolzierten und glaubten, den Leuten sagen zu können, wie sie zu leben hatten, während ihre Blicke über die ihnen anvertrauten Mädchen und Jungen wanderten.

Parvez beschrieb Bettina, was er herausgefunden hatte. Er informierte die Männer im Taxibüro. Und seine Freunde, die zuvor so wißbegierig gewesen waren, blieben nun merkwürdig stumm. Sie konnten dem Jungen schließlich kaum seine Frömmigkeit zum Vorwurf machen.

Parvez beschloß, eine Nacht freizunehmen und mit dem Jungen auszugehen. Sie würden über alles reden. Parvez wollte wissen, wie er am College vorankam, wollte ihm Geschichten von seiner Familie in Pakistan erzählen. Doch vor allem wollte er begreifen, wie Ali die – mit Bettinas Worten – »spirituelle Dimension« entdeckt hatte.

Zu Parvez' Verblüffung weigerte sich der Junge, ihn zu begleiten. Er behauptete, eine Verabredung zu haben. Parvez mußte darauf bestehen, daß keine Verabredung so wichtig war wie die eines Sohnes mit seinem Vater.

Am nächsten Tag ging Parvez gleich zu der Straßenecke, an

der Bettina in hochhackigen Schuhen, Minirock und einem langen Regenmantel stand, den sie für vorbeifahrende Autos hoffnungsvoll öffnete.

»Ich hab's, ich hab's«, rief er.

Sie fuhren hinaus ins Moor und parkten an einer Stelle, wo man an schöneren Tagen einen meilenweit ungehinderten Blick hatte, dem sich einzig Rehe und Pferde in den Weg stellten, wo sie sich auf den Boden legten und mit halb geschlossenen Augen sagten: »Was für ein Leben!« Diesmal zitterte Parvez. Bettina umarmte ihn.

»Was ist passiert?«

»Ich habe gerade die schlimmste Erfahrung meines Lebens gemacht.«

Während Bettina ihm über den Kopf strich, erzählte Parvez, daß Ali und er am Abend zuvor in ein Restaurant gegangen waren. Als er mit seinem Sohn die Speisekarte studierte, hatte der Kellner ihm sein gewohntes Glas Whisky mit Wasser gebracht. Parvez war so nervös gewesen, daß er sich sogar eine Frage zurechtgelegt hatte. Er wollte Ali fragen, ob er sich wegen des bevorstehenden Examens Sorgen mache. Doch zuerst, weil er entspannt sein wollte, lockerte er den Schlips, biß krachend in ein *Papadam* und nahm einen herzhaften Schluck.

Noch ehe Parvez ein Wort sagen konnte, zog Ali ein Gesicht. »Weißt du nicht, daß es Unrecht ist, Alkohol zu trinken?« hatte er gefragt.

»Er sprach in einem ziemlich scharfen Ton mit mir«, sagte Parvez zu Bettina. »Ich wollte den Jungen schon für seine Unverschämtheit zurechtweisen, konnte mich aber gerade noch beherrschen.«

Parvez hatte ihm geduldig erklärt, daß er seit Jahren mehr als zehn Stunden am Tag arbeitete, nur wenige Vergnügen und Hobbys hatte und nie in Urlaub fuhr. Da war es doch gewiß kein Verbrechen, sich einen Drink zu gönnen, wenn ihm danach war?

»Aber es ist verboten«, sagte der Junge.

Parvez zuckte die Achseln. »Ich weiß.«

»Genau wie Glücksspiele!«

»Ja. Aber sind wir nicht alle nur Menschen?«

Jedesmal, wenn Parvez von dem Whisky trank, zuckte der Junge zusammen oder zog ein angewidertes Gesicht. Damit bewirkte er nur, daß Parvez noch rascher trank. Der Kellner, der seinem Freund einen Gefallen tun wollte, brachte ein weiteres Glas Whisky. Parvez wußte, daß er sich betrank, konnte es aber nicht verhindern. Ali betrachtete ihn mit einem grimmigen Blick voller Tadel und Empörung. Fast schien es, als haßte er seinen Vater.

Mitten im Essen verlor Parvez plötzlich die Geduld und warf einen Teller auf den Boden. Am liebsten hätte er auch noch die Decke vom Tisch gerissen, doch die Kellner und die übrigen Gäste starrten ihn an. Er hielt es einfach nicht aus, daß sein eigener Sohn ihm sagte, was recht und was unrecht war. Er wußte, daß er kein schlechter Mensch war. Er hatte ein Gewissen. Es gab einige wenige Dinge, für die er sich schämte, aber im großen und ganzen hatte er ein anständiges Leben geführt.

»Wann hätte ich denn die Zeit für irgendwelche lasterhaften Dinge haben sollen?« hatte er Ali gefragt.

Mit leiser, monotoner Stimme erklärte der Junge, daß Parvez eigentlich kein gutes Leben führte. Er würde zahllose Vorschriften des Korans verletzen.

»Zum Beispiel?« fragte Parvez.

Ali mußte nicht nachdenken. Als hätte er auf diesen Augenblick gewartet, fragte er seinen Vater, ob er denn keine Schweinefleischpastete möge?

»Na ja.«

Parvez konnte nicht bestreiten, daß er knusprigen Speck liebte, der mit Senf bestrichen und mit Pilzen überhäuft zwischen zwei Scheiben Toast serviert wurde. Tatsächlich aß er das jeden Morgen zum Frühstück.

Dann erinnerte Ali daran, daß Parvez seiner Frau mit den Worten: »Du bist hier nicht im Dorf. Dies ist England. Wir müssen uns anpassen!« befohlen hatte, Schweinefleischwürstchen zu braten.

Parvez war über diesen Angriff so verärgert und verblüfft, daß er sich noch einen Drink bestellte.

Der Junge beugte sich über den Tisch, und zum ersten Mal an diesem Abend wirkten seine Augen lebendig: »Das Problem ist einfach. Du hast dich zu sehr an die westliche Zivilisation angepaßt.«

Parvez rülpste; er glaubte zu ersticken. »Zu sehr angepaßt?« rief er. »Aber wir leben hier!«

»Der westliche Materialist haßt uns«, sagte Ali. »Wie kannst du lieben, Papa, was dich haßt?«

»Und wie lautet«, fragte Parvez kläglich, »deiner Meinung nach die Antwort?«

Ali redete vehement auf seinen Vater ein, als wäre Parvez eine aufsässige Menschenmenge, die gebändigt oder bekehrt werden mußte. Das Gesetz des Islams würde die Welt beherrschen; die Ungläubigen würden brennen, Juden und Christen ausgerottet werden. Der Westen sei eine Stätte des Lasters, voller Heuchler, Ehebrecher, Homosexueller, Drogenabhängiger und Prostituierter.

Während Ali sprach, sah Parvez aus dem Fenster, als wollte er sich überzeugen, daß sie noch in London waren.

»Mein Volk hat genug. Wenn die Verfolgung nicht aufhört, erklären wir den Jihad, den Heiligen Krieg. Ich und Millionen andere, wir werden für die Sache freudig unser Leben hingeben.«

162

»Aber warum denn? Warum?« fragte Parvez.

»Um unseretwillen. Das Paradies ist der Lohn.«

»Das Paradies!«

Als Parvez schließlich die Tränen in die Augen traten, drängte ihn der Junge, sich zu bessern.

»Aber wie denn?« fragte Parvez.

»Bete«, drängte ihn Ali. »Bete mit mir.«

Parvez zahlte und ging mit seinem Sohn so rasch wie möglich nach draußen. Er hielt es einfach nicht mehr aus. Ali hörte sich an, als hätte er die Stimme eines Fremden verschluckt.

Auf dem Heimweg saß der Junge wie ein zahlender Kunde hinten im Taxi.

»Wie bist du so geworden?« fragte Parvez und hatte Angst, daß er irgendwie dafür verantwortlich sein könnte. »Gibt es ein bestimmtes Erlebnis, das dich geprägt hat?«

»Das Leben in diesem Land.«

»Aber ich liebe England«, sagte Parvez und beobachtete seinen Jungen im Rückspiegel. »Hier ist fast alles erlaubt.«

»Das ist genau das Problem«, antwortete Ali.

Zum ersten Mal seit Jahren konnte Parvez nicht mehr klar sehen. Er schrammte einen Lastwagen, der Seitenspiegel wurde abgerissen. Sie hatten Glück, daß sie nicht von der Polizei angehalten wurden: Parvez hätte seine Lizenz und seine Arbeit verloren.

Als er zu Hause aus dem Auto stieg, stolperte Parvez, fiel auf die Straße, scheuerte sich die Hände auf und zerriß sich die Hose. Es gelang ihm, sich wieder aufzurichten. Der Junge hatte keinerlei Anstalten gemacht, ihm zu helfen.

Parvez sagte Bettina, er sei bereit zu beten, wenn es das sei, was der Junge wolle – wenn dieser gnadenlose Blick aus seinen Augen verschwände.

»Aber ich ertrage es nicht«, sagte er, »mir von meinem eigenen Sohn anhören zu müssen, daß ich in die Hölle komme!«

Was Parvez wirklich den Rest gab, war, daß der Junge seine Ausbildung zum Steuerberater abbrechen wollte. Als Parvez ihn nach dem Grund fragte, sagte Ali sarkastisch, das liege doch auf der Hand: »Westliche Ausbildung fördert eine antireligiöse Einstellung.«

Und in der Welt der Steuerberater war es üblich, Frauen zu treffen, Alkohol zu trinken und Wucher zu treiben.

»Aber die Arbeit wird gut bezahlt«, entgegnete Parvez. »Du bereitest dich doch seit Jahren darauf vor!«

Ali sagte, er wolle demnächst in Gefängnissen mit armen Moslems arbeiten, die im Angesicht der Korruption um ihre Reinheit kämpften. Als Ali am späten Abend schließlich zu Bett ging, fragte er seinen Vater, warum er keinen Bart oder nicht wenigstens einen Schnauzer trage.

»Es kommt mir vor, als hätte ich meinen Sohn verloren«, erzählte Parvez Bettina. »Ich ertrage es nicht, daß er mich ansieht, als sei ich ein Verbrecher. Aber ich weiß jetzt, was ich tun werde.«

»Und was?«

»Ich sage ihm, er soll seinen Gebetsteppich einrollen und aus dem Haus verschwinden. Das wird mir so schwer fallen wie nichts zuvor in meinem Leben, aber heute nacht sage ich es ihm.«

»Du darfst ihn nicht einfach aufgeben«, sagte Bettina. »Viele junge Menschen hängen einem Kult an oder bekennen sich zu einer Sekte. Das heißt noch lange nicht, daß sie immer so denken.«

Sie sagte, Parvez sollte zu seinem Sohn stehen, ihm Halt geben, bis er das hinter sich hätte.

Parvez ließ sich überreden, obwohl ihm der Sinn nicht danach stand, seinen Sohn weiterhin zu lieben, dankte der ihm doch kaum, was er ihm schon alles gegeben hatte.

Dennoch bemühte sich Parvez, die Blicke und Vorwürfe seines

Sohnes auszuhalten. Er versuchte, sich mit ihm über seine Ansichten zu unterhalten. Doch wenn Parvez auch nur die leiseste Kritik andeutete, hatte Ali stets eine brüske Antwort parat. Einmal beklagte sich Ali, daß Parvez vor den Weißen »zu Kreuze krieche«, obwohl er doch keineswegs »minderwertig« sei; zur Welt gehöre mehr als nur der Westen, auch wenn der Westen sich stets für das Beste halte.

»Woher weißt du das?« fragte Parvez. »Du bist doch nie aus England rausgekommen.«

Ali antwortete mit einem verächtlichen Blick.

Eines Abends, nachdem Parvez dafür gesorgt hatte, daß er nicht nach Alkohol roch, saß er mit Ali am Küchentisch. Er hoffte, daß Ali ihn zu seinem Bart beglückwünschen würde, aber Ali schien ihn gar nicht wahrzunehmen.

Tags zuvor hatte Parvez Bettina erzählt, daß die Menschen im Westen sich seiner Meinung nach innerlich oft leer fühlten und daß sie eine Philosophie brauchten, nach der sie leben konnten.

»Ja«, hatte Bettina gesagt. »Das ist die Antwort. Du mußt ihm von deiner Lebensphilosophie erzählen. Dann wird er begreifen, daß es noch andere Ansichten gibt.«

Nach einigen anstrengenden Überlegungen war Parvez soweit. Der Junge sah ihn an, als erwarte er nicht viel.

Stockend begann Parvez, daß die Menschen einander mit Respekt behandeln sollten und ganz besonders Kinder ihre Eltern. Einen Moment lang schien sich der Junge angesprochen zu fühlen. Ermutigt fuhr Parvez fort. Seiner Meinung nach sei dieses Leben alles, was der Mensch besitze, und wenn man stirbt, verrottet man in der Erde. »Gras und Blumen wachsen auf meinem Grab, aber etwas von mir wird weiterleben.«

»Wie das?«

»In anderen Menschen. Zum Beispiel – in dir.« Dies schien den

Jungen zu beunruhigen. »Und in deinen Kindern«, fügte Parvez sicherheitshalber noch hinzu. »Doch solange ich hier auf Erden weile, will ich das Beste daraus machen. Und dies wünsche ich mir auch für dich.«

»Was meinst du damit: »das Beste daraus machen?« fragte der Junge.

»Tja«, meinte Parvez. »Als erstes solltest du dich mal … amüsieren. Ja. Vergnüge dich, ohne anderen Menschen weh zu tun.«

Ali meinte, Vergnügungen seien ein »bodenloser Sündenpfuhl«.

»Aber solches Vergnügen meine ich gar nicht«, sagte Parvez. »Ich meine die Schönheit des Lebens.«

»Überall auf der Welt wird unser Volk unterdrückt«, lautete die Antwort des Jungen.

»Ich weiß«, sagte Parvez, war sich aber nicht ganz sicher, wer mit »unser Volk« gemeint war. »Trotzdem – das Leben ist zum Leben da!«

Ali sagte: »Echte Moral besteht seit Jahrhunderten. Auf der Welt teilen Millionen und Abermillionen Menschen meinen Glauben. Willst du etwa behaupten, daß du recht hast und die anderen sich irren?«

Und Ali musterte seinen Vater mit derart aggressiver Selbstgewißheit, daß Parvez es vorzog, zu schweigen.

Eines Abends holte Parvez Bettina von einem Kundenbesuch ab, als sie auf der Straße einen Jungen sahen.

»Das ist mein Sohn«, sagte Parvez plötzlich. Sie waren auf der anderen Seite der Stadt in einem armen Bezirk, in dem es zwei Moscheen gab.

Parvez' Gesicht versteinerte sich.

Bettina drehte sich nach ihm um. »Langsamer, fahr langsamer!«

Sie sagte: »Er sieht gut aus. Erinnert mich an dich. Hat aber ein entschlosseneres Gesicht. Können wir nicht anhalten? Bitte!«

»Warum?«

»Ich würde gern mit ihm reden.«

Parvez wendete und hielt neben dem Jungen.

»Soll ich dich mitnehmen?« fragte Parvez. »Ist ziemlich weit bis nach Haus.«

Der Junge zuckte die Achseln und setzte sich nach hinten. Bettina saß vorn. Parvez registrierte plötzlich Bettinas kurzen Rock, ihre auffälligen Ringe und den eisblauen Lidschatten. Ihm wurde bewußt, daß es im Taxi nach ihrem Parfüm roch, das er so liebte. Er öffnete ein Fenster.

Parvez fuhr, so schnell er konnte, als Bettina Ali mit sanfter Stimme fragte: »Wo bist du gewesen?«

»In der Moschee«, sagte er.

»Und wie läuft es auf dem College? Mußt du viel lernen?«

»Was glauben Sie, wer Sie sind, daß Sie mir solche Fragen stellen können?« fragte Ali und blickte aus dem Fenster. Dann kamen sie in einen Stau, und der Wagen blieb stehen.

Inzwischen hatte Bettina versehentlich ihre Hand auf Parvez' Schulter gelegt. Sie sagte: »Dein Vater ist ein guter Mann, und er macht sich große Sorgen um dich. Weißt du, er liebt dich mehr als sein Leben.«

»Das behaupten Sie!« sagte der Junge.

»Ja!« sagte Bettina.

»Und warum läßt er sich dann von einer Frau, wie Sie es sind, anfassen?«

Bettina sah den Jungen verärgert an, doch der erwiderte ihren Blick mit doppelt so großer, kalter Wut.

Sie sagte: »Was bin ich denn für eine Frau, daß du so mit mir redest?«

»Sie wissen, zu welcher Sorte Sie gehören«, sagte er und wandte sich dann an seinen Vater. »Jetzt laß mich hier raus.«

»Auf keinen Fall«, antwortete Parvez.

»Keine Sorge«, sagte Bettina. »Ich geh schon.«

»Nein, bleib!« sagte Parvez, doch obwohl der Wagen anfuhr, öffnete sie die Tür und sprang hinaus und lief über die Straße. Parvez hielt an und rief ihr mehrmals nach, aber sie war fort.

Parvez sprach kein Wort mehr und fuhr Ali nach Hause. Ali ging direkt in sein Zimmer. Parvez war außerstande, Zeitung zu lesen, Fernsehen zu gucken oder sich hinzusetzen. Er goß sich einen Drink nach dem anderen ein.

Schließlich ging er nach oben und lief vor Alis Zimmer auf und ab. Als er dann die Tür öffnete, betete Ali. Der Junge sah sich nicht mal nach ihm um.

Parvez versetzte ihm einen Tritt. Dann packte er den Jungen am Hemd, zog ihn hoch und schlug ihn. Der Junge fiel zu Boden. Wieder hieb Parvez auf ihn ein. Der Junge blutete im Gesicht. Parvez keuchte, er wußte, daß er so nicht zu dem Jungen durchdringen konnte, aber er schlug ihn trotzdem. Der Junge duckte sich nicht und schlug auch nicht zurück, in seinen Augen lag keine Angst. Mit geplatzten Lippen sagte er nur: »Und? Wer ist hier jetzt der Fanatiker?«

Die Geschichte von der Wurst

Ich bin bei diesem Essen. Sie ist achtzehn. Nach sechs Monaten bin ich eingeladen worden, um ihre Eltern kennenzulernen. Ich bin, das überrascht mich selbst, vierundvierzig, genauso alt wie ihr Vater, ein Professor – ein Mann, der so manches erreicht hat, so viel nun aber auch wieder nicht. Er schaut mich an, vielmehr, denke ich, er mustert mich. Die Kindfrau wird immer seine Tochter sein, doch zur Zeit ist sie meine Geliebte.

Ihre zwei jüngeren Schwestern sitzen am Tisch. Sie sind auch schön, neigen aber zu Kicheranfällen, vor allem dann, wenn sie in meine Richtung sehen. Die Mutter, eine Lehrerin, stellt eine rosige, zarte Forelle auf den Tisch. Ich denke, tja, ausnahmsweise stimmt hier, was man so die glückliche Familie nennt; sie haben mich eingeladen, also warum lehnst du dich nicht zurück und genießt den Abend?

Aber kaum mache ich es mir gemütlich, was passiert? Ich muß einen Schiß abdrücken. In allem weiche ich vom Normalen ab. Mittlerweile sind es zwei Tage, und kein trockener Kötel. Doch kaum setze ich mich in meinem beinahe besten Aufzug mit der Familie an den Tisch, muß ich verschwinden.

Es sind gute Menschen, wenn auch ein wenig zu ernst. Ich präsentiere mich mitsamt meinen Mängeln – mit meinem Alter, dem fehlenden Job, habe nie einen gehabt, und meinen … Vorlieben. Ich behaupte gern – heute abend allerdings nicht, es sei denn, die Sache gerät aus den Fugen –, daß Versagen mein Beruf ist, etwas, worin ich nach Jahren der Übung einigen Erfolg habe.

169

Unterwegs habe ich angehalten, um mir ein paar Drinks zu genehmigen, sonst hätte ich es nie durch die Tür geschafft, und jetzt süffle ich Wein, ziehe nicht allzu deftig über den neuesten Film her, und meine Hände zittern nicht; meine Kleine sitzt am Tisch und lächelt mir herzlich und aufmunternd zu. Alles ist normal, wißt ihr, wäre da bloß nicht dieses Rumoren im Gedärm, das immer schlimmer wird, ihr wißt, wie es ist, wenn man dringend muß. Aber ich will mich nicht aufregen, ich werde scheißen, mich besser fühlen und dann essen. Ich frage eine der Schwestern, wo die Toilette ist, und sie zeigt freundlich auf eine Tür. Scheint die nächste Tür zu sein, zum Glück, und ich gehe durchs Zimmer, ein wenig gekrümmt, aber keine Angst, die Familie hält mich bestimmt nicht für einen Buckligen.

Ich setze mich und frage mich besorgt, ob sie nicht jedes Plätschern hören, aber es ist schon zu spät: der knotige kleine Kopf zwängt sich heraus, eine Blume durchbricht die Krume, nur ist sie dick und lang, und ich strenge mich nicht mal an, kann das sanfte Gleiten durch mein Gedärm spüren, alles in einem Stück. Sie hat auf ihren Augenblick gewartet, wie das nun mal so ist, wie die Liebe. Ich schließe die Augen und genieße die Erleichterung, während der Kadaver der letzten Tage in sein wässeriges Grab rutscht.

Als ich fertig bin, kann ich dem Blick hinab nicht widerstehen – das tut selbst die Queen –, und der Schiß ist komplett, dick wie eine Aubergine, auch so purpurfarben, mit Karotten durchsetzt, oder ist das, richtig, das sind Tomaten, jetzt weiß ich es wieder, ungefähr das einzige, was ich in den letzten vierundzwanzig Stunden gegessen habe.

Ich drücke auf die Toilettenspülung und werfe einen Blick in den Spiegel. Müde fühle ich mich, und die Haare werden grau, über dem Auge ist eine Schnittwunde und auf der Wange ein blauer Fleck, aber ich habe mich rasiert und fühle mich so gut, wie ich mich nur fühlen kann, und habe immer noch mein jungenhaftes Lächeln, das da sagt: Ich kann keiner Fliege was zuleide tun. Und auf mich wartet das Mädchen, das mich liebt, das letzte von vielen, hoffe ich, das mein Selbstvertrauen stärkt.

Meine Hand liegt auf der Türklinke, als mein Blick nach unten fällt und ich den Zipfel der Wurst erkenne, die durch den Krümmer nach oben gespült wird. O nein, sie schwimmt wieder in der Schüssel, und ich beuge mich vor, um besser sehen zu können. Ein Prachtexemplar, das größte, das ich je gesehen habe. Der Sturzbach der Spülung hat es abgewaschen; kein Zweifel, für eine Wurst ist sie wirklich allerliebst, fleckig, mit Einsprengseln wie bei einem Mosaik, das etwa eine historische Begebenheit darstellt. Ich kann große Gestalten erkennen, die im Streit aufeinander losgehen. Ihre Gesichter habe ich bestimmt schon mal gesehen. Ich kann auch einige Worte erkennen, habe aber meine Brille nicht dabei.

Ich hätte die Wurst fotografieren können, hätte ich eine Kamera mitgebracht, die ich aber noch nie besessen habe. Ich kann nicht länger bleiben. Die Forelle wird kalt, und die Familie ist bestimmt zu höflich, um ohne mich anzufangen. Es gibt da nur ein Problem: Die Wurst schaukelt immer noch im Wasser.

Ich warte, bis der Spülkasten sich wieder gefüllt hat, und jeder Tropfen dauert eine Ewigkeit. Ich fühle, wie die Sekunden sich dehnen, und höre draußen die murmelnden Stimmen der Familie meiner Geliebten, aber ich kann dieses U-Boot nicht da schwimmen lassen, denn sonst geht die Mutter hinein und sieht es da herumschwabbeln. Sie weiß, daß ich in der Klinik war, und sieht, daß ich wieder mit dem Trinken angefangen habe; ich habe meinen täglichen Konsum registriert, wie man so sagt, aber ich kann nicht aufhören, und dann nimmt sie ihre Tochter zur Seite und …

Ich habe meine Kleine angefixt. »Was für eine schöne Methode, Drogen zu nehmen«, sagt sie so lieb. Sie will alles ausprobieren. Ich widerspreche nicht und bin auch nicht ihr Vormund. Außerdem ist sie ein entschlossenes, kleines blondes Ding, und ihre Freunde finden Drogen aufregend *in*. Ich merke, sie ist fest entschlossen, süchtig zu werden.

Ich habe Tage gebraucht, um den besten pharmazeutischen Stoff für sie aufzutreiben. Fünf Jahre war es für mich her, aber ich habe auch was genommen, bloß um sicherzugehen, daß sie nichts falsch macht. Ein Ex-Freund hat uns allerdings dabei erwischt, mich in einen Hauseingang gezerrt und mir mein Gesicht zu Brei geschlagen, weil ich sie verdorben hätte. Doch sie schwänzt die Schule, damit wir zusammensein können, und wir ziehen über Kensington Market und durch Chelsea, deren Geschichte in Sachen Mode und Musik ich ihr erkläre. Die Platten, die ich ihr nenne, die Bücher, die ich ihr zeige, die Bands, bei denen ich mitgespielt habe, die kreativen Typen, von denen ich ihr erzähle, die tiefen Gespräche, die wir führen, die sind ebensoviel wert wie das, was sie in der Schule hört, das weiß ich.

Endlich drücke ich noch mal ab.

Mädchen wie sie ... es ist leicht, von Ausbeutung zu reden, und manche Leute tun das auch. Aber ich schenke ihnen viel Zeit und ermutige sie. Ich weiß aus Erfahrung, o ja, wie kritisch und hinderlich Eltern sein können, und ich sage, versuch es, ich sage, ja, versuch alles. Und ich meinerseits bin jemand, um den sie sich sorgen können. Es bricht mir das Herz, aber mir bleiben vielleicht noch zwei Jahre, bevor sie einsieht, daß mir nicht zu helfen ist, und sie an mir vorbei in interessante Welten zieht, die mir verschlossen bleiben.

Ich hoffe bloß, daß sie nicht ihren Ärmel hochstreift und ihre Spuren streichelt, sich vorstellt, daß ihre Freunde von diesen Maskottchen beeindruckt sind, diesen eigenhändig zugefügten Narben der Erfahrung; denn solche Mädchen haben sich der Wahrheit verschrieben und zeigen ihren Eltern gern, wie aufsässig sie sein können.

Ich greife nach der Türklinke, das Wasser ist klar, und ich stelle mir vor, daß die Wurst jetzt gen Ramsgate schwimmt. Aber nein, nein, nein, nur nicht nach unten sehen, was ist das, der braune Bomber hat wohl was gegen die offene See. Sie zieht nirgendwohin, die monströse Wurst, und ich auch nicht, jedenfalls nicht, solange sie ewig wiederkehrt. Ich drücke noch mal ab und warte, aber sie will nicht fort aus ihrem Hafen, was mache ich jetzt? Dies muß ein existentieller Augenblick sein, und mein ganzes Leben gerinnt zu diesem einen Moment. Ich zittere, mir läuft der Schweiß, aber noch gebe ich mich nicht verloren.

Ich krempele den Ärmel meines italienischen Anzugs hoch; es ist ein alter Anzug, aber mein bestes Jackett. Ich habe nicht viele Kleider; ich trage, was mir die Leute geben, was ich dort finde, wo ich gerade bin, und was ich mir klauen kann.

Ich heule innerlich, wißt ihr, aber was bleibt mir anderes übrig, als meine Hand in die Schüssel zu stecken, in das Pißwasser, genau, so dunkel, braun und dunkel, und ich angle umher, bis meine Finger in die Wurst stoßen, ein matschiger Griff, dann reiße ich sie aus dem Wasser. Einen Augenblick scheint sie zum Leben zu erwachen, sich wie ein Fisch zu winden.

Mein Instinkt sagt mir, beruhige dich, und ich sehe mich im Bad um, frage mich, wo ich sie erschlagen kann, ohne alles zu bespritzen, schließlich will ich nicht, daß sie glauben, ich hätte mich irgendeinem Protest angeschlossen …

Inzwischen haben sie bestimmt mit dem Essen begonnen. Und was tue ich, stehe hier mit einer Riesenwurst in der Faust? Nicht bloß meine Finger scheinen an ihr festzukleben, Hautfetzen werden mir abgezogen, und meine Hand färbt sich

173

braun. Ich muß etwas Ungewöhnliches gegessen haben, denn meine Nägel und die Handflächen nehmen die Farbe von Bratensoße an.

Die strahlenden Augen meiner Liebsten, ihre wunderbare Sanftheit. Doch sie ist in jeder Hinsicht ein forderndes Mädchen. Sie besteht darauf, andere Drogen auszuprobieren, und nachmittags spielen wir Kinder, verkleiden uns und erfinden Personen, bis mein Kompaß nicht mehr in Richtung Wirklichkeit weist. Ich bin ihr Assistent, wenn sie die Grenzen der Welt erkundet. Wie weit kann sie gehen und dennoch zum Tee rechtzeitig zu Hause sein? Ich muß mich anstrengen und mithalten, denn sie ist mein Trost. Mit ihr lebe ich erneut mein Leben, nur zu rasch und zu viel auf einmal.

Doch wenn sie klarkommen, wenn sie ihr Leben leben will, muß sie mich am Ende verlassen, oder ich muß sie verlassen, wenn ich ihr eine Chance geben will. Nur träume ich von Hochzeit und davon, die Kinder ins Bett zu bringen. Aber dafür bin ich zu alt, dafür ist es schon zu spät. Wie schnell es doch für manche Dinge zu spät wird, noch ehe man sich daran gewöhnt hat!

Ich sehe mir die Wurst an und entdecke kleine Zähne im samtigen Kopf und eine kleine Mundöffnung. Sie lächelt mich an, o nein, sie lächelt, und was ist das? Sie zwinkert mir zu, ja, dieses Stück Scheiße zwinkert mir zu, und das da, am anderen Ende, das ist eine Art Schwanz, und der bewegt sich, o Gott, sie will mir was sagen, will reden, nein, nein, ich glaube, sie will mir was vorsingen. Obwohl irgendwo steht, daß Wahrheit in allem steckt und das Universum des Unrats uns seltsame Botschafter schicken mag, so wäre doch in diesem Augenblick meines Lebens eine singende Wurst das letzte, was ich will.

Ich will die Wurst wieder ins Wasser schleudern, sie untertauchen und nach draußen rennen, aber die Mutter, wenn die

174

Mutter hereinkommt, ich die Forelle in mich hineinstopfe und sie ihren Schlüpfer runterzieht, da hätte ich Angst, die Wurst kommt um die Ecke gekrochen, springt hoch wie ein Piranha und klammert sich an ihre Möse, singt dazu vielleicht noch ein sarkastisches Liedchen, also, was muß sie da für einen Eindruck von mir haben?

Doch ich will gar nicht weiter grübeln, will konstruktiv denken, soweit möglich, auch wenn ihre hellen kleinen Augen blitzen und ihr Mund sich bewegt und sie sich Schuppen zugelegt hat, unter denen es trieft vor – denk nicht drüber nach. Und was sind das, kleine Flügel ...

Ich schnapp mir die Klopapierrolle, reiß gut einen Kilometer Papier ab und wickle es um die Wurst, rund und rund, damit diese Augen mich nie wieder ansehen, damit sie nicht wieder so lächelt. Doch selbst in diesem Papierlaken ist sie warm und wird immer wärmer, warm wie das Leben, pulsiert fast und sondert Gerüche ab. Verzweifelt schaue ich mich um, suche etwas, wo ich sie hineinstopfen kann, ein Rohr, hinter ein Buch, aber sie wird stinken, das weiß ich, und wenn sie sich bewegt, könnte sie sonstwo hinkriechen.

Es klopft. Eine Stimme – meine Liebste. Ich will ihr schon antworten, meine Liebste, Liebste, da höre ich andere, längst nicht so liebreizende Stimmen laut werden. Sie streiten sich. Jemand drückt auf die Klinke, ein anderer tritt gegen die Tür. Fast haben sie es geschafft, sie wollen sie eintreten!

Ich werde sie aus dem Fenster werfen! Ich lege die Wurst aufs Fensterbrett und ziehe mit beiden Händen die Fensterflügel auf. Aber plötzlich hält mich der Himmel zurück. Als Junge habe ich auf dem Rücken gelegen und in die Wolken gestarrt; als Teenager habe ich mir geschworen, in einer nicht gar so hektischen Zukunft würde ich in den Himmel meditieren, bis seine Schönheit in meine Seele eingezogen sei, wie die besänftigenden Bilder, die ich betrachten wollte, die Farben und

Farbtexturen, in denen ich baden wollte, die Städte, durch die ich streifen, schlendern wollte, die ziellosen Gespräche, nach denen ich mich gesehnt hatte – eines Tages, eine konstruktive Ziellosigkeit.

Jetzt spüre ich den Wind im Gesicht, spüre, wie er mir Auftrieb gibt, und könnte jeden Augenblick fallen. Doch ich halte mich fest und werfe statt dessen die Wurst, eine warme Taube, hinaus, hinaus in die Luft, Scheißvogel, flieg flieg.

Ich wasche meine Hände, drücke noch einmal ab und kehre ins Leben zurück. Weiter, immer weiter geht man, trotz allem, und weiß nicht warum und nicht wie.

Nacht-
licht

»Zu einem Kuß gehören immer zwei.«
R. L. Stevenson, *An Apology for Idlers*

Sie kommt mittwochs abends und will nur Sex; draußen wartet das Taxi. Vor vier Monaten hatte man sie ihm für einen Job empfohlen, aber er hatte keine Arbeit für sie. Er kann nicht einmal für sich selbst aufkommen.

Sie reden nicht viel, und es gibt Augenblicke des Schweigens, in denen sie sich nur anschauen. Doch sie wollen beide keinen Rückzieher machen, und irgend etwas läuft zwischen ihnen ab, denn sie stehen zusammen auf und legen sich ohne ein Wort neben dem Tisch auf den Boden.

In der nächsten Woche steht sie zur selben Zeit wieder vor der Tür. Sie ziehen sich sofort aus. Sie geht, ohne geschlafen zu haben, aber er hat gespürt, wie sie gedöst hat, ehe sie entschlossen aufstanden. Sie entschuldigt sich nicht, rafft ihre Sachen zusammen und geht, ohne sich umzuschauen. Er hat keine Ahnung, wo sie wohnt oder woher sie kommt.

Neuerdings kommt sie nicht mehr ins Haus, sondern geht direkt in den Keller, den zu möblieren er sich nicht leisten kann, so daß er nur einige Decken und Oberbetten auf den Teppich geworfen hat. Sie trinken nichts, hören keine Musik und können sich kaum sehen. Es ist, als führten sie eine Pantomime in diesem Zimmer auf, in dem außer Klarheit offenbar alles erlaubt ist.

Trotz der Arbeit wachsen seine Schulden. Was ihm noch gehört, könnte ihm genommen werden, und niemand außer ihm weiß davon. Er verliert jeden Halt, aber was macht das schon? Was sollte es ihm ausmachen, auch wenn es endgültig ist; wenn er das eines Tages anders sieht, gibt es keinen Weg mehr zurück.

Die meiste Zeit seines Lebens, vor allem in der Schule, ist er erfolgreich gewesen oder war doch auf dem Weg zu dem, was man Erfolg nannte. Wie die meisten Menschen hat er Angst, daß man ihm auf die Schliche kommt, doch im Gegensatz zu anderen hat man es bei ihm vermutlich auch geschafft. Er hat eine kleine Wohnung, einen alten Wagen und ein schäbiges Gefühl. Das sind die kleineren Verluste. Er vermißt den täglichen Fortschritt, den Eindruck, daß sein Wohlergehen, wenn nicht gar sein Glück sich stetig steigert und daß jeder weitere Tag zu einer erkennbaren Zukunft führt. Mit diesem Ausmaß willkürlicher Verzweiflung hat er nicht gerechnet.

Drei Tage die Woche holt er seine Kinder von der Schule ab, setzt ihnen etwas zu essen vor und bringt sie wieder zu dem Haus, das einen Großteil seines Geldes verschlingt und das zu betreten ihm seine Frau verboten hat. Freitags ißt er mit seinem einzigen Freund zu Mittag. Hinterher gehen sie in eine von Schwarzen geführte Bar, in der ihm die Musik gefällt. Die Männer, meist um die Dreißig, deren Leben ihm ein Rätsel ist, sitzen Abend um Abend ohne sichtliche Unzufriedenheit einfach da und sehen sich gegenseitig und die Frauen an. Er beneidet sie darum und fragt sich, ob ihre Leben sorglos sind, ob sie eine stoische Resignation errungen haben oder nur in tiefgreifender Nutzlosigkeit schmoren.

An dem Tag, der dieser Frau gehört, badet er eine Stunde lang. Ihm fällt ihr Name nicht ein, und sie spricht seinen nie aus. Falls nötig, nennt sie ihn »Mann«. Sie wird bald kommen. Er liegt da und sagt sich, was für ein Glück er mit diesem Arrangement hat, das ihn nichts kostet.

Einer Frau zuliebe, die ihn verlassen hat, ohne zu sagen, warum, hat er vor fünf Jahren die Frau verlassen, die er, ohne zu wissen, warum, geheiratet hatte. Seither hat es andere

Frauen gegeben. Doch wenn sie ihm nahekommen, kann er nur zurückweichen, ohne zu begreifen, warum.

Seine Frau will nicht reden. Wenn sie den Hörer abnimmt und ihn hört, ruft sie die Kinder, diese Vermittler, die unter unüberwindlichem Haß aufwachsen. Im letzten Jahr hatte sie, eine erfolgreiche Frau, das Gefühl, das Bett nicht verlassen zu können. Sie hat keine Haushaltshilfe, und die Kinder müssen ihr zur Hand gehen. Sicher denken sie, daß er daran schuld ist. Und er fängt an zu glauben, daß er Frauen verrückt machen kann, obwohl er begreift, daß er sich damit schmeichelt.

Jetzt hat er diese unerklärliche Beziehung. Anfangs stürzen sie aufeinander zu, zerren mit dem Leichtsinn der nicht mehr jungen Leute an ihren Kleidern und liegen dann im Dunkeln, bis das Verlangen, das einzige, was sie haben, wieder erwacht. Mach das Beste aus dieser Gelegenheit, sagt er sich.

Wenn sie fort ist, onaniert er, denkt daran, was sie getan haben, prägt es sich ein, um es rasch verfügbar zu haben: sie auf ihrem Bauch, er auf ihrem wogenden Rücken, sein Gesicht auf immer in ihrem schwarzen Haar. Er denkt an das weiche, schwarze Haar, vor Schweiß klebrig wie das Papier um ein Sahnekaramel, rund um ihr Arschloch.

Später geht er spazieren, ist zugleich zufrieden und unausgefüllt, verabscheut sich, weil er nicht weiß, warum er dies tut – schreckt zurück vor dem Rätsel seines eigenen Verstandes und vor der Unmöglichkeit zu begreifen, warum man sich so merkwürdig benimmt und Leuten schließlich vorwirft, daß sie einem nicht geben, worum man sie nicht fragen konnte. Ist dieses Neue nicht doch nur ein Netz der Illusion und er selbst ein Dummkopf? Aber er will noch mehr Dummheiten begehen, und das nicht nur mittwochs.

In den nächsten Wochen scheint sie etwas zu spüren. In dem Raum, in dem sie unter Straßenniveau liegen – ein Mausblick auf die Welt –, fordert sie ihn auf, andere Stellungen einzunehmen; sie bittet ihn, andere Stellen ihres Körpers ausgiebig zu streicheln. Sie zeigt ihm, wie sie einander studieren können.

Etwas Faszinierendes geschieht in diesem Zimmer, Woche um Woche. Er kann nicht wissen, was es sein könnte. Außerdem ist er sich nicht sicher, ob sie kommt; er traut ihr wie allen anderen Frauen zu, daß sie ihn im Stich läßt. Jede Woche überrascht sie ihn, bis er sich fragt, was sie abhalten könnte. Eines Mittwochs fährt kein Taxi vor. Drei Stunden lang steht er in Morgenmantel und Pantoffeln am Fenster und kommt sich in der ersten Stunde wie Casanova vor, in der zweiten wie ein Kind, das auf seine Mutter wartet, und in der dritten wie ein alter Mann. Ist sie krank? Ober bei ihrem Mann? Vom Fieber der Sehnsucht und des Verlangens gepackt, liegt er auf dem Boden, wo sie gewöhnlich liegt, später spürt er ihre Anwesenheit im Zimmer, eine schwebende Luftsäule, er richtet sich auf und schreit beim Anblick dieses Gespenstes laut auf.

Er nimmt an, daß er süchtig ist. Keinerlei Mängel aufzuweisen ist für ihn an sich schon ein Verbrechen. Er begreift die entsprechenden historischen Gründe, seit seine Frau ihn darauf aufmerksam gemacht hat. Was sie nicht daran hinderte, sich von ihm aushalten zu lassen. Eine Zeitlang versuchte er, wie einer jener Männer zu sein, die sie gutheißen konnte. Bei jeder Gelegenheit hat er geweint und mit Tieren geredet, wo immer er sie fand. Er gab sich Mühe, nicht laut zu werden, obwohl sie es »befreiend« fand, wenn sie sich austobte. Bald wußte er nicht mehr, wer er eigentlich sein sollte. Sie hatten sich beide verloren. Er fürchtete sich davor, nach Hause zu kommen. Und wenn er daheim war, hielt er den Mund aus Angst vor dem, was herauskommen könnte, so daß sie natürlich verärgert einen Weg hinein suchte.

Nun sorgt er sich, daß dieser Frau etwas zugestoßen sein könnte, und es gibt keine Möglichkeit für ihn, etwas herauszufinden. Welche Verletzung, welche Hoffnungslosigkeit hat sie nur dieses eine wollen lassen?

In der nächsten Woche kommt sie wieder, steht in der Tür, in einen Mantel gehüllt, lächelt, ist Anfang Dreißig, etwa fünfzehn Jahre jünger als er. Vielleicht hat sie einen Geliebten oder einen Mann; vielleicht ist sie ohne Arbeit, vielleicht von der Liebe enttäuscht, oder aber sie heiratet nächste Woche. Doch sie ist zärtlich. Wie sehr hat er vermißt, was sie zusammen tun.

Am nächsten Morgen geht er nach unten und riecht an ihrem Laken. Der Tag ist von ihr durchdrungen, wer immer sie auch ist. Er merkt, daß er pausenlos an sie denkt, an die seltsame Mischung aus Unwissen und Intimität, die sie teilen. Wenn man sich durch Sex trifft und Leute kennenlernt, was weiß er dann von ihr? Er kann nur Phantasiegestalten auf ihren Körper malen wie in den ersten Tagen der Liebe, wenn der Geliebten noch jeder Traum und jedes Begehren angehängt werden kann, ehe die Wirklichkeit alles durcheinanderbringt und neu ordnet. Nichts zu wissen ist sicherlich schön, so wie denn jede Kleinigkeit, die man erfährt, von den Freuden der reinen Imagination ablenkt. Diese Phantasie könnte ihnen größere Befriedigung als die Wirklichkeit bieten.

Doch sie läßt Zweifel in ihm aufkommen, und als er sie eines Abends berührt und spürt, daß er nichts je so geliebt hat – wenn Liebe heißt, sich im anderen zu verlieren, dann, ja, dann liebt er sie –, da möchte er die Ahnungen bestätigt wissen, die sich Tag um Tag häufen und keine klare Kontur ergeben. Ist er denn nach so vielen Lebensjahren, der teuren Erziehung, den Sprachen, von denen er glaubte, sie würden hilfreich sein, den Büchern und Zeitungen, die er gelesen hat, ist er nach all dem denn zu nichts anderem fähig als zur Liebe mit einer schweigsamen Fremden in einem abgedunkelten Zimmer? Doch er verwirft die Idee, mit ihr zu reden, da er keine Enttäuschung mehr verkraftet. Nichts darf ihre vollkommenen Abende stören.

Man will Sex und will sich amüsieren, und man bekommt, was man will, doch meistens geht es mit einem Extrageschenk einher – mit jemandem wie dir, einem Menschen. Ihr Arrangement scheint daher vorteilhaft zu sein, das, was sich viele wünschen, das Beste ohne das Schlimmste und keinerlei Forderungen, was ihm vor allem gefällt, wenn er daran denkt – was er ständig tut –, in welcher Atmosphäre von Abscheu und Hinterhältigkeit er und seine Frau sich verzehrt hatten, an die Jahre, die sie darüber hinaus der juristischen und finanziellen Rache gewidmet hatten. Er denkt oft an den Abend, an dem er ging.

Er kommt spät, er hat gerade das Bett jener Frau verlassen, mit der er sich trifft und die ihm sagt, daß sie ihm gehört. Die massige Gestalt seiner Frau, der Rücken ihm zugekehrt, bewegt sich nicht. Seine letzte Nacht. Am Morgen wird er mit den Kindern reden und gehen, wie es so viele Männer seines Bekanntenkreises getan haben, Menschen, die glaubten, das Haus zu verlassen sei etwas, das man nur einmal im Leben tut. Die meisten seiner Freunde, die meisten Leute, die er kennt, ziehen von Frau zu Frau, von Mann zu Mann, von Geliebtem zu Geliebtem. Eine Stadt der Liebesvampire, die von einem zum anderen ziehen und jenen einen jagen, bei dem alles anders sein wird.

Er macht das Licht im Flur an, zieht sich aus und will sich hinlegen, als er merkt, daß sie auf dem Rücken liegt, die Augen offen. Seltsamerweise sieht sie nicht mehr ganz so blaß aus. Ihm fällt auf, daß sie Lidschatten und Lippenstift aufgelegt hat. Jetzt streckt sie die Hände nach ihm aus, lächelt. Er weicht zurück, irgendwas stimmt nicht. Sie wirft die Decke zurück;

sie trägt schwarze und rote Unterwäsche. Er ist sich sicher, daß sie so etwas noch nie getragen hat.

»Zu spät«, will er rufen.

Er nimmt seine Kleider, stürzt zur Tür und zieht sie hinter sich zu. Er weiß nicht, was er tut, nur, daß er hier raus muß. Der schlimmste Augenblick ist der, als er ins Kinderzimmer geht, ihre Gesichter in dem Durcheinander aus Decken und Spielzeug findet und sie zum Abschied küßt.

Offenbar hat dies seine Meinung geändert, denn da er glaubt, daß er etwas mitnehmen muß, eilt er in sein Arbeitszimmer und versucht, seinen Computer unter den Arm zu nehmen. Da sind Kabel; er kann sie nicht lösen. Er greift nach dem Fernseher auf dem Regal. Er trägt ihn nach unten, und dann dreht er sich um und sieht seine Frau, die, immer noch im nuttigen Outfit, den Morgenmantel übergeworfen, ihn anschreit: »Wo willst du hin? Wohin?«

Er ruft: »Du hast mich zehn Jahre meines Lebens gehabt, mehr nicht. Mehr nicht!«

Er rutscht auf der Treppe aus und stolpert, gebeugt unter dem Gewicht des Fernsehers, und fällt die letzten Stufen hinunter. Ohne innezuhalten und nach seinen Verletzungen zu sehen, flüchtet er aus dem Haus, flüchtet ohne Liebe, ohne Haß, schaut nicht zurück und denkt seltsamerweise nur an die Häuser, in denen man als Erwachsener lebt und in denen man nicht alle Ecken kennt, nicht so, wie man das Haus seiner Kindheit kennt. Er läßt den Fernseher im Vorgarten stehen.

Die Frau, die er nun trifft, hilft ihm, die gräßliche Angst zu ersticken, die er ständig in sich trägt, daß die Romantik in ihm zerschlagen wurde. Er kommt sich gefährlich vor, will aber in Liebe aufwachen. Sanft, sanft; er träumt davon, eine Tür zu öffnen, und der Mensch, den er liebt, wird dahinter stehen.

Diese Sehnsucht kann ihn packen, wenn er auf Partys geht, in Restaurants, zu Freunden oder auf die Straße. In einem Zug sitzt er einer Frau gegenüber. Mit ihr würde die Vergangenheit erlöst. Er folgt ihr. Sie geht über die Straße. So auch er. Sie gerät in Panik. Er packt sie am Arm und ruft: »Nein, nein, so einer bin ich nicht!« und läuft fort.

Er weiß nicht, wie er sich anderen nähern soll, doch ist es anstrengend, sie nicht zu mögen. Er will nicht mehr ausgehen, denn wer wäre da, an den er sich halten könnte? Aber zu Hause verzehren ihn seine Gedanken; er ist ein Kannibale seines eigenen Bewußtseins. Und er hungert nach Liebe. Die Scham seiner Einsamkeit, eine schäbige Not! Nur wenige Gestalten werden so sehr verachtet wie der Mann mittleren Alters mit starkem Verlangen, und das Verlangen erneuert sich jeden Tag, kehrt zurück wie eine wiedererwachende Krankheit, schreit auf, mehr Leben, mehr!

Abends hockt er auf dem Dachboden und sieht eine Schachtel mit alten Briefen von Frauen durch. Er liest eine Vielzahl pastoraler Szenen. Die Frauen sitzen in Cafés, trinken guten Kaffee, essen Pfirsiche auf dem Patio, schauen auf den Schnee. Alltägliche Gefühle werden ins Sublime gesteigert. Er will spöttisch sein. Leicht läßt es sich ausmalen, daß flüchtige Küsse und schnelle Ergüsse die einzigen Befriedigungen sind. Doch was gefällt ihm? Fast kommt es ihm vor, als hätten sich die Zahnräder seines Lebens von jenem Mechanismus gelöst, der ihn vorangetrieben hat. Wenn er sieht, wonach Menschen sich sehnen, kann er nicht verstehen, wieso sie nicht wissen, daß ihre Wünsche nichts wert sind. Mit einem neuen Blick will er zum Gewöhnlichen zurück. Er will ein Kinderspiel spielen: Mache eine Liste von den Sachen, die dir heute aufgefallen sind, füge zur Liste hinzu, was du, falls geschehen, begehrt, bedauert und genossen hast, damit dein Leben nicht unbemerkt an dir vorübergeht. Und er verlangt nach dem Außergewöhnlichen – mittwochs.

Er liegt auf der Seite, ist in ihr, die Münder offen, ihre Beine halten ihn. Sie bewegen sich gerade so viel, daß sie den Zustand warmen Genießens bewahren. Nur an der Art ihres Liebesspiels kann er ihre Stimmung erraten. Manchmal greift sie ihn sich, oder sie legt sich hin und bietet ihm Hals und Kehle zum Kuß dar.

Er schlägt die Augen auf und sieht, daß sie ihn beobachtet. Es ist lange her, daß ihn jemand derart aufmerksam angeschaut hat. Seine Hoffnung erhält Auftrieb durch ein neues Begehren: Neugier. Er denkt daran, ihre Sinnlichkeit in die Welt zu tragen. Er will, daß andere sie betrachten, will, daß andere sie zusammen sehen, will Bestätigung. Die Liebe ist so groß, daß er fast versucht ist, mit ihr zu reden.

Mehrere Wochen lang ist er fest entschlossen, beim Liebesspiel zu reden, und sagt sich jedesmal, daß es diesmal dazu kommen wird. »Wir sollten miteinander reden«, so lauten die Worte, die er vorbereitet hat, die bald abgekürzt werden zu »Reden wir?« oder sogar zu »Reden?«

Doch daß er nicht redet, hat die Frau sichtlich gefreut. Wen könnte er sonst auf diese Weise glücklich machen? Würde Klarheit ihre Beziehung nicht zerstören? Und hatten sie denn kein brauchbares Vokabular der Liebkosungen? Worte kommen verfälscht heraus, doch wer kann einen Kuß verfälschen? Wenn er doch nur nicht ständig glaubte, daß er etwas unternehmen sollte, nicht immer dächte, daß etwas geschehen sollte, als müßte die Freundschaft wie ein Zug stets zu einem Ziel unterwegs sein.

Langsam glaubt er, daß das, was in diesem Zimmer geschieht, seine einzige Hoffnung ist. Er hat vergessen, was ihm an der Welt gefällt, hält sein Leben für eine Plackerei, und sie erinnert ihn, Finger um Finger, an das Lohnenswerte. Sein Leben lang, so scheint es, hat er Sex gesucht. Er weiß nicht genau, warum, aber offenbar hat er angenommen, Sex sei wichtig genug, um ihn zu wollen. Und nun, da er ihn hat, scheint er nicht genug zu sein. Doch was macht das schon? Solange es Begehren gibt, solange schlägt der Puls; man lebt; und wer etwas will, der will über sich selbst hinaus, hinein in die Welt, Finger um Finger.

Seit kurzem

Nach Tschechows Erzählung
Das Duell

1 Um acht traf sich, wer die ganze Nacht aufgeblieben oder gerade aufgestanden war, am Strand, um zu schwimmen. Sie hatten ein warmes Frühjahr gehabt, und der Sommer war heiß und schwül, der heißeste Sommer seit Jahren, hieß es. Das Meer war herrlich lau.

Als Rocco, ein schlanker, dunkelhaariger Mann von etwa dreißig Jahren, in Holzlatschen und abgeschnittenen Jeans ans Meer schlenderte, traf er mehrere Leute, die er kannte, so auch Bodger, einen ortsansässigen Arzt, der auf die meisten Menschen anfangs einen eher unangenehmen Eindruck machte.

Untersetzt, mit mächtigem Schädel und stoppligem Haar, großer Nase und lauter Stimme, schien Bodger keine wandelnde Reklame für die Medizin zu sein. Doch wer ihn kennenlernte, fand sein Gesicht meist freundlich und liebenswürdig, sogar charmant. Er grüßte jeden und kümmerte sich noch auf der Straße oder im Pub um medizinische, ja sogar um psychologische Beschwerden. Es hieß, daß die Leute ihre Symptome nannten, einzig um ihm das Vergnügen zu machen, eine Kur für sie vorschlagen zu dürfen. Für seine Barbecues, die er an ungewöhnlichen und phantastischen Plätzen abhielt, war er berühmt. Doch er schämte sich seiner Freundlichkeit, da sie ihn in Schwierigkeiten brachte. Er gab sich gern kurz angebunden.

»Ich habe da mal eine Frage«, sagte Rocco, als sie sich ihren Weg durch das Watt suchten. »Angenommen, Sie würden sich verlieben. Sie leben mit dieser Frau einige Jahre zusammen, und dann – wie es so ist – hören Sie auf, sie zu lieben, und Ihre Neugier hat sich erschöpft. Was würden Sie tun?«

»Mich von ihr trennen und weiterziehen, schätze ich.«

»Angenommen, sie stünde allein da, wüßte nicht wohin und hätte weder Arbeit noch Geld?«

»Ich würde ihr Geld geben.«

»Sie haben's kapiert, nicht?«

»Wie bitte?«

»Vergessen Sie nicht, daß wir von einer intelligenten Frau reden.«

»Von welcher intelligenten Frau?« fragte Bodger, obwohl er es bereits erraten hatte.

Bodger schwamm zügig hinaus, wie es seine Art war; Rocco stand in den Wellen und ließ sich dann auf dem Rücken treiben.

Sie zogen sich am Fuß der Klippen an; Bodger schüttelte den Sand aus seinen Schuhen. Rocco griff nach den Zeitungen, die er mitgebracht hatte, eine alte Ausgabe der *New York Review of Books* und eine der *Racing Post.*

»Es ist ein Alptraum, mit jemandem zusammenzuleben, den man nicht liebt, aber ich würde mir deshalb keine Sorgen machen«, riet ihm der Arzt mit seiner Stimme für »leichte Fälle«. »Was ist, wenn Sie eine andere Frau kennenlernen und herausfinden, daß sie genauso ist? Dann geht es Ihnen bestimmt noch schlechter.«

Sie gingen zu einem nahe gelegenen vegetarischen Café, in dem sie Stammgäste waren. Der Besitzer brachte Bodger immer seine eigene Tasse und ein Glas eisgekühltes Wasser. Bodger ließ sich den Toast mit Honig und den Kaffee schmecken. Vom Schwimmen wurde er hungrig.

Rocco sehnte sich nach Mandelcroissants, die er einmal in einem Café in London gegessen hatte, und jeden Morgen hob er die Hand und bat den Besitzer, ihm eins zu bringen.

Natürlich hatten sie dergleichen in ihrer Stadt nie gesehen, und der Ärger des Besitzers wuchs mit jeder Bestellung. Bodger ahnte, daß sich Rocco eines Tages einen Tritt in den Hintern einfangen würde, aber er wünschte, er selbst hätte den Mut, solch vergnügliche Schwierigkeiten zu provozieren. »Ich liebe diese Aussicht.« Bodger reckte den Hals, um an Rocco vorbei aufs Meer zu schauen.

Rocco rieb sich die Augen. »Haben Sie nicht geschlafen?«

»Ich muß Ihnen was gestehen. Mit Lisa und mir steht es schlecht.« Rocco achtete nicht darauf, daß Bodger mit den Fingern auf seine ungeöffnete Zeitung trommelte. »Zwei Jahre habe ich mit ihr zusammengelebt. Ich habe sie mehr geliebt als mein Leben. Und jetzt tu ich es nicht mehr. Vielleicht habe ich sie nie geliebt. Vielleicht habe ich mir was vorgemacht. Vielleicht mache ich mir in allem etwas vor. Wie können manche Menschen ein vernünftiges Leben führen, während das Leben anderer eine Katastrophe ist? Wissen Sie, was Kierkegaard gesagt hat? Wir können unsere Leben nur vorwärts leben und rückwärts verstehen. Ein Leben leben und es verstehen, das geschieht in verschiedenen Dimensionen. Das Leben wird von der Erfahrung überwältigt, ehe es begriffen werden kann.«

»Kierkegaard! Ich wollte ihn schon immer lesen. Ist er gut?«

»Vielleicht habe ich es genossen, sie ihrem Mann wegzunehmen. Was meinen Sie?«

»Mit welchem Buch sollte ich anfangen?«

Rocco sagte: »Für Sex war sie immer zu haben, und ich habe sie hart rangenommen. Wir haben so oft gevögelt, wir hätten Strom produzieren können.«

Bodger beugte sich vor. »Wie war das?«

»Wir wollten fort aus London. Diese Leute. Die Luftverpestung. Die Kosten. Wir kamen hierher ... weil wir etwas Land haben, etwas anpflanzen wollten, Sie wissen schon.«

»Gras?«

»Seien Sie nicht albern. Nicht nur Gras. Gemüse. Wir haben es bloß noch nicht gesetzt.«

»Wäre jetzt auch ein bißchen spät.«

»Sie oder Ihr großer Freund Vance hätten vielleicht ein Geschäft aufgemacht, eine Familie gegründet und all das. Aber diese Stadt macht mich fertig. Und Lisa, die ... die treibt sich immer sonstwo herum. Das wollte ich bloß sagen.«

»Ich würde eine schöne Frau wie sie nicht sitzenlassen.«

»Auch wenn Sie nicht in sie verliebt wären?«

»Sie nicht. Verliebtheit vergeht. Aber Respekt und Gemeinsamkeiten nicht. Ich bin Arzt. Ich verschreibe Ihnen Ausdauer.«

»Wenn ich meine Ausdauer testen wollte, würde ich wie dieser Spinner Vance in einen Fitneßclub gehen. Ich glaube, ich leide an Alzheimer.«

Der Arzt legte Rocco die Hand auf die Stirn. Sie war feucht. Rocco schien Alkohol auszuschwitzen. Bodger wollte ihm gerade sagen, daß er sein T-Shirt falsch herum und auf links trug, als ihm einfiel, daß sein Freund die Hemden gern umdrehte, wenn sie ihm allzu dreckig wurden.

»Das glaube ich nicht. Liebt sie Sie?«

Rocco seufzte. »Sie hält sich für eine dieser starken Frauen aus den Zeitschriften, aber ohne mich würde sie überhaupt nicht klarkommen. Sie weiß nichts mit sich anzufangen. Was kann sie schon tun? Sie hat seltsame Angewohnheiten.«

»Zum Beispiel?« fragte Bodger interessiert.

Rocco versuchte, sich an etwas zu erinnern, das anschaulich, aber nicht kleinlich klang. Er konnte Bodger doch nicht sagen, daß er es haßte, wie sie ihm den Ellbogen in den Bauch stieß, wenn sie mit ihm reden wollte, oder daß sie ihm in die Nasenlöcher und in die Ohren prustete, wenn sie Sex hatten, daß sie sich für Jobs bewarb, die sie nie kriegen würde, und dann behauptete, er mache ihr keinen Mut; daß sie ständig erkältet war und beim Fiebermessen darauf bestand, die Einführung des Thermometers in den Hintern liefere die einzige verläßliche Anzeige, daß sie ständig Geld verlor, Schlüssel, Briefe, sogar ihre Schuhe, und immer wieder vom Fahrrad fiel. Oder daß sie anfing, Französisch oder Gesang zu lernen, aber schon nach einigen Wochen aufgab und sagte, es sei hoffnungslos.

Schließlich sagte Rocco: »Was kann man schon machen, wenn man von einem Menschen, den man nicht mag, zu einem anderen Menschen geht, den man auch nicht mag? Nennt man das nicht Hoffnung? Ich verschwinde.«

»Wohin?«

»Zurück nach London. Neue Leute, alles neu. Wir haben bloß kein Geld, absolut nichts.«

Bodger sagte: »Sie sind intelligent, das ist das Problem.«

Rocco knabberte an seinen Fingernägeln. »Ich vermisse den Geruch der Metro, die Menschenmengen nachts in Soho, Bauarbeiter, die morgens um acht die Straße vor deinem Fenster reparieren, Leute, die einem in den Hausflur pissen, widerliche Homunkuli in schlechtsitzenden Hosen, die fremde Menschen anschreien. In London ist alles möglich. Da hat man nicht soviel Zeit zum Nachdenken. Mein Verstand hört einfach nicht auf zu plappern, Bodger.«

Der Arzt sammelte seine Sachen ein. »Meine Patienten auch nicht.«

»Noch kein Wort darüber, ich habe ihr noch nichts gesagt.« Rocco zog einen Brief hervor. »Ist gestern angekommen. Ging von allein auf – zufällig. Ihrem Mann geht es nicht gut.«

Bodger beugte sich vor, um einen Blick auf den Brief zu werfen, hielt sich dann aber zurück.

»Was ist mit ihm?«

»Er ist tot.«

»Werden Sie ihr den Brief nicht zeigen?«

»Sie regt sich doch nur auf, und ich muß dann noch ewig bei ihr bleiben.«

»Aber um Himmels willen, Sie haben sie ihrem Mann weggenommen. Bitte Rocco, Sie müssen sie jetzt heiraten!«

»Eine prima Idee, vor allem, da ich die Frau nicht ausstehen kann und sie nicht mal mit geschlossenen Augen vögeln könnte.«

»Dann seien Sie wenigstens nett zu ihr. Das können Sie durchaus, wenn Sie nur wollen.«

»Ich werde sie ernst nehmen.«

Bodger zahlte, wie er es stets tat, und die beiden Freunde nahmen den oberen Weg über die Klippen. Ehe sie sich trennten, gestand Bodger, wie sehr er sich wünschte, eine Frau wie Lisa zu haben, und daß er nicht begriff, wieso sie mit Rocco und nicht mit ihm zusammenleben wollte.

»Diese Schultern«, brummte er, »diese Schultern. Dann könnte ich sie lieben.«

»Aber mit Gewißheit werden wir das jetzt nie mehr erfahren«, sagte Rocco. »Besten Dank für den Rat. Haben Sie übrigens schon mal mit einer Frau zusammengelebt?«

»Was? Nein, eigentlich nicht.«

Rocco schlenderte davon.

Bodger hoffte, jetzt nicht den ganzen Morgen an Rocco und Lisa denken zu müssen. Vorfälle wie dieser ließen ihn sein Leben genießen, wie es war. Er dachte dann an etwas Schlimmeres, etwa daran, am heißesten Tag des Jahres in einem Metrotunnel der District Line festzusitzen. Ja, er mochte dieses Badestädtchen und die Brise vom Meer, vor allem früh am Morgen, wenn die Läden und Restaurants aufmachten und der Strand gereinigt wurde.

»Karen! Karen!« rief er Vances Frau zu, die über den Strand joggte. Sie winkte zurück.

2 Als Rocco nach Hause kam, war es Lisa gelungen, sich anzuziehen und sich sogar das Haar zu bürsten. Sie trug ein langes, schwarzes, ärmelloses Kleid und kniehohe Lederstiefel. Gestern abend waren sie auf eine Party am Strand gegangen. Die meisten Gäste waren bekifft gewesen, womit sie nichts anfangen konnte, da sie alle etwas abwesend gewirkt hatten und in ihrer eigenen Welt getanzt hatten. Sie hatte sich abgesondert und in die Dünen gelegt. Jetzt saß sie am Fenster, trank Kaffee und las eine Zeitschrift, die sie schon kannte.

»Was hältst du davon, wenn ich heute morgen schwimmen gehe?« fragte sie.

Eigentlich sollte sie sich beim Arbeitsamt melden, hatte es aber offenbar vergessen. Rocco wollte sie daran erinnern, zog es dann aber vor, ihr später Vorhaltungen machen zu können.

»Mir egal, was du tust.«

»Ich frage nur, weil Bodger gesagt hat, ich soll mich schonen.«

»Warum? Was ist denn jetzt schon wieder mit dir los?«

Sie zuckte die Achseln. Er blickte auf ihren bloßen, weißen Hals und auf die kleinen Locken im Nacken, die er bestimmt schon hundertmal geküßt hatte.

Er ging ins Schlafzimmer. Seine Stirn fühlte sich feucht an, als würde ständig Schweiß aus seinen Poren quellen. Er war sogar zu erschöpft, um auch nur auf die Ameisen auf dem Kissen zu deuten. Sie waren überall im Haus. Wenn man sich hinsetzte, krochen sie einem die Beine hoch, wenn man eine Zeitung aufschlug, rannten sie über die offene Seite, doch sie unternahmen beide nichts dagegen.

Er legte sich hin, stöhnte aber fast sofort auf, da er eine

Stimme über Lautsprecher hörte, die zu einem »Gegrüßet seist du, Maria« ansetzte. Die tägliche Prozession der Pilger zum Ortsaltar, einem der ältesten in Europa, hatte begonnen. Sie kamen mit Bussen aus dem ganzen Land. Leute in Rollstühlen oder auf Krücken, Trottel, Unglückselige und Sterbende humpelten durch die Gasse, vorbei an ihrem Cottage. Eine schwarze Holzmadonna wurde auf die Schultern der eher rüstigen Pilger gehoben, andere umklammerten Rosenkränze und Kruzifixe. Die Gebete hallten über die Wiesen und das grasende Vieh. Sektentum, Schamanismus, Mystizismus, die Hoffnungslosen suchten überall. Heutzutage hieß es: jedem seine eigene Religion. Wer war schließlich nicht geistesgestört, zumindest von dem einen oder anderen Standpunkt aus? Wer sehnte sich nicht nach Hilfe?

In den ersten Wochen im Cottage hatte er mit Lisa ein Spiel gespielt, wenn die Pilger vorbeikamen. Rocco legte eine Platte von Madonna auf, rannte zu den Stufen ihres höher gelegenen Gartens, pinkelte über die Hecke auf die Andächtigen und schrie: »Weihwasser! Weihwasser!« Dann kam Lisa angerannt und wollte ihn zurückreißen, und sie lachten und vögelten im Garten.

Der Tag lag vor ihm, aber was wollte er damit anfangen? Wenn man Ziele hatte, dachte er, irgendwas in der Zukunft, auf das man hinarbeiten konnte, dann wäre die Gegenwart vielleicht eine erträgliche Brücke. Aber ihm fiel nichts ein, was er sich wünschen konnte.

Er las den Brief noch einmal, blickte auf und sah, daß Lisa ihn beobachtete. Er wollte ihn schon wieder in seine Tasche stopfen, doch wie sollte sie erfahren, worum es ging?

Vor drei Jahren hatte er sich verliebt. Lisa war nicht bloß hübsch, viele Frauen waren hübsch. Sie war elegant, alles an ihr war schön. Sie war selbstbewußt, ohne eitel zu sein, und meist kannte sie ihren Wert, ohne sich etwas darauf einzubilden. Deshalb wollte er mit ihr zusammen der Monogamie eine Chance geben, die doch offenbar von so vielen Leuten als Tugend hoch gepriesen wurde. Sie würde sein Verlangen zügeln. Wenn er mit ihr durchbrannte, würde er auch vor der Vergeblichkeit fliehen. Doch jetzt spürte er, daß er sie nur noch verlassen konnte, daß er fliehen und irgendwie dasselbe Ziel erreichen mußte.

Er sagte: »Ich werde Bodger fragen, ob du schwimmen darfst. Ich brauche selbst noch einen Rat von ihm.«

»Weshalb denn?«

»Dieses und jenes.«

Rocco wußte, daß er Talent hatte: Er konnte musizieren und komponieren, könnte Theater- oder Filmdirektor sein, und er konnte schreiben. Doch um seine Energien freisetzen zu können, mußte er von hier fort. Immerhin konnte er etwas unternehmen. Zumindest das hatte er beschlossen. Das munterte ihn auf, allerdings nicht so sehr, wie er gehofft hatte, da er nicht mal Geld genug besaß, um zur nächsten Bahnstation fahren zu können. Und bevor er aufbrach, mußte die Sache mit Lisa natürlich geregelt sein. Er mußte ein längeres Gespräch mit Bodger führen.

Um zwölf aßen sie zu Mittag, da sonst nichts zu tun war. Lisa und er aßen immer das gleiche, Tomatensuppe aus der Dose, dazu Käsetoast und danach rote Grütze mit Kondensmilch. Es war billig, und sie brauchten sich nicht zu streiten, was sie kochen sollten.

»Ich liebe diese Suppe«, sagte er, und sie lächelte ihn an. »Einfach köstlich.« Nett sein war unerträglich. Er glaubte nicht, es noch länger durchhalten zu können. Nicht einmal der Gedanke an ihren toten Mann weckte sein Mitgefühl. »Wie geht es dir heute? Oder habe ich dich das schon gefragt?«

Sie schüttelte den Kopf. »Hab wieder Bauchschmerzen, aber es geht schon.«

»Dann solltest du dich schonen.«

»Glaube ich auch.«

Sie schlürfte ihre Grütze, ein Geräusch, von dem er gehofft hatte, das sie es ihm wenigstens dieses eine Mal ersparen würde und das ihn begreifen ließ, warum Männer ihre Ehefrauen umbrachten. Er schob seinen Teller zur Seite und stürzte aus dem Haus. Sie sah ihm nach, den Löffel an den Lippen.

3 »Abschaum. Rocco ist der reinste Abschaum«, sagte Vance. »Ehrlich. Und ich kann Ihnen auch sagen, warum.«

»Das sollten Sie auch«, sagte Bodger.

Bodger musterte Feather, die in der Nähe wohnende Therapeutin, da er sie zeichnete.

Vance betrachtete sich in Bodgers Spiegel, nicht so sehr, um seine langen Koteletten, das geblümte Hemd, die muskulösen Schultern und den kräftigen Nacken zu bewundern, sondern um sich zu vergewissern, daß der letzte, zufriedenstellende Eindruck, den er von sich gewonnen hatte, korrekt gewesen war.

Er leitete das Hamburger-Restaurant der Stadt, ein großes Lokal mit Holzböden, dröhnender Siebziger-Jahre-Musik, Rockpostern und einer goldenen Platte der T-Rex an den Wänden.

Im Keller hatte er vor kurzem den Club *Advance* eröffnet, und in unmittelbarer Nähe gehörte ihm ein Bekleidungsgeschäft.

Vance war der ehrgeizigste Mann der Stadt. Es war kein Geheimnis, das sein Verlangen größer war als alles, was sich für ihn in Reichweite befand. Er sah über sie alle hinweg und hatte hochfliegende Pläne. Doch zu seinem ewigen Kummer mußte er mit ihrer Verwirklichung in dieser Stadt anfangen.

Wie viele Leute kam er oft am Nachmittag oder späten Abend bei Bodger vorbei, um ein Schwätzchen zu halten.

Die meisten Abstellflächen in Bodgers Haus waren mit Holzstücken übersät, die er auf seinen Spaziergängen gefunden hatte, mit Zeichnungen oder Notizbüchern; mit Türmen aus Taschenbüchern über Astronomie, Tiere, Pflanzen und Psychologie; mit Schallplatten, die reihenweise umgefallen waren, und verbogenen Metallstücken, die er auf Schrottplätzen entdeckt hatte; die Stühle waren angeknackst, hatten aber eine Form, die ihm gefiel; und seine Wäsche, die er aus »therapeutischen Gründen« von Hand wusch, hing Leine um Leine in der Küche. Für Vance war das Müll, aber jeder Gegenstand war sorgsam ausgewählt worden und wurde liebevoll gepflegt.

Vance sagte: »Wissen Sie, was er über dieses Hemd gesagt hat? Er fragte, ob ich die nigerianische oder die ghanaische Flagge tragen würde.«

Feather fing an zu lachen.

»Tja, das ist wirklich komisch«, sagte Vance. »Er provoziert mich, und dann will er meinen Respekt.«

Bodger sagte: »Ich habe ihn heute morgen gesehen, und er hat mir leid getan.«

»Er ist ein Schwachkopf.«

»Wieso sagen Sie so etwas?«

Vance sagte: »Haben Sie gewußt – bestimmt hat er es Ihnen schon oft erzählt –, daß er zwei Abschlüsse in Philosophie hat? Er besitzt eine der besten Ausbildungen der Welt. Und wer hat dafür bezahlt? Arbeiter wie ich oder wie mein Vater. Und was fängt er jetzt damit an? Er säuft, hängt herum, leiht sich Geld und verkauft Dope, von dem die Leute Alpträume kriegen. Sollten wir nicht irgendeinen Nutzen aus seiner exzellenten Ausbildung ziehen können? Oder war sie bloß für ihn gedacht?«

»Ist seine Ausbildung nutzlos oder ist es Rocco?« fragte Feather.

»Genau«, stimmte Bodger ihr zu.

»Beide wahrscheinlich. Zum Glück kürzt diese Regierung die Bildungsausgaben.« Vance wandte sich an Feather. »Können Sie ihn nicht so therapieren, daß er normal wird?«

»Was ist, wenn er noch schlimmer wird?«

Vance fuhr fort: »Wissen Sie, was er zu mir gesagt hat? Er hat mich habgierig und halsabschneiderisch genannt. Dabei hat keiner meine Kellnerinnen so oft gevögelt wie er. Habe ich Ihnen schon erzählt, daß er mit einer von ihnen im Bett war und daß sie ihn gefragt hat, ob es ihm gefallen hat? Ich bringe ihnen bei, höflich zu sein, verstehen Sie? Er sagte … wie war das noch? ›Der ganze Sinn meines Lebens konfluierte zu diesem einen, zeitlosen Augenblick.‹« Weder Feather noch Bodger lachten. »Wie bescheuert kann man eigentlich werden? Als er das letzte Mal ins Restaurant kam, hat er seinen Hintern in die Höhe gereckt und gefurzt. Meine Gäste bekamen kaum noch Luft.«

»Hören Sie auf«, sagte Bodger zu Feather, die jetzt lachte.

»Das schlimmste ist, daß die Frauen auf ihn fliegen. Dabei hat er nichts zu bieten! Können Sie mir das erklären?«

»Er weiß, wie man sie anschauen muß«, sagte Feather.

Sie selbst hatte einen festen Blick, als wollte sie herausfinden, was die Menschen tatsächlich dachten.

»Was soll das heißen?« fragte Vance.

»Frauen sehen ihm in die Augen und erkennen sein Interesse an ihnen, aber er läßt sie auch sehen, wie unglücklich er ist.«

Vance begriff nicht, warum irgend jemand Roccos Unglück liebenswert finden konnte, doch etwas an dem Gesagten verwirrte ihn, und er dachte darüber nach.

Als sie in die Stadt gezogen waren, hatte Vance Lisa und

Rocco willkommen geheißen. Er hatte sie nicht für ihren Kaffee zahlen lassen, hatte dafür gesorgt, daß sie den besten Tisch bekamen, sie den Dichtern und Musikern im Ort vorgestellt und mit Bodger bekannt gemacht. Lisa war attraktiv, Rocco war charmant. Sie gehörten zu jener Sorte Kaffeehauskundschaft, die er sich für sein Restaurant gewünscht hatte, nicht diese Familien mit Eimern und Spaten, diese Leute mit sandigen Füßen und sich pellenden Nasen.

Bodger zeichnete. »Den Mann Abschaum nennen – also, das ist unerhört, ich finde das nicht richtig.«

»Sein Problem ist einfach«, sagte Feather, »daß er zu viele Menschen liebt.«

Vance hob erneut an. »Warum sich für jemanden einsetzen, der mit anderer Leute Freundin schläft – sie ansteckt – sich Geld leiht, nie arbeitet, ständig high ist und Lügen erzählt? Die Menschen wollen heutzutage keine moralischen Urteile mehr fällen. Sie geben ihren Eltern die Schuld, der Gesellschaft oder einem Kopfschmerz. Er ist jeden Tag in mein Lokal gekommen. Ich habe ihn gemocht und ihm eine Chance gegeben. Leute wie er sind einfach Abschaum.«

Bodger warf seinen Stift hin. »Halten Sie den Mund!«

Feather sagte: »Das Verlangen nach Vergnügen spielt eine große Rolle im Leben der Menschen.«

»Ach ja?« Vance starrte sie an. »Angenommen, wir würden alle ständig das tun, wonach uns der Sinn stünde. Da würde nichts mehr klappen. Ich sage Ihnen, was mich fuchst. Leute wie der, die halten sich für überlegen. Er glaubt, nichts zu tun und über blödsinniges Zeugs zu diskutieren ist besser als zu arbeiten, zu verkaufen, ein Geschäft zu führen. Was denkt er denn, wie dieses Land funktioniert? Faulpelze wie ihn sollte man zur Arbeit zwingen.«

»Zwingen?« fragte Bodger.

Dies war eines von Vance' Lieblingsthemen. »Sagen wir, die

Hälfte der Woche. Um sich sein Arbeitslosengeld zu verdienen. Straßen fegen oder Rentnern beim Einkaufen helfen.«

»Mit Zwang?« sagte Bodger. »Soll ihn die Polizei zum Müllwagen zerren?«

»Und zu den Rentnern«, sagte Vance. »Ich würde ihn selbst hinzerren.«

»Es kann nicht jeder nützlich sein«, sagte Feather.

»Aber warum sollten nicht alle etwas zum Gemeinwohl beitragen?«

»Ich kann mich nicht mehr konzentrieren«, sagte Bodger.

Sie gingen hinaus in den Garten, wo alles nach Belieben durcheinander wuchs. Es war heiß, aber es schien keine Sonne. Spinnweben hingen wie Hängematten in den Büschen. Die Blätter waren braun und verstaubt, die Bäume verdorrten, der Teich war ausgetrocknet.

Die schweißtreibende Hitze lähmte sie; sie tranken Wasser und Bier. Mit einem Taschentuch über dem Gesicht schlief Bodger in einem Korbstuhl ein.

Feather und Vance gingen Arm in Arm zum Hintertor hinaus. Vance fragte sie, ob er sie zu einem Drink ins Restaurant einladen dürfe.

»Gern«, sagte sie, »aber ich habe eine Sitzung.«

»Noch mehr Träume?«

»Das will ich hoffen.«

»Haben Sie all diese jammernden Leute mit ihren belanglosen Problemen nicht allmählich satt? Schicken Sie die zu mir, und ich verpasse ihnen einen Tritt in den Hintern, das kommt billiger.«

»Die Psyche der Menschen ist interessant, interessanter als ihre Ansichten. Und bestimmt ebenso interessant, würde Rocco behaupten, wie Hamburger.«

Feather lächelte. Sie hatten einander immer schon amüsant

gefunden, und es machte ihr nichts aus, wenn er sich über ihren Beruf lustig machte. Es schien sie sogar anzuspornen. Und sie mochte ihn trotz seines Charakters.

»Kommen Sie auf ein paar Sitzungen zu mir«, sagte sie. »Schauen Sie sich meine Arbeit an. Finden Sie heraus, zu welchen Gesprächen es zwischen uns kommt.«

»Auf eine Massage würde ich vorbeikommen, aber an mein Hirn würde ich Sie nicht heranlassen. Worte, Worte. Wie kann denn Reden die Antwort auf jedes Problem sein? Mit mir ist alles in Ordnung; wenn ich krank bin, dann gnade mir Gott.« Nach einer Weile sagte er: »Rocco ist gefährlich, weil er andere Menschen ausnutzt und ihnen nichts dafür gibt.«

»Manche Menschen mögen es, wenn man sie ausnutzt.«

»Ich sage es Ihnen, Feather, ich bringe das Arschloch um.«

»Wenn Sie dafür einen guten Grund haben«, sagte sie und ging.

4 Die Raver der letzten Nacht saßen am Strand, zu schlapp, um sich zu bewegen. Einige schliefen, andere süffelten Wein, ein Mann hatte einen Stand aufgemacht und verkaufte Melonen. Eine Frau, die jeden Morgen ihre Katze in einem Karton herumtrug, führte sie heute an einer Leine spazieren, während die Kinder ihr hinterherkläfften.

Lisa döste im Sand, bis sie in der Sonne zu brutzeln meinte, dann rannte sie ins Meer.

Sie liebte ihr schwarzes Kleid. Es war beinahe das einzige Kleidungsstück, das ihr paßte. Sie setzte ihren großen Strohhut auf, den breiten Rand stramm über die Ohren gezogen, so daß ihr Gesicht wie aus einer Schachtel herausschaute. Die Jungen riefen ihr nach, als sie an ihnen vorbeiging. Sie war hochgewachsen, hatte einen schlanken Hals und geraden Rücken. Ihr Gang war elegant, der Kopf stolz gereckt. In einem anderen Zeitalter hätte ein Mann ihr einen Sonnenschirm hinterhergetragen.

In ihrer Nähe saß eine nicht mehr junge Frau, eine leitende Angestellte beim Fernsehen, die ein Cottage in ihrer Nachbarschaft bewohnte, nach Los Angeles pendelte und Filmskripte am Strand las. Sie hatte fast alles, was man sich wünschen konnte, war aber immer allein. Ihre Kleider waren teuer, doch sie wirkte plump, und ihre Schönheit war verwelkt. Die Jungs, die der Katze hinterherbellten, bellten auch ihr nach. Lisa überlief ein Schauder. Männer wollten junge Frauen – in welch liberalen Zeiten sie doch lebten!

Vielleicht sollte Lisa sie um einen Job bitten. Aber eine derartige Arbeit würde sie nach ein paar Wochen langweilen. Wie sollte sie da noch Zeit haben, trommeln zu lernen? Immerhin … immerhin hatte sie Rocco.

Wie sie sich unterhalten konnten, Stunde um Stunde, während sie spazierengingen, aßen, saßen, sich liebten. Hätte sie sich den idealen Partner vorgestellt, der vom Leben hielt, was man von ihm zu halten hatte, der den geheimsten Geständnissen und trivialsten Vorfällen mit weisem, wachem Sinn lauschte, dann wäre er ihr Mann gewesen. Welche Gelassenheit und ungezwungene Leichtigkeit ohne jede Furcht und Scham hatte – eine Zeitlang – zwischen ihnen geherrscht.

Seit kurzem haßte sie ihn. Sie hätte ihm gedroht, ihn zu verlassen, wäre sie nicht schuld an seiner Stimmung gewesen; sie mußte ihn kurieren. Sie hatte darauf bestanden, aus London wegzuziehen, hatte sich einen Ort am Meer in ländlicher Idylle vorgestellt. Sie würden essen, was sie selbst angepflanzt hatten, würden lesen und schreiben, und es würde schläfrige, verkiffte Abende geben.

Die hatte es gegeben. Jetzt ging es bergab. In Vance' Laden hatte sie zuviel für Schmuck, Taschen und Kleider ausgegeben. Außerdem hatte ihr Moon, der Geschäftsführer, Ecstasy geliehen, das sie und Rocco genommen oder verschenkt hatten. Jetzt schuldete sie Moon zuviel. Außerdem vergeudete sie ihr Leben hier, wo so wenig los war. Aber wozu ist das Leben da? Wer weiß das schon? Sie wollte nicht darüber nachdenken.

Sie vögelten kaum noch miteinander. Und falls doch, dann schlug Rocco ihr ins Gesicht, bevor er kam. Er machte sie rasend vor Wut, aber er war neugierig auf ihren Körper. Er sah ihr zu, wenn sie sich die Schuhe schnürte, hob ihren Rock, wenn sie vor dem Waschbecken stand, musterte sie von Kopf bis Fuß, wenn sie nackt auf dem Bett lag, und befingerte ihre Unterwäsche, wenn sie nicht da war. Doch sie sehnte sich nach Sex. Ihre Brustwarzen wollten beachtet werden; sie rieb sie zwischen den Fingern, als sie ihren Tee trank. Sie spürte ihr Verlangen und wußte nicht, wie sie sich davon befreien konnte.

Sie spazierte durch die Stadt. Vance' Laden stand zwischen zwei Geschäften, die religiösen Tand anboten; in der High Street gab es nichts Vernünftiges zu kaufen. Und in den Pubs war man von Priestern wie besessen, am häufigsten stritt man sich über Kardinal Newman.

Manche Jungen im Ort, die Rocco nachahmten, vor allem einer seiner eifrigsten Anhänger namens Teapot, hielten sich gern in dem Laden auf. Sie ahmten Roccos Eigenheiten nach, seinen besonderen Modegeschmack, trugen zum Beispiel eine Jeansjacke über einem langen Regenmantel, fingerlose Handschuhe oder einen Schal im Bett, liefen mit Gedichtbänden herum und erzählten den Mädchen, daß die Bedeutung des Lebens über ihren Brüsten konfluiere.

Zum Glück war Teapots Bande noch am Strand. Moon saß allein in Vance' düsterem Laden und hantierte an der Anlage herum. Er verbrachte mehr Zeit damit, sich die nächste Musik zu überlegen, als sich um das Sortiment zu kümmern. Manchmal ließ Vance ihn den DJ im *Advance* machen.

Die Jalousien waren heruntergelassen. Ein Ventilator drehte sich und ließ die leichten Stoffe flattern. Moon hatte eine Frisur wie ein Mod und trug eine Sonnenbrille mit kleinen, runden, blaugetönten Gläsern. Lisa wollte schon winken, so unsicher war sie sich, ob er sie oder überhaupt etwas sehen konnte.

Sie ging durch den Laden und hielt Abstand zu Moon, als sie ihn fragte, ob er etwas E hätte. Sie müsse was erledigen, dem sie sich nicht so direkt aussetzen wolle, also bräuchte sie den Stoff heute noch.

»Wie willst du das bezahlen?« fragte er ohne Umwege, genau wie sie befürchtet hatte.

»Moon …«

»Lassen wir das Geld, das du mir schuldest, aber was ist mit dem Geld, das du dem Laden schuldest. Die Lederjacke.«

»Die wurde mir im Pub geklaut.«

»Das ist nicht meine Schuld. Vance wird es bald merken.«

»Rocco hat einen Artikel an den *New Statesman* verkauft. Er kommt vorbei und zahlt.«

Moon schnaubte verächtlich. »Schau her.« Er warf einige Kapseln auf den Tresen und eine Tüte von seinem Gras, Marke Eigenbau, auf der in einem leuchtenden Logo das Wort *Moon* prangte.

»Findest du es richtig, Spielchen mit anderer Leute Kopf zu treiben?«

Wenn sie einen Mann attraktiv fand, dann küßte sie ihn gern. Das fand sie »anregend«. Sie erklärte den Männern, daß sie nicht mehr dabei empfand, aber die begriffen nicht, daß sie es ernst meinte. Sie hatte damit aufhören müssen.

»Du hast es darauf angelegt, daß ich dich mag. Du hast deine Beine für mich breit gemacht.«

Er kam zu ihr und steckte seine Hand in ihr Kleid. Sie ließ ihn gewähren. Er küßte ihre Brüste.

Er wollte unbedingt sein »Bin in fünf Minuten zurück«-Schild an die Tür hängen, aber einige Kinder kamen in den Laden. Sie schnappte sich die Kapseln vom Tresen und lief zur Tür.

Er schrie ihr nach: »Bis später!«

»Vielleicht.«

»Am Rim.«

Sie blieb stehen. »Also kommst du?«

»Warum nicht? Treib es aber nicht zu bunt. Du willst doch nicht, daß ich ein paar Gerüchte über dich verbreite, oder?«

5 Sie würden auf der Straße nach Süden fünf Meilen aus der Stadt herausfahren, an einem Pub an der Hauptkreuzung anhalten und dann zum Rim aufbrechen.

Rocco, Bodger und Moon fuhren in Bodgers Panda voraus, gefolgt von Karen, Vance, Feather – die Katze im Arm – und Lisa in Vance' Saab mit Klimaanlage. Der Kofferraum war voll mit Getränken und Lebensmitteln.

»Noch zwei Jahre«, sagte Vance zu Feather. »Sobald ich das Geld zusammenhabe, bin ich – ich meine, sind wir –«, er wies mit einem Kopfnicken auf seine Frau Karen, »auf dem Weg nach Birmingham. Machen da einen Laden auf.«

»Falls wir uns das je leisten können«, sagte Karen. »Ich kann mir nicht vorstellen, daß die Bank uns das erlaubt.«

»Halt den Mund«, sagte Vance. »Ich habe doch erklärt, daß ich nicht den Fehler mache, direkt nach London zu ziehen. Ich brauche Erfahrung. Kommen Sie mit uns?«

Feather streichelte ihre Katze. »Wozu denn?«

»Weil Sie sich – wie sehr es Ihnen jetzt auch gefällt, die Pussy zu streicheln und Leuten zuzuhören, die über Mama und Papa jammern – in fünf Jahren bestimmt langweilen. Und Sie werden älter. Außerdem gibt es eine Menge Leute, die ernsthafte Kopfprobleme haben und Ihre Hilfe brauchen.«

»Vorsicht!« rief Karen.

Sie fuhren auf einer aus steilen Klippen gehauenen Straße und hatten alle das Gefühl, über ein hoch im Fels angebrachtes Bord zu rasen und jeden Augenblick in den Abgrund stürzen zu können. Zu ihrer Rechten erstreckte sich das Meer, während sich links eine zerklüftete braune Wand erhob, die von Kriechwurzeln überwuchert wurde.

Sie gönnten sich mehrere Drinks in der Gartenkneipe, bevor sie sich wieder auf den Weg machten.

»Ich weiß nicht, was ich hier verloren habe«, sagte Rocco. »Ich sollte im Zug nach London sitzen.«

»Was ist mit der Aussicht?« fragte Bodger.

Rocco zuckte die Achseln. »Ich habe ein überaus vielfältiges Innenleben.«

Als sie zum Wagen zurück gingen, sagte Vance: »Warum mußte Rocco mitkommen? Er verdirbt uns alles mit seiner Jammerei.«

»Sie müssen sich schon mit Rocco abfinden«, sagte Feather. »Er hat etwas an sich, das Sie offenbar nicht in Ruhe läßt. Aber was ist es?«

»Was es auch ist, es macht mich verrückt.«

Sie fuhren durch stille Dörfchen, an Bauernhöfen vorbei. Traktoren blockierten ihren Weg, Hunde bellten sie an. Sie bogen von der Straße in einen Sandweg ein. Dann mußten sie die Autos ausladen und den Kreidefelsen hinauf zum Rim wandern. Moon trug die Anlage und eine Tüte mit Kassetten, Bodger einen Stapel Decken und die Kühltasche, und die anderen brachten die Vorräte. Bald lagen auf der einen Seite

Stadt und Meer unter ihnen, die Hügel auf der anderen Seite wirkten braun, rosa, flieder- und rauchfarben oder lichtdurchtränkt.

Karen warf die Arme hoch und tanzte. »Was für eine phantastische Idee! Es ist so still.«

»Ja, es ist schön«, sagte Rocco. Manchmal unterhielt er sich mit Karen im Restaurant. Sie tat ihm leid, weil sie mit Vance verheiratet war. »Es macht mich traurig, ich weiß nicht, warum. Aber es gefällt mir, wenn du tanzt.«

»Der ewige Charmeur«, sagte Vance.

Rocco wußte, daß Vance ihn nicht mochte, und er hatte Angst vor ihm. Wenn Vance in der Nähe war, fühlte er sich beklommen. Er ignorierte seine letzte Bemerkung, ging fort und bedauerte es, mitgekommen zu sein.

Bodger rief ihm nach: »Holt Holz fürs Feuer – damit sind alle gemeint!«

Sie zogen los und ließen Karen und Moon zurück. Moon, mit verschlafenem Blick, als wäre er gegen seinen Willen geweckt worden, breitete eine Decke aus, legte die Joints zurecht und stellte Wein und Bier bereit. Vance war kaum fort, da rauchte Karen Gras, als hielte sie eine lange Zigarette auf einer Cocktailparty in der Hand, und nun lag sie auf dem Boden, den Kopf fast in den Boxen.

Lisa wollte herumhüpfen, lachen, schreien, flirten und die anderen ärgern. Sie fühlte sich leicht und ätherisch in ihrem Baumwollkleid mit den blauen Punkten und dem Strohhut, und sie hatte endlich aufgehört zu bluten. Vor ein paar Tagen hatte Bodger ihr gesagt, sie habe eine Fehlgeburt gehabt. Sie begriff nicht, wie das geschehen konnte. Es mußte Moon gewesen sein. Ihr Körper hatte für ihn geblutet, ihr Herz für Rocco.

Sie kletterte einen Hügel durch stachliges Gestrüpp hinauf und setzte sich. Sie waren spät aufgebrochen. Es dämmerte bereits. Unten brannte ein Feuer. Feathers Schatten bewegte sich in einem Kreis um die Flammen, während sie Holz nachlegte und mit einem langen, an einen Stiel gebundenen Löffel den Topf umrührte.

Bodger machte sich an dem Feuer zu schaffen, als wäre er daheim in seiner Küche.

»Wo ist das Salz?« rief er. »Sagt nicht, wir haben das Salz vergessen. Laßt euch nicht so hängen. Muß ich denn alles allein machen?«

Vance und Karen fochten leise einen wütenden Streit aus, sahen sich nicht an und taten, als unterhielten sie sich nur.

Feather begann, die Tasche auszupacken, hörte dann auf, ging und schaute aufs Meer. Nach einer Weile entdeckte sie ein paar Fremde. Es war unmöglich, sie im flackernden Licht und im Rauch des Feuers alle zu erkennen, doch sie sah eine Wollmütze und einen grauen Bart, dann ein dunkelblaues Hemd und ein dunkelhäutiges, junges Gesicht. Fünf dieser Leute hockten in einem Kreis – Fahrende. Kurz darauf fingen sie an, ein langsames Lied zu singen, das wie eines der Lieder klang, die man zur Fastenzeit in der Kirche sang.

Moon stieg den Pfad hinauf. Lisa spürte ihn in ihrem Rükken. Hatte sie diesen Jungen wirklich mal attraktiv gefunden?

»Es war ein Fehler«, sagte sie sofort. Wie konnte sie ihm erklären, daß sie ihn für gewisse Dinge wollte, für andere aber nicht?

»Ich warte, bis du mich haben willst«, sagte er.

»Tu das.«

Es wurde wieder zum amüsanten Spiel. Natürlich stand sie immer noch in seiner Schuld. Sie hatten ein Baby gezeugt. In den Wochen ihrer Schwangerschaft war sie für kurze Zeit eine Frau gewesen und hatte sich vorgestellt, man finge an, sie ernst zu nehmen. Sie hatte vor dem Spiegel gestanden, ihren Bauch rausgestreckt, ihn gestreichelt und sich vorgestellt, wie er aussehen würde, wenn er einmal dick war.

»Ich muß jetzt gehen.«

Sie schritt rasch aus, so daß Moon wußte, er sollte ihr nicht folgen, und als sie sich umdrehte, sah sie, wie er in einen anderen Weg einbog. Doch nach einigen Minuten hörte sie ein Geräusch und bekam Angst. Da war jemand. Sie machte noch ein paar Schritte.

»Wie fühlen Sie sich?« fragte Bodger.

Sie schreckte zusammen. Er schien sich hinter einem Baum versteckt zu haben und ihr vor die Füße gesprungen zu sein, für einen Arzt sicherlich eine etwas ungewöhnliche Art, sich zu benehmen.

»Körperlich geht's mir gut«, sagte sie und freute sich, daß er danach fragte. »Ich bin wieder bei Kräften, gewissermaßen. Aber ich fühle mich verlassen.« Er schaute sie merkwürdig an. »Die letzte Medizin, die Sie mir verschrieben haben, hat mir gefallen, aber welches Rezept gibt es gegen das Verloren-sein?«

»Einen Kuß.«

»Wie bitte?«

»Lassen Sie mich Ihnen einen Kuß geben.«

Er schloß die Augen und wartete auf ihre Antwort, als wäre es die wichtigste Frage, die er jemals gestellt hatte.

Sie ließ ihn einfach stehen. Unten war die Suppe fertig. Sie schenkten sie in Schalen aus und tranken sie mit jener rituellen Feierlichkeit, wie es sie nur auf einem Picknick gibt, und behaupteten, zu Hause nie etwas derartig Leckeres gegessen zu haben.

Sie lagen in einem Wirrwarr von Servietten, Wasserflaschen und Papptellern. Es wurde dunkel, das Feuer fiel in sich zusammen. Sie fühlten sich alle zu schlapp, um aufzustehen und Holz nachzulegen. Lisa trank ein Bier nach dem anderen und ließ zu, daß Moon sie beobachtete.

Rocco fühlte sich nicht wohl in seiner Haut. Sein Rücken war heiß vom Feuer, und Vance' Feindseligkeiten trafen ihn von vorn gegen Brust und Gesicht. Bei soviel Haß fühlte er sich schwach und gedemütigt.

»Ein großartiges Picknick und ein bezaubernder Abend«, sagte Rocco.

»Schön, daß es Ihnen gefällt.«

Mit einschmeichelnder Stimme sagte er: »Wissen Sie, Vance, manchmal beneide ich Sie darum, wie sicher Sie sich in allen Dingen fühlen.«

Lisa unterbrach ihn: »Ich nicht. Ich verstehe einfach nicht, wie einer so viel haben kann, wenn so viele Leute fast nichts haben.«

Vance schüttelte über sie beide den Kopf, und Lisa stand auf und lief davon. Rocco starrte in die Ferne.

6 Es war nach eins, als sie in die Wagen stiegen. Sie hatten alle die nötige Bettschwere, nur Moon und Lisa spielten im Wald noch Fangen.

»Beeilt euch!« rief Bodger, der anfing, sich zu ärgern.

»Zu bekifft«, sagte Vance und klimperte mit den Schlüsseln. »Ich hau ab.«

Erschöpft vom Picknick, von Vance' Haß und seinen eigenen Gedanken zog Rocco los, um Lisa zu suchen. Sie wirkte sehr aufgekratzt, als sie nach seinen Händen griff, ihren Kopf an seine Brust lehnte und atemlos auflachte, so daß er sie anfuhr: »Benimm dich nicht so vulgär!«

Das Herz sackte ihr in die Hose. Sie stieg in den Wagen und fühlte sich ziemlich dämlich.

»Typisch, diese sentimentalen Arbeitslosen«, sagte Vance und schloß die Augen, um sich besser auf seine Ansichten konzentrieren zu können. Karen fuhr und folgte Bodgers Anweisungen und denen ihres Mannes. »Die glauben, die Menschen leiden, weil ich ihnen das Geld wegnehme. Die denken, mir würde das nichts ausmachen, glauben, ich sehe einen arbeitslosen Mann oder eine arbeitslose Frau, die ihre Kinder nicht ernähren oder ihre Raten nicht zahlen können, und kugele mich vor Lachen. Dabei treibt er sich auf Ausstellungen, in Museen und Theatern herum, verkündet seine Ansichten und plustert sich auf.«

»Musik und Bücher«, sagte Bodger. »Die schönsten Dinge im Leben. Gründe, um zu leben. Von Männern und Frauen geschaffen. Das Beste. Und das, was von uns bleibt, falls überhaupt was von uns bleibt.«

Vance fuhr fort: »Man hört nie von einem dieser Leute – denen ich Arbeitslosengeld bezahle –, daß sie die Hand ausstrecken und sagen, danke, daß Sie reich sein wollen, danke, daß Sie sich um dieses Land kümmern und daß Sie Risiken tragen! Es gibt immer mehr von denen. Leute, die nichts leisten. Was fangen wir mit denen an, so lautet nämlich die Frage unserer Zeit.«

Bodger sagte: »Lisa. Sie hat was Naives gesagt, und Sie fallen gleich über sie her. Bloß, weil Sie Rocco hassen. Dabei ist sie eine reizende Frau!«

»Wenn Sie einen Mann sehen, Bodger, der den ganzen Tag kichert und nie arbeitet, dann würden Sie auch sagen, daß ihm eine Arbeit bestimmt guttäte. Und bei ihr drücken Sie beide Augen zu, bloß weil sie eine schöne Frau ist.«

»Was hätten Sie denn getan? Sie geschlagen?«

Vance sagte: »Ich könnte sie meine Kartoffeln schälen lassen.«

7 Es war zu heiß, um zu schlafen. Selbst bei geöffneten Fenstern ging kein Wind. Lisa setzte sich und schaute Rocco an.

»Warum hast du so mit mir geredet? Rocco, bitte.« Er zog etwas aus seiner Tasche. »Was ist das?«

»Der kam für dich.«

»Wann?«

»Vor einigen Tagen?«

»Wann genau?«

»Lies.«

Er ging ins Schlafzimmer und legte sich im Dunkeln hin. Sie weinte. »Rocco.« Da sie glaubte, er stünde hinter ihrem Sessel, schluchzte sie: »Warum hast du mir nichts davon gesagt? Dann wäre ich nicht zu diesem verdammten Picknick gegangen und hätte nicht so gelacht. Moon hat mir so widerliche Dinge gesagt; ich glaube, ich werde verrückt.«

Er bekam keine Luft mehr. Er stopfte sich die Finger in die Ohren. Dann stieg er aus dem Fenster, kletterte über den Zaun und ging die Straße hinunter. Über seinem Kopf schoß ein hellerleuchteter Zug über eine Brücke.

Rocco linste durch Bodgers Fenster.

»Schlafen Sie schon? He. Was ist los?«

Er hörte jemanden husten. Dann: »Was glauben Sie denn, was ich um diese Uhrzeit mache?«

Bodger stand in Unterhosen vor ihm und kratzte sich.

»Ich bringe mich um, Bodger.«

»Herzlichen Dank für diese Mitteilung.«

»Machen Sie das Licht an! Ich kann nicht zu Hause bleiben. Sie sind mein einziger Freund und meine einzige Hoffnung. Ich muß von hier fort, Bodger.«

Bodger ließ ihn herein und stellte drei Flaschen Wein und eine Schale Kirschen auf den Tisch.

»Ich muß mit Ihnen reden.«

Es wurde natürlich ein Monolog, aber Bodger – zu seinem Leidwesen – hielt Rocco für den einzigen Menschen in der Stadt, mit dem zu reden sich lohnte.

»Wieviel Enttäuschung erträgt ein Mensch?« fragte Rocco.

»Wieviel sollte er ertragen? Ist Stoizismus großartig oder dumm? Ohne ihn wäre das Leben nicht lebbar. Doch hat man zuviel davon, geschieht nichts, und man muß sich fragen, warum man verhindert, daß sich Neues entwickelt.« Ohne auf Bodgers Ansicht zu warten, fuhr er fort: »Bitte, leihen Sie mir Geld, damit ich von hier fort kann. Ich brauche nur genug für ein paar Wochen, bis ich ein Zimmer oder eine Wohnung gefunden habe. Wenn Sie mir einen Tausender leihen könnten, wäre ich Ihnen sehr dankbar.«

»Eintausend Pfund!«

»London ist teuer. Siebenhundertfünfzig würden auch reichen.«

»Sie schulden mir schon mehr als das.«

»Glauben Sie, ich hätte das vergessen?«

Bodger sagte: »Ich muß es mir selbst borgen. Ich habe kein Bargeld, ich habe doch diesen Urlaub gemacht. Und da ist diese Hypothek, meine Mutter, ich habe den Wagen gekauft und –«

Rocco spürte, daß ihn sein Freund nicht hängen lassen wollte. Um ihn aufzumuntern, bot ihm Rocco eine von Bodgers eigenen Kirschen an und schenkte ihm etwas vom eigenen Wein ein.

»Was ist mit Lisa?« fragte Bodger. »Sie bleibt doch nicht hier, oder?«

»Ich werde in London alles für sie vorbereiten. Sie kommt dann nach. Wenn wir gleich beide fahren, kommt es nur doppelt so teuer.«

»Ich werde Sie vermissen«, sagte Bodger.

Er hob sein Glas. »Sie sind ein anständiger Mensch. Ich mag Sie. Kommen Sie mit uns.«

»Mein Gott, warum müssen Sie bloß so schwach sein. Können Sie sich nicht mit Vance vertragen, bevor Sie abreisen?«

»Ich will es versuchen. Aber für den bin ich einfach faul und nutzlos. Außerdem wissen Sie bestimmt nicht, wie der sein Personal behandelt. Vance ist einer von denen, die glauben, je rücksichtsloser, grausamer und herrischer man sich gibt, um so besser ist man als Boß. Für den könnten Sie keine fünf Minuten arbeiten.« Bodger blieb stumm. »Armer Vance, warum sagt ihm bloß keiner, daß die achtziger Jahre vorbei sind?«

Rocco trank und stopfte fröhlich die Kirschen in sich hinein. »Für ihn sind die Menschen keine interessanten Mitbürger, sondern Arbeitseinheiten. Es überrascht mich, daß er noch nicht vorgeschlagen hat, die Schwachen ausmerzen zu lassen. Nur damit unsere Gesellschaft wohlhabender, rationalisierter und effizienter wird. Doch wird das die Menschen glücklich machen?«

»Versuchen Sie nicht gerade, Lisa auszumerzen?«

Rocco lehnte sich zurück. »Ich verstehe Ihr Problem nicht, Bodger. Man findet diese Dinge nur tragisch, wenn man Beziehungen unter einem bestimmten Blickwinkel sieht. Daß sie nämlich nicht enden dürfen. Daß ihr Ende eher tragisch als schmerzhaft ist. Daß die Dauer einer Beziehung der einzige Maßstab für ihren Erfolg ist. Warum sollte dies der alleinige Maßstab sein?«

»Menschen sind keine Wegwerfsachen, stimmt's? Es ist erschreckend, Rocco. Sie klingen vernünftig und rücksichtslos zugleich, nicht unbedingt die günstigste Kombination, wie Sie vermutlich wissen.«

»Bestimmte Menschen sind für bestimmte Dinge gut, für andere wieder nicht. Man möchte etwas von anderen Men-

schen, und die wollen was von einem. So macht man weiter,
bis es nichts mehr zu holen gibt.«
»Vance würde Ihnen da zustimmen.«
»Stimmt, das sehe ich ein. Ich sage ja auch nicht, daß es nicht
weh tut. Nur glaube ich heute nacht eben an eine andere
Zukunft. Würde es Sie umbringen, wenn Sie mir diese Chance
gewähren?«
»Nicht unmittelbar.« Er begann, die Gläser fortzuräumen. »Ich
muß jetzt ins Bett.«
Rocco lag auf dem Sofa, eine Flasche in der Hand. »Kann ich
hier schlafen?«
Er würde die ganze Nacht aufbleiben und sich Bodgers klas-
sische Platten anhören. Und obwohl Rocco bei bestimmten
Musikstücken weinen würde, hatte Bodger es gern, wenn
jemand bei ihm war.

8 Drei Tage nach dem Pick-
nick machte Lisa die Tür auf und sah Karen mit ihrem Sohn
vor sich stehen. Da sie nun wußte, daß Lisa zu Hause war,
schickte Karen den Jungen zum Fußballspielen in den Garten
und trat ein. Karen war zum ersten Mal in dem Cottage, und
noch während sie sich mißbilligend umschaute, fragte sie:
»Stimmt es, daß Ihr Mann gestorben ist?«
Lisa überlegte, warum sie zu ihr gekommen war. Sie waren niemals Freundinnen gewesen. Eigentlich hatte sich Karen ihr gegenüber sogar ziemlich herablassend verhalten.
Vielleicht mußte sie ihr etwas erzählen. Doch was sollte das
sein?
Lisa sagte: »Es stimmt.«
»Ist das nicht schrecklich?«
Lisa zuckte die Achseln.
»Ach Gott, Lisa.« Karen umarmte sie flüchtig. »Ich mußte
gerade daran denken, wie es wäre, wenn Vance sterben

würde.« Sie warf einen Blick über Lisas Schulter und rief: »Überall Bücher. Sind Sie aufs College gegangen?«

»Auf die Uni.«

»Ist das nicht dasselbe? Ich bin ein Dummerchen, haben Sie bestimmt schon gemerkt. Was haben Sie da gemacht?«

»Ich habe Partys gefeiert und mich köstlich amüsiert – und gelesen, Bücher, die ich nie wieder gelesen habe.«

»Gedichte?«

»Psychologie. Mein Mann – der, ähm, der Tote – war Dozent.«

»Ich würde gern Bücher lesen. Ich weiß bloß nicht, wo ich anfangen soll. Und Leute, die zuviel lesen, sind ganz schön versnobt.«

Lisa sagte: »Ich weiß, ich habe nichts damit angefangen. Die ganze kostenlose Ausbildung, und keiner hat mir gesagt, ich dürfe sie nicht verplempern. Keiner hatte mein Bestes im Sinn – ich am allerwenigsten. Ist das nicht komisch?«

Karen sagte: »Jetzt können Sie Rocco heiraten.«

»Aber ich habe noch gar nicht richtig gelebt.«

»Ich sage es Ihnen aus Erfahrung – eine Ehe gibt Ihnen Sicherheit. Ich weiß, daß ich es mit Vance gut getroffen habe und daß er sich um mich kümmern wird. Wenn ich ihn um etwas bitte, stellt er mir einen Scheck aus.«

Lisa lachte bloß.

Karen sah sie verwirrt an. »Glauben Sie, er würde mit einer anderen durchbrennen?«

»Glauben Sie's?«

»Wir sind bald von hier verschwunden. Noch ein paar Jahre.«

»Wir auch.«

»Bloß wann, wann? Vance redet ständig davon, aber ich weiß genau, daß es nie dazu kommen wird!« Karen stand da und schaute ihrem Sohn im Garten zu. Sie zupfte an ihrem Haar. »Die schlimmsten Ehen – das sind nicht die gewalttätigen

216

oder die unterdrückenden Ehen, nicht mal die grausamen. Dagegen könnte man vorgehen. Das wäre so offensichtlich. Die schlimmsten sind die, die einfach falsch sind. Man bleibt zusammen, weil man zehn Jahre braucht, um es zu begreifen, und diese Jahre sind verloren; man weiß nicht, wo sie geblieben sind.«

Lisa murmelte: »Letzte Nacht bin ich erschreckt aufgewacht. Er hat mich geküßt.«

»Wer?«

»Er wußte nicht, was er tat. Hat mein ganzes Gesicht abgeküßt. Rocco ist wirklich süß, wenn er nicht bei Verstand ist.«

»Wissen Sie, einmal hat er was mit mir gemacht«, sagte Karen. Lisa blickte auf. »Er hatte ein Buch mit Gedichten dabei. Ich sagte, was soll der Blödsinn? Hören Sie zu, hat er geantwortet und diesen einen Vers vorgelesen. Mir wurde ganz komisch. Er hat ihn mir erklärt. Vance konnte Rocco noch nie leiden. Sie auch nicht. Aber ich habe damit nichts zu tun.«

»Haben wir je einem Menschen was zuleide getan? Vance kann sehr streng sein.«

»Finden Sie?«

»Wie ertragen Sie bloß dieses Herumgehetze? Ist doch schon fast Herumraserei.«

»Wir sind in die Karibik geflogen. Aber er hat immer zu tun. Er sagt, ich hätte keine Ahnung. Männer würden bloß an Arbeit denken ... die denken nie an Liebe, höchstens an Sex. Ich stehe immer vor Vance auf, um mir die Zähne zu putzen und zu duschen, damit er nicht sieht, wie häßlich ich bin. Er mag meine Aussprache nicht.«

»Wie meinen Sie das?«

»Er hört mich mit anderen Leuten reden, in einem Restaurant in London oder mit Ihnen –«

»Mit mir?«

»Und er sieht mich an, als hätte er mich nie zuvor gesehen. Er

sagt, wir müßten uns ändern, wenn wir was erreichen wollen.«
Plötzlich schrie sie auf: »Was ist das denn?«
»Wo?«
»Da – da auf dem Tisch.«
»Eine Ameise.«
»Machen Sie die tot.«
Lisa lächelte.
Karen stand auf. »Die sind ja überall! Das ist unhygienisch!«
Sie setzte sich wieder und versuchte, sich nicht umzuschauen,
sagte aber vor lauter Verwirrung: »Wollen Sie denn nie mit …
mit einem anderen ins Bett gehen, mit einem anderen Mann?«
»Wie bitte?«
»Um mal einen anderen Körper auszuprobieren. Ein anderes
Dingsda, Sie wissen schon.«
Lisa wollte schon etwas sagen, räusperte sich dann aber nur.
Karen fuhr fort: »Ist das Ihr einziges Kleid? Haben Sie sonst
nichts? Moon sagt, Sie würden sich ständig in seinem Laden
herumtreiben.«
»Ich mag das Kleid. Es ist sehr luftig.«
»Vance wird den Laden wahrscheinlich schließen müssen. Sie
sind der einzige Mensch, der da noch hingeht.«
»Und der Club?«
»Vance erzählt mir nicht viel«, sagte sie. »Hier sind viele Typen
scharf auf Sie. Moon auch.«
»Ach, Moon«, seufzte Lisa. »Rocco meint, Moon lebt in einer
anderen Welt. Wenn sie dich anfassen oder dir schmutzige
Sachen sagen, glauben die Männer, man würde was von ihnen
wollen.«
»Nur wenn man es darauf anlegt«, erwiderte sie hitzig. »Wo-
von wollen Sie in London leben?«
»Ich … ich will als Journalistin arbeiten. Ich habe mir da so
einiges überlegt.«
Karen nickte. »Eine alleinstehende Frau in London, das ist eine

Vorstellung, die mich neidisch machen könnte. Tatsache ist bloß«, sagte sie, »wie gern eine Frau auch Karriere machen würde, meistens bleibt das alles für sie doch bloß ein Tagtraum. Für ein ›top class‹-Leben verdienen wir einfach nicht genug. Also bleibt uns nur übrig, den richtigen Typen zu heiraten. Da kann man noch so clever sein, ohne Geld kann man nichts anfangen.«

»Geld! Warum haben die Leute bloß so viel davon?«

»Weil sie so neidisch sind, es ist der pure Neid, das macht mich verrückt. Sie wollen, was wir haben, aber sie wollen nichts dafür tun.«

Hitzewellen durchfuhren Lisa; wenn sie doch nur ihren Kopf aufklappen und die Hitze aus ihrem Körper herauslassen könnte.

Sie sagte: »Den jungen Leuten in unserer Stadt sagt man nach, daß … daß wir nichts wollen. Das stimmt nicht. Gebt uns eine Chance, fordern wir.« Noch ehe Karen etwas sagen konnte, fuhr Lisa fort: »Sind Sie aus einem bestimmten Grund gekommen?«

Karen schaute sie überrascht an. »Bloß um zu reden.«

Lisa dachte an etwas anderes. Ihre Haltung änderte sich. »Ich will so viel. Singen und tanzen lernen. Malen. Auf einem Fluß rudern. Gitarre spielen und trommeln. Ich kann's kaum erwarten, mit meinem Leben anzufangen!«

»Ich muß jetzt gehen«, sagte Karen. Als sie ging, bestand sie darauf, Lisa noch einmal zu küssen.

Lisa fühlte sich schwindlig und fiebrig. Sie streifte ihr Kleid ab und rollte sich unter einem Laken zu einem Ball zusammen. Sie war durstig, aber da war niemand, der ihr etwas zu trinken bringen konnte. Sie wollte sich nie wieder rühren.

Als sie aufwachte, war Rocco neben ihr und entschuldigte sich für sein unhöfliches Benehmen beim Picknick.

Sie rief: »O Gott, diese Karen hat mich fertiggemacht!«

»Warum war die hier? Was hat sie gesagt?«

Rocco sah das Blut auf dem Laken und ging sofort los, um Bodger zu holen.

»Hat man Ihnen im Medizinstudium beigebracht, Ihren Patienten derart lange die Hand zu halten und ihnen ins Ohr zu flüstern?« wollte Rocco wissen, als Bodger aus dem Zimmer kam.

»Sind Sie eifersüchtig?« fragte Bodger. »Sie wollen also nicht, daß ich mit ihr ausgehe?«

»Hätten Sie das Geld aufgetrieben und ich wäre fort von hier, dürften Sie es gern einmal probieren.«

»Ich versuche ja, das Geld aufzutreiben«, sagte Bodger und starrte verlegen auf die Tür. »Aber ich bin Arzt, kein Finanzier.«

»Ich habe noch keinen Arzt gekannt, der knapp bei Kasse war.« Bodgers Stimme überschlug sich. »Sie sind unverschämt! Ich hatte noch keine Zeit, zur Bank zu gehen. Sind Sie sich denn sicher, daß Sie immer noch von hier fortwollen?«

»Wenn ich bis Samstag nicht verschwinden kann, drehe ich durch.«

»Na schön, also gut.«

»Wie wär's mit Freitag morgen?« Rocco flüsterte Bodger ins Ohr: »Sobald ich fort bin, gehört sie Ihnen. Wenn Sie wüßten, wie ich Ihr Loblied gesungen habe.«

»Ehrlich?«

»O ja, sie mag Männer. So wie viele Frauen.«

»Ja?«

»Sie behalten es bloß für sich – damit sie nicht die falschen Männer ermutigen.«

Bodger konnte nicht anders, er mußte ihm einfach glauben.

9 »Sie sehen nicht beson-
ders gut aus«, sagte Vance, als Bodger ins Restaurant kam.
»Soll ich Ihnen einen Arzt rufen?«

»Ich dachte, ich würde hier die freie Unternehmenskultur am
Werk sehen«, rief Bodger, nahm seine Fahrradklemmen ab
und preßte seine Hände auf die Ohren. »Jedenfalls ohne
Gerede. Was, ähm, treiben Sie da?«

»Ich schaffe Arbeitsplätze, befriedige die Nachfrage und bin
erfolgreich.«

»Leihen Sie mir dreihundert Pfund, Vance? Nein, vierhun-
dert.«

Vance legte einen Arm um ihn.

»Der Laden nebenan steht zum Verkauf. Schauen Sie ihn sich
an. Ich schätze, ich werde ihn kaufen und die Zwischenwän-
de einreißen. Die Küche dahin verlegen. Hier mehr Tische
hin.«

Während Bodger sich im nahezu leeren Lokal umsah, sprach
Vance mit einer Kellnerin. »Besseres Essen anbieten.« Die
Kellnerin kam zurück, Vance legte das Geld auf den Tisch,
hielt aber seine Hand darauf. »Wenn das für Rocco sein soll,
können Sie es vergessen.«

»Und wenn schon! Das geht Sie doch nichts an.«

»Ich lasse nicht zu, daß Sie irgendeiner trüben Nuß Geld
leihen.«

Bodger fuchtelte mit den Armen. »Es ist für ihn! Und keiner
sagt mir, was ich zu tun habe!«

»Pssst ... Die Leute wollen hier essen.«

Feather, die am nächsten Tisch ins Tagebuch schrieb, fing an
zu lachen.

Bodger sagte: »Seien Sie nicht unmenschlich. Sie glauben, Sie
würden den Menschen ihre Unabhängigkeit lassen, aber eigentlich lassen Sie sie nur im Stich. Wieso sollte es falsch sein,
jemandem zu helfen?«

»Aber ich bin durchaus für Wohltätigkeit. Zieht Rocco fort?«
Bodger nickte. »Ohne sie?«

»Erst mal.«

»Der Dreckskerl will sich verdünnisieren. Mit meinem Geld! Der läßt sie sitzen. Und Sie haben sie dann am Hals.«

»Meinen Sie?«

Vance sah ihn aufmerksam an. »Sie sind hinter ihr her?« Bodger schluckte. »Stimmt's?«

»Ich würde sie lieben.«

»Für Liebe könnte ich nicht garantieren, aber sie wird mit Ihnen schlafen.«

»Sind Sie sicher? Hat sie mit Ihnen geredet?«

»Sie würde mit jedem schlafen. Haben Sie sie noch nicht gefragt?«

»Sie gefragt?« Bodger zitterte. »Hätte ich was gesagt ... Hätte sie ja gesagt, wäre ich viel zu aufgeregt gewesen, um was anzufangen, wissen Sie. Ich kann mir durchaus vorstellen, daß es da draußen Menschen gibt, die wissen, wie man nach dem fragt, was man haben will, was es auch ist. Die haben keine Angst davor, zurückgewiesen oder ausgelacht zu werden oder so nervös zu sein, daß sie kein Wort herausbringen. Aber ich bin keiner von denen.«

»Sie werden Lisa bald leid. Die kommt Ihnen zu teuer. Kann mir nicht vorstellen, daß die jemals arbeitet. Hehre Ideale und keine Aussichten. Ihr großer Freund Rocco macht Sie zum Idioten.«

»Er mußte mir versprechen, daß er sie mitnimmt.«

»Versprechen! In einem Jahr treffen Sie ihn in London bei Ihren Weihnachtseinkäufen, und er ist mit einer anderen zusammen und sagt Ihnen, daß es diesmal die große Liebe ist.«

Bodger ließ den Kopf in seine Hände sinken.

Schließlich sagte Vance: »Sie sind ein anständiger Mann, und

die Leute respektieren Sie, aber das hier ist des Guten zuviel.«
Er gab ihm das Geld. »Unter einer Bedingung. Lisa geht mit
ihm. Wenn nicht, trete ich seinen Arsch ins Meer.«

10 Am nächsten Tag, einem Donnerstag, reservierte sich Karen einen Teil des Restaurants und gab dort eine kleine Party zum Geburtstag ihres Sohnes. Als Rocco und Lisa eintrafen, überreichte Vance dem Jungen sein Geschenk.

»Er wird mal Geschäftsmann«, sagte Vance zu Bodger. »Aber nicht in diesem Land.«

»Was paßt Ihnen nicht an diesem Land?«

Vance warf einen Blick zu Lisa und Rocco hinüber.

»Diese Frau da weiß nicht, daß sie betrogen werden soll, oder? Haben Sie schon mit ihr geredet?«

»Noch nicht.«

Vance bat die Kellnerin, ihnen einen Drink zu servieren, und sagte dann: »Manchmal schaue ich mich um und denke, ich bin der einzige Mensch in England, der arbeitet – halte alle übrigen am Leben und zahle lächerlich hohe Steuern. Vielleicht sollte ich auch einfach aufgeben, alles sausen lassen und mich in einen Pub setzen.«

»Irgend jemand muß den Pub führen, Vance.«

»Da haben Sie verdammt recht.«

Rocco begrüßte einige Leute und schenkte Vance ein salbungsvolles Lächeln. Sie gaben sich die Hand. Dann führte Rocco Bodger in eine ruhige Ecke.

»Morgen ist Freitag.« Er knabberte an den Fingernägeln. »Haben Sie mir das Geld besorgt?«

»Einen Teil. Den Rest hole ich später.«

»Gott sei Dank!«

»Nein, danken Sie mir.«

»Ja, klar. Sie haben mich gerettet.«

Bodger sagte: »Sehen Sie sich Lisa an. Wie können Sie ohne diese Schultern irgendwohin gehen wollen?«

»Wir schulden hier so viel Geld, wir können nicht weg. Und wo sollten wir beide in London wohnen? Ich habe Freunde, aber ich kann mich denen nicht einfach aufdrängen. Und wieso gibt es jetzt eigentlich ein Problem mit unserer Abmachung? Haben Sie geredet? Mit Vance, ja? Ich dachte, Sie könnten sich Ihre eigene Meinung bilden.«

»Nehmen Sie Lisa mit«, platzte es aus Bodger heraus, »oder ich gebe Ihnen kein Geld.«

»Wissen Sie denn nicht, was es heißt, einen Freund zu lieben?«

»Wissen Sie denn nicht, was es heißt, eine Frau wie Lisa zu lieben?«

Karen kam mit ihrem Sohn. »Störe ich? Sehen Sie sich das an, Rocco.«

Sie brachte den Jungen dazu, seine Aufsätze und Zeichnungen vorzuzeigen. Lauter »sehr gut« und »gut« tanzten vor Roccos Augen. Mit dem vornehmen Akzent, den Karen für derlei Gelegenheiten anschlug, sagte sie: »Die werden auf den Privatschulen wirklich hart rangenommen.«

»Ich weiß«, sagte Rocco. »Ich hoffe, mich in den nächsten paar Jahren wenigstens teilweise davon erholen zu können.«

Er wollte seine Freiheit; Lisa wollte er nicht. Wenn er bliebe, würden sich die Schulden nur summieren. Er würde immer frustrierter werden. Die anderen wollten, daß man ein ebenso elendes Leben führte wie sie selbst. Das nannten sie dann moralisches Verhalten.

Er dachte daran, wie es sein würde, wenn der Zug anfuhr und er zur Feier des Augenblicks eine Flasche Bier öffnete. Sicher, falls Lisa nach London kam, würde er lügen und sich winden müssen, um sie loszuwerden; als würden wir nicht alle irgendwann lügen, als wäre die Lüge nicht auch ein Schutz, für die

224

Integrität eines Lebens etwa. Das Lügen war eine unterschätzte, aber notwendige Fähigkeit, die ihm Übelkeit verursachte. Lisa spürte Moons Blick auf sich ruhen. Sie wollte mit ihm an den Strand gehen. Doch dann merkte sie, daß sie sich nicht mehr im Griff hatte. Vor lauter Verlangen wollte sie Rocco verlassen. Natürlich würde er protestieren. Er brauchte mehr, als er sich eingestehen wollte, doch sie würde insgeheim ihre Vorkehrungen treffen und ihm dann ihre Absicht mitteilen. Es wurde Zeit, von hier zu verschwinden.

Moon und Rocco nickten sich zu und gingen nach draußen, um eine Grassorte auszuprobieren, die Moon nach einer neuen Anbaumethode unter Beimischung von menschlichem Kot gezogen hatte. Moon wollte sich als Dealer selbständig machen und nach London ziehen. Er war auf Roccos Meinung gespannt.

Roccos blutunterlaufene Augen waren geschlossen. Dann begann er zu kichern. Moon nickte vertrauensvoll. »Cool, wirklich cool.« Doch nach einer Weile gackerte Rocco und warf seinen Kopf herum, als erschüttere ihn eine aufwallende Unruhe, ein innerer Sturm. Er fing an, die Leute auf wilde, beängstigende Art anzustarren, als fürchte er, daß sie ihn angreifen wollten; seine Lachanfälle wurden immer schriller, bis er sich wie ein kleiner Hund anhörte. Er wollte aufstehen, aber seine Beine gehorchten ihm nicht, und sein rechter Arm zuckte über den Tisch. Bodger war so entsetzt, daß er Rocco mit Hilfe des verschreckten Moon nach unten führte und ihm von hinten den Kopf hielt, während Feather ein Glas an seine Lippen hielt und Wasser auf seine Brust spritzte.

Lisa umklammerte die Stuhllehne aus Angst, sie könnte hinfallen, und geplagt von dem Gedanken, Moon könnte Rocco von ihnen beiden erzählt haben.

Sie ging zu Bodger. »Was ist mit ihm los?«

»Er hat zu viel geraucht.«

»Nicht mehr als sonst«, warf Moon hastig ein.

»Was haben Sie ihm für Zeugs gegeben?«

»Mellow Wednesday, weil es so sanft ist.«

»Ich lebe noch«, stöhnte Rocco und sagte leise zu Bodger: »Wenn ich von hier verschwinden kann, ist alles in Ordnung.«

Später gingen sie alle unter violettem Himmel spazieren.

Lisa hatte Angst, Moon könnte versuchen, mit ihr zu reden, und deshalb blieb sie möglichst nahe bei Karen und ihrem Sohn. Furcht und Ablehnung hatten sie geschwächt; sie konnte kaum noch ein Bein vor das andere setzen. Aber sie ging nicht nach Hause, da sie glaubte, Moon wollte sie begleiten. Sie liefen hinunter zum Strand.

11 Ich gehe«, sagte Rocco schließlich.

Lisa hakte sich bei ihm unter. »Ich auch.«

»Besten Dank für den Joint, Moon«, sagte Rocco, »ich will versuchen, mich eines Tages zu revanchieren.«

Moon sagte, er würde in dieselbe Richtung gehen. Wieso war sie nur so blöd gewesen, Moon anzumachen, aber sie war vor Verlangen wie benommen gewesen. Jetzt mußte sie die Folgen tragen.

Rocco wandte sich von ihnen ab. »Ich habe was zu erledigen. Bis später.«

»Ich muß mit dir reden«, sagte Moon, sobald er fort war. »Du treibst deine Spielchen mit mir.«

Lisa sagte: »Aber ich bin deprimiert.«

»Das wird mich nicht davon abhalten, dich heute abend zu vögeln. Sonst spricht sich herum, was du getan hast. Die Leute hier in der Gegend werden sich bestimmt dafür interessieren, du weißt ja, wie die sind. Ehrlich gesagt, ich werde dich sogar heute und morgen vögeln; was du dann machst, ist mir egal.«

Lisa blieb vor der Haustür stehen. Es wurde dunkel. Sie lauschte dem steten Brüllen der Wellen, sah hinauf zum sternenübersäten Himmel und spürte, daß sie endlich mit allem Schluß machen mußte.

»Du hast recht. Ich habe meine Spielchen mit dir getrieben.«

Sie ging rasch davon und bog in eine Nebenstraße ein, die von der Stadt fortführte. Hier und da warfen erhellte Fenster fahle Lichtflecken über die Straße, und sie kam sich wie eine Fliege vor, die ständig ins Tintenfaß fiel und immer wieder heraus ins Licht krabbelte. Moon folgte ihr. Einmal stolperte er, fiel hin und fing an zu lachen.

Sie drehte sich um. »Nicht in meinem Haus.«

12 Rocco beschloß, Lisa alle Lügen auf einen Schlag zu ersparen. Er würde sie ihr nach und nach erzählen. Und er hatte noch einen brillanten Einfall: Er wollte Bodger sagen, daß sie ihn begleiten würde und im letzten Moment verkünden, daß sie sich nicht gesund genug fühlte. Wenn Bodger ihm dann das Geld nicht gab, würde er trotzdem verschwinden, würde nach London trampen und in der Gosse schlafen. Nach dem paranoiden Anfall gestern konnte er unmöglich noch länger in der Stadt bleiben.

Sobald er dies beschlossen hatte, ging es ihm besser. Er würde zum Essen zu Bodger gehen, ihn mit seinem Charme einwickeln und beruhigen. Als er hereinkam, sah er Vance und Feather.

Noch ehe Rocco sich umdrehen konnte, sagte Vance: »Wie geht es Ihnen nach dem kleinen Kollaps von gestern? Ich dachte, hysterische Anfälle würden nur Frauen kriegen.«

»Hysterische Anfälle sind lächerlich, stimmt. Doch die meisten Menschen wissen, daß Paranoia eine Art Sprache ist, in der auf verschlüsselte Weise mit uns kommuniziert wird.«

Vance schaute ihn verächtlich an. »Sie sind ein hoffnungsloser Fall. Schnorren sich ständig Geld zusammen und reden nur Blödsinn.«

»Was war das? Was haben Sie gesagt?«

»Sie haben mich genau verstanden.«

Rocco ging in die Küche, wo Bodger das Abendessen vorbereitete.

Er fing an zu schreien: »Wenn Sie das Geld nicht haben, dann sagen Sie es einfach, aber ziehen Sie nicht los und erzählen Sie allen Leuten von meinen Problemen! Wissen Sie denn nicht, wie man Vertrauliches für sich behält? Als Arzt erzählen Sie wohl auch allen Leuten von den Krankheiten Ihrer Patienten, wie?«

Bodger warf einen Holzlöffel nach ihm. »Kommen Sie später wieder!«

Rocco stürzte aus der Küche.

»Alle spionieren sie mir nach!« rief er. »Die Leute wissen wohl nicht, worüber sie sonst reden sollen. Ich leihe mir Geld! Ich habe jemanden gebeten, mir zu helfen! Und dafür werde ich gesteinigt, denn die Leute sagen, ich sei paranoid … Hört auf, mir nachzuspionieren, mehr verlange ich ja gar nicht!«

Bodger folgte ihm aus der Küche, vor Wut rot im Gesicht. »Kein Mensch wirft mir solchen Scheiß vor!«

Feather begann zu lachen.

Rocco schrie Bodger an. »Lassen Sie mich doch in Ruhe!« Er blickte Vance an. »Und Sie erst recht, Sie faschistoide Burgerschwuchtel.«

»Was? Habe ich Sie richtig verstanden? Ich glaube, ich sollte Ihnen den Schädel eintreten.«

»Versuchen Sie's doch.«

Dies war der Augenblick, auf den Vance gewartet hatte. Er zog ihn genußvoll in die Länge.

»Nicht den Kopf. Vielleicht breche ich Ihnen ein paar Finger oder einen Arm. Das dürfte ziemlich lehrreich für Sie sein.«

Vance ging mit erhobenen Fäusten auf Rocco zu. Rocco stand einfach da. Bodger breitete zwischen ihnen die Arme aus.

»Aber der kämpft ja nicht mal«, rief Vance über Bodger hinweg. »Sie können wohl gar nichts, wie?«

»Ach, nein? Burgerschwuchtel – bring mir auch noch ein paar Würstchen. Zweimal Würstchen und was Süßes, ha, ha, ha!«

Vance sagte: »Ich hätte zwar große Lust dazu, aber ich werde Sie jetzt nicht verprügeln – ich würde Sie nämlich vielleicht umbringen. Wir kämpfen morgen gegeneinander.«

»Ich war mal Skinhead.«

»Ha! Wir sehen uns morgen. Auf dem Ring. Keine Regeln, Skinhead.«

»Arschloch, ich preß Ihnen den Schädel in ein Brötchen und verputz ihn mit Zwiebeln und Meerrettich! Ha, ha, ha!«

Vance schlug sich mit der Faust in die offene Hand. »Ich fürchte, ich werde Ihnen weh tun müssen. Und zwar nicht zu knapp. Herrje, Sie werden vielleicht heulen!«

»Kann's kaum erwarten«, sagte Rocco. »Übrigens, bevor ich's vergesse, ich hätte gern noch einen grünen Salat dazu.«

Nach ein paar Drinks fühlte Rocco sich sogar noch besser. Und wenn seine Laune sank, brauchte er sich nur Vance' höhnisches Gesicht vorzustellen, seine manikürten Nägel und sein nigerianisches Hemd, um sich wieder in Stimmung zu bringen. Wie konnte solch ein Idiot aus einem Nest in Nirgendwo ihn derart in Wut versetzen? Er würde den ersten Schlag landen und das Arschloch umnieten.

Teapot war im Pub, und als Rocco ihm vom Kampf erzählte, gingen sie auf ein Feld und übten Karatetritte. Es war eine Weile her, seit Rocco etwas anderes als Lisas Hintern getreten hatte, um sie aus dem Bett zu scheuchen, und er stolperte über seine eigenen Füße selbst dann, wenn er sich vorstellte, sein Stiefel würde Vance in die Eier treffen.

Nach Atem ringend stand er auf und erklärte: »Mir fehlt es an Verzweiflung, nicht an Technik. Ich werde auf den Irrsinn vertrauen.«

»Richtig so«, sagte Teapot. »Drehen Sie durch.«

»Jetzt verpiß dich.«

Er war froh, wieder allein zu sein. Doch bei Einbruch der Dunkelheit wurde er unruhig. Er wollte ins Bett, wußte aber, daß ihn eine schlaflose Nacht erwartete. Er würde an Vance denken müssen und die Lügen vorbereiten, die er Lisa auftischen wollte. Da war es besser, von Pub zu Pub zu ziehen.

Er war schon seit einer Weile unterwegs, als Teapot ihn auftrieb.

»Ich habe überall nach Ihnen gesucht«, sagte der Teenager. »Kommen Sie!«

Rocco wollte ihn fortscheuchen. »Ich brauche meine Energie für morgen.«

Teapot wuchtete ihn hoch und schleppte ihn aus dem Pub. Rocco hatte keine Ahnung, warum Teapot derart aufgeregt war, besaß aber einfach nicht die Kraft, sich ihm zu widersetzen. Teapot schleifte ihn durch die engen Gassen der Stadt zum Strand und hinter eine Mauer. Dort griff er nach seiner Hand und sagte ihm, er solle ruhig sein.

Verwirrt gehorchte ihm Rocco und wurde auf die Mauer gezogen. Sie legten sich flach auf den Bauch, und auf ein Zeichen des stets hilfsbereiten Teapot lugten sie über den Rand. Im Dämmerlicht konnte Rocco sehen, wie Moon mit dem Kopf zwischen den Beinen einer Frau lag. Sie schaute zum Himmel auf und summte vor sich hin, wie sie es gern tat. Er hatte geglaubt, sie würde das nur für ihn tun.

13 Bodger schämte sich für seinen Wutausbruch. Irgendwie war es sein Fehler gewesen. Er wollte sich bei seinem Freund entschuldigen und ihm erklären, daß Kämpfe etwas Kindisches waren.

Er suchte die Pubs ab, legte aber öfter eine Pause ein, setzte sich und sah schließlich ein, daß es Rocco gewesen war, der ihn beleidigt hatte, und daß er selbst immer alles nur Erdenkliche getan hatte, um ihm zu helfen.

Als er seine Haustür öffnete, hörte Bodger Vance und Feather miteinander reden

»Morgen kommt es zum Kampf«, erklärte Vance. »Wir sind zivilisierte Leute, aber wir wollen uns gegenseitig das Hirn zu Brei schlagen. Der Stärkste wird siegen. *Love and peace* – aus dem Fenster damit! Allein der Gedanke an einen Kampf ist widerlich … aber lieben wir ihn nicht auch?«

Feather sagte: »Stärke und Weisheit sind identisch.«

Bodger eilte zu ihnen. »Das Wetter wird uns sowieso einen Strich durch die Rechnung machen.« Er setzte sich. »Wir müssen uns umeinander kümmern. Ja! Sonst verlieren wir unsere Menschlichkeit.«

Vance fuhr fort: »Mit ihrem Gejammere dominieren die Schwachen – Leute wie Rocco – die Starken. Die wollen bloß, daß andere alles für sie tun, aber sie rauben uns unsere Kraft und halten uns auf. Egoismus, alles nur für sich selbst wollen, das ist das Gesetz der Wirklichkeit. Doch wenn es mir nutzt, nutzt es auch anderen.«

Feather reagierte gelassen. »Wer sagt denn, wer schwach ist und wer stark, und was ist eigentlich damit gemeint?«

»Er selbst wahrscheinlich«, sagte Bodger. »Der neue Gott des Unternehmertums.«

»Seien Sie doch realistisch«, sagte Vance. »Die meisten Leute, die sich in Ihre Praxis schleppen, sind Drückeberger. Die sehen sich Tag und Nacht bloß Seifenopern an. Warum sollten wir wertvolle Ressourcen vergeuden, um solche Leute am Leben zu erhalten?« Er wandte sich an Feather. »Ich hoffe, Sie kommen morgen?«

»Ich bin eine Pazifistin.«

Er hieb die Faust in die offene Handfläche.

»Das ist nichts als willentliche Ignoranz. Sie sollten kommen und sich ansehen, wie es im Leben wirklich zugeht.«

14 Rocco lag auf dem Sofa, als er ein ungewöhnliches Klappern hörte. Da er sich fragte, ob Kinder oben ins Haus eingedrungen waren und mit Schubfächern spielten, rannte er die Treppe hinauf. Nein, das konnte es nicht sein – die ganze Atmosphäre hatte sich geändert, als hätte es einen Zusammenprall im All gegeben und die Erde würde ausgelöscht. Er ging ans Fenster. Die Welt hatte sich grau verfärbt, es regnete auf den harten Boden. Heute ging der Sommer offenbar zu Ende. Die Abende würden früher beginnen, niemand würde mehr am Strand liegen oder sich am Kriegerdenkmal einfinden; die Busgesellschaften und die ausländischen Touristen würden ausbleiben. Dann würden nur noch sie da sein.

Um diese Zeit des Jahres war er fast sein Leben lang an die Schule zurückgekehrt, um ein neues Halbjahr zu beginnen.

Er dachte daran, wie er als Kind mit zwei Mädchen in den Garten gerannt und klatschnaß geworden war. Vor lauter Angst hatten sie sich dicht aneinander gedrängt. Heute fürchtete er sich nicht mehr vor Gewittern, doch er richtete die Mädchen zugrunde. Er hatte nie einen Baum gepflanzt und sich nie die Gelegenheit versagt, etwas Grausames oder Verletzendes von sich zu geben, er hatte bloß alles zerstört.

Von seinen Übungen mit Teapot tat ihm bereits jeder Muskel weh, aber morgen würde er sich noch schlechter fühlen. Und wenn schon. Er würde Vance bitten, ihn fertigzumachen, ihm nicht nur die Arme zu brechen – davon bliebe sein Verstand unberührt –, sondern ihm jeglichen Lebensmut zu nehmen, die verbleibenden Hoffnungen zu zerstören. Es würde ihn erleichtern.

Es schienen nur wenige Minuten vergangen zu sein, als Teapot mit seinem Motorrad und einem zweiten Helm auftauchte. Gemeinsam rauchten sie etwas von Moons *Mellow Wednesday*, um sich in Stimmung zu bringen, übten ein paar Tritte und fuhren los.

Lisa war mit Anbruch der Dämmerung heimgekommen, hatte sich mit ihrem Mantel zugedeckt und war auf dem Sofa eingeschlafen. Rocco küßte ihr Gesicht und strich ihr übers Haar. Sie öffnete die Augen erst, als er fort war, und stand auf, um sich einen Tee zu kochen.

Es hatte einen Augenblick gegeben – Moon schleckte zwischen ihren Beinen, und sie ließ ihren Gedanken freien Lauf –, da hatte sie sich vorgestellt, aus der Zukunft auf diese Zeit zurückzuschauen. Sie merkte, daß ihr diese Leute wie die Lehrer und Kinder an ihrer ersten Schule vorkamen, all dies Keifen und Fluchen, diese Drohungen und die lautstarke Macht, die im nachhinein bloß erbärmlich oder normal wirkten, nichts, wovor man Angst haben mußte. In diesem Moment wußte sie, daß sie bereits fortgegangen war.

Wenn sie daran dachte, was sie durchgemacht hatte, fragte sie sich, wieso sie nicht verrückt geworden war. Das Ausmaß ihrer Kraft überraschte sie. Hatte sie vielleicht noch mehr davon?

15 Feather stand früh auf, meditierte unruhig und machte sich mit Stock und Rucksack auf den Weg. Warum ging sie hin? Für eine Pazifistin war es lächerlich, bei so etwas dabeizusein. Doch sie war neugierig. Sie kannte sie alle. Man durfte dem nicht ausweichen, mußte sehen, wie die Menschen waren. Sie dachte an Rocco. Er hatte gelitten; er verstand etwas vom Leben; er mochte die Menschen. In ihm steckte keine Grausamkeit, aber anderen gegenüber benahm er sich einfach beschissen. Und der Mensch, der darunter am meisten litt, war er selbst.

Sie legte unterwegs eine Pause ein, um zu essen und zu trinken; in einem vom Regen angeschwollenen Bach wusch sie das Geschirr. Die Luft war zur Abwechslung mal feucht. Sie fragte sich, warum sie diese Wanderung nicht recht genießen konnte, und als sie sich hinsetzte und darüber nachdachte, begriff sie, daß sie es leid war, allein zu sein. Es wurde Zeit, sich einen Liebhaber zu suchen, vor allem jetzt, da der Winter vor der Tür stand.

Die anderen fuhren, so weit es ging, mit dem Wagen, dann gingen sie die Kreidefelsen hinauf, bis sie in der Ferne die Stadt und dahinter das Meer sehen konnten.

Sie wanderte das Rim hinauf, als neben ihr ein Wagen hielt. Es war Karen, die ziemlich verzweifelt wirkte, aber Feather wollte nicht mitgenommen werden.

Sie lief bis ganz nach oben, eine flache Kuppe mit einem heidnischen Sockel. Als erstes sah sie Vance, der neue Turnschuhe auspackte. Er trug Schweißbänder um Stirn und Handgelenke, ein Trikothemd und Shorts. Rocco hatte nicht darüber nachgedacht, was er anziehen sollte, und war in seinen üblichen Kleidern erschienen. Ihm fiel auf, daß Bodger gekommen war, sich aber weigerte, von ihm Notiz zu nehmen.

Teapot eilte zu Vance. »Bitte, Mr. Vance, Rocco hat schreck-

liche Angst. Er zittert am ganzen Körper. Tun Sie ihm nicht
weh. Er hat *Mellow Wednesday* geraucht, einen Mann in
seinem Zustand darf man einfach nicht zusammenschla-
gen.«

»Ich verpaß ihm eine Lektion«, sagte Vance, räusperte sich und
spuckte aus. »Nach der Tracht Prügel ist er ein besserer
Mensch.«

»Sehen Sie ihn sich doch an.«

Vance warf einen Blick auf Rocco und prustete los. »Stimmt,
ein erbärmlicher Anblick, aber das ändert nichts.«

Teapot sagte: »Außerdem ist er ziemlich mit den Nerven
fertig.«

»Ja?«

Bodger, der mit seiner Arzttasche in ihrer Nähe stand, fragte:
»Wieso denn?«

»Er hat gesehen, wie seine Freundin von einem anderen
gevögelt wurde – gestern abend.«

»Von wem?«

Teapot beugte sich zu ihnen. »Von Moon.«

Bodger wurde blaß.

Während Rocco auf der anderen Wegseite seine Tritte übte
und sich in Wut zu steigern versuchte, verstauchte er sich den
Knöchel. Teapot half ihm auf, aber Rocco konnte kaum
gehen, und – als alle soweit waren – mußte Teapot ihn zum
Kampfplatz tragen. Rocco stand auf einem Bein und rang
nach Luft.

Karen stand einige Schritte von ihm entfernt und zupfte an
ihrem Haar. Sie beobachtete ihren Mann, schien aber an etwas
anderes zu denken.

Vance tänzelte umher, und als er sich umdrehte, um Karen
ein Siegeszeichen zu machen, fuchtelte Rocco mit den Armen,
als wären es Windmühlenflügel, eine Bewegung, die er sich
bei Gitarristen abgesehen hatte, holte zu einem mächtigen

Schlag aus und schlug daneben. Dann humpelte er einen Schritt auf Vance zu und versuchte, ihm einen Tritt zu verpassen.

Rocco brach zusammen, lag auf dem Boden und schrie: »Schlag mich zusammen, Burgerschwuchtel. Schlag mir den Kopf ein. Schlag zu, schlag doch zu.«

»Steh auf. Ich bin noch nicht soweit. Steh auf, hab ich gesagt!« Vance hielt ihm eine Hand hin, und Rocco stand auf. Dann versuchte er noch einmal, Vance anzugreifen, doch der tänzelte um ihn herum, nahm schließlich Maß und landete einen sauberen Hieb mitten in Roccos Gesicht. Rocco fiel hin, und Vance stand breitbeinig über ihm, packte einen Arm und bog ihn über sein Knie. Rocco gab keinen Laut von sich, aber sein Gesicht war schmerzverzerrt.

Bodger, die Hand über dem Mund, murmelte: »Nicht, tu's nicht …«

»Kampf ist Kampf, oder?« sagte Vance.

»Bitte, Vance, Sie machen mir doch nur Arbeit.«

»Bring mich um, Schwuchtel, bring mich um«, flehte Rocco.

»Keine Angst«, sagte Vance, »bin schon dabei.«

Plötzlich hörten sie irgendwo in den Büschen ein Geräusch. Feather, nackt, aber mit Dreck und Lehm beschmiert, stürzte kreischend auf den Platz und begann zu tanzen. Vance starrte sie an, wie sie es alle taten, wollte sie aber nicht weiter beachten – bis Feather sich vor ihm aufbaute und die Hände hochhielt.

»Ich breche mir die Finger«, sagte sie.

Vance hörte nicht auf, Roccos Arm über sein Knie zu biegen.

Feather knackte ihren kleinen Finger aus dem Gelenk, so daß er von ihrer Hand herabbaumelte.

»Und jetzt der nächste«, sagte sie. »Und der nächste.«

»Nein, nicht«, schrie Bodger.

»Was zum Teufel ist hier los?« rief Vance. »Verschwinden Sie endlich.«

Bodger stürzte auf den Kampfplatz und warf sich auf Vance.

Rocco hatte irgendwie geglaubt, daß er nie wieder nach Hause zurückkommen würde, und war überrascht, wie es ihn freute, wieder daheim zu sein. Die Bücher, Platten und Bilder in seinem Haus und das Licht da draußen waren für ihn wie neu. Er dachte daran, zu lesen, Musik zu hören und dann hinauszugehen und aufs Meer zu sehen. Vance hatte recht gehabt, der Kampf hatte ihm gutgetan.

Lisa, mager und blaß, begriff nicht, warum er so sanft war. Irgendwie hatte sie angenommen, daß er nicht zurückkommen würde. Darauf war sie vorbereitet gewesen. Doch er war wieder da.

Er strich ihr über Haar und Gesicht, schaute ihr in die Augen und sagte: »Ich habe nur dich.«

Danach setzten sie sich in den Garten.

16 Es hatte geregnet. Die Wellen gingen hoch, und es war noch früh am Abend, als Bodger, Feather und Vance an Lisas und Roccos Haus vorbei die Gasse hinaufgingen. Bodger trug einige Flaschen Wein, und Feather hatte etwas zu essen dabei. Sie waren auf dem Weg zu ihrem Haus. Feather hatte Bodger und Vance massieren wollen, aber jetzt war ihre rechte Hand verbunden. Den ganzen Tag lang hatte Vance sich um sie gesorgt, hatte sich zugleich zerknirscht und verärgert gezeigt und sie immer wieder beruhigend gestreichelt, als wollte er sie massieren.

»Ich werde mich nicht bei denen entschuldigen«, sagte Vance.

»Ich frag mich bloß, was sie tun«, sagte Feather. »Wartet einen Augenblick.«

»Nur eine Sekunde«, sagte Bodger.

Sie schauten alle über die Hecke.

»Ja, ja«, sagte Vance. »Wer hätte das gedacht?«

Rocco hatte ein paar Koffer nach draußen geschleppt und versuchte nun, ihren Inhalt – Papiere und Notizbücher – auf ein wüstes Feuer zu werfen. Natürlich hatten die Papiere kaum Feuer gefangen, da blies der Wind sie durch den Garten. Lisa stand in der Tür, hatte sich eine Strickjacke über die Schultern geworfen, faltete ihre Wäsche und legte sie zu einem Stapel zusammen. Und während sie so arbeiteten, schwatzten sie miteinander und lachten.

»Es stimmt«, sagte Feather.

Bodger drehte sich zu Vance um. »Sie sind ein verdammter, dämlicher Idiot.«

Vance fragte: »Was ist denn mit Ihnen los?«

»Soweit hätte es nicht kommen müssen.«

Feather sagte: »Gehen Sie hin und sagen Sie es ihnen.«

»Dafür ist es zu spät«, erwiderte Vance.

»Sagen Sie, gefällt Ihnen das?« rief Bodger. »Dann freuen Sie sich – und tanzen Sie.«

»Die wollen schon seit Wochen fort, Bodger. Und ich bezahle dafür«, fügte Vance hinzu. »Schon erstaunlich, er tut tatsächlich was. Und uns läßt er zurück.«

Er drehte sich um und sah Moon die Gasse hinaufhasten. »Komme ich zu spät?«

»Sie kommen immer zu spät, Sie kleines Stück Scheiße. Wer paßt auf den Laden auf?«

»Bitte, Vance«, sagte Moon. »Ich habe ihn nur für einige Minuten geschlossen.«

»Dann laufen Sie zurück und schließen Sie wieder auf – sonst können Sie was erleben!«

Moon schaute über die Hecke. Vance wollte sich ihn schnappen, aber Feather warf ihm nur einen Blick zu. Vance fiel auf, daß Moon hinter seiner Sonnenbrille weinte.

Rocco hatte sie mittlerweile entdeckt, blickte aber nicht auf. Er stand am Feuer und warf Papierknäuel in die Flammen. Mit Strohhut und im schwarzen Kleid stand Lisa lächelnd in der Tür. Mit einer seltsam entrückten Bewegung hob sie die flache Hand und winkte ihnen zu. Vance drehte sich um, ging die Gasse hinauf und stemmte Kopf und Schultern gegen den Wind. Lisa kehrte ins Haus zurück. Ohne sich zu rühren, standen die anderen aufgereiht hinter der Hecke und sahen Rocco zu, bis es zu nieseln begann und das Feuer ausging. Schließlich machten sie sich auf den Weg und überlegten, was sie nun anfangen würden. Es goß in Strömen.

Die Fliegen

Wir hatten nicht das Vergnügen, ein neues Leben
beginnen zu fühlen, nur die Ahnung, uns in
eine Zukunft voll neuer Probleme zu schleppen.
Die argentinische Ameise von I. Calvino.

Eines Morgens, ein Jahr nachdem sie die Wohnung bezogen hatten – ihr Sohn ist erst wenige Monate alt –, geht Baxter nach einer unruhigen Nacht in den Abstellraum, in dem er und seine Frau die Kleiderschränke aufgestellt haben, öffnet die Tür zu seinem Schrank und greift nach einem Stapel Pullover. Er faltet einen nach dem anderen auseinander. Offenbar sind es allesamt Strickpullover. Außerdem sind die Wollfäden mit einer zähflüssigen, gelben Ablagerung beschmiert, die an Eigelb erinnert und seine letzten Kleidungsfetzen steif werden ließ.

Er schüttelt sie alle aus, und die Motten oder Fliegen, die sich über seine Kleider hergemacht hatten, fallen tot zu Boden. Er trampelt auf den winzigen, knackenden Kadavern herum. Andere, bloß verschreckte Motten, schießen in die Luft und lassen sich auf einen Platz oben auf den Gardinen nieder, wo sie es sich außerhalb seiner Reichweite erschreckend gemütlich machen.

Baxter stopft die Kleider hastig in Plastiktüten, würgt vor Abscheu und schleudert sie draußen auf den Grund einer Mülltonne. Er verteilt Fliegentod in dem Schrank, sprüht die Gardinen mit einem Antiseptikum ein, desinfiziert die Teppiche. Er steht lange unter der Dusche. Unter laufendem Wasser kann nichts an seiner Haut haftenbleiben.

Er erzählt seiner Frau zunächst nichts von dem Vorfall, weil er sie nicht mit einer solch unwichtigen Sache belästigen will.

Er hat jedoch überall in der Wohnung Fliegen entdeckt, die seine Frau nicht zu bemerken scheint.

Wenn er sich die Taschen mit Mottenkugeln füllt und ihren Geruch mit Düften überlagert, wenn er unter Menschen ist und sich vorstellt, daß die Leute die Nase rümpfen, sobald er vorübergeht, dann macht ihm das nichts aus, denn die Fliegenattacke hat ihn ziemlich mitgenommen.

Er versucht das Ganze vor sich und seiner Frau herunterzuspielen. Doch zu unterschiedlichen Tageszeiten muß er den Schrank überprüfen und plötzlich die Tür aufreißen, als wolle er einen Eindringling überraschen. Nachts träumt er von zerfetzten, kugelgroßen Löchern, die in übelriechende Stoffe gefressen wurden, von cremigweißen Eiern, die in der Dunkelheit reifen. In seinem Kopf hört er das geräuschverstärkte Reißen, Kauen und Schlingen. Wenn er davon aufwacht, stürzt er zum Abstellraum, um die Kleider auszuschütteln oder mit einem Regenschirm auf sie einzudreschen. Auf den Knien schrubbt er die staubigen Ecken in der Wohnung, um das Nest oder Brutbett zu beseitigen, in dem die Plage ausschlüpft. Doch noch während er damit beschäftigt ist, weiß er, daß die Fliegen über Laken und Kissen herfallen.

Er und seine Frau haben sich die kleine Wohnung in aller Eile besorgt und schätzen sich glücklich, sie bekommen zu haben. Angesichts dessen, was sie sich leisten können, sind die drei Zimmer, Küche und Bad annehmbar für ein junges Paar, das gerade damit beginnt, sich ein Leben aufzubauen. Doch als Baxter den Vermieter anruft, um zu erfahren, ob so etwas schon einmal vorgekommen sei, ist der nicht gerade verständnisvoll und behauptet, sie hätten die Fliegen mitgebracht. Er will ihren Mietvertrag noch einmal überprüfen. Baxter, verblüfft von dieser Anschuldigung, entgegnet prompt, er werde seine Mietzahlungen so lange einstellen, bis die Plage beseitigt sei. Genau an diesem Morgen entdeckt er eine beschmierte und halb angefressene Strickjacke seines Kindes die er nur in letzter Minute vor seiner Frau verbergen kann.

Dennoch: Er muß mit ihr darüber reden. Sie wollen zum Essen ausgehen, und er bittet eine Bekannte, das Kind zu hüten. Es gab Zeiten, da konnten sie lange Diskussionen über alles mögliche führen – besonders gerne sprachen sie über ihre ersten Eindrücke voneinander –, so glücklich machte es sie, zusammenzusein. Während er sich rasiert, überlegt Baxter, daß sie seit der Geburt des Kindes kaum einmal im Theater oder im Kino gewesen sind, auch nicht in einem Café. Es ist Monate her, seit sie das letzte Mal auswärts gegessen haben. Er ist arbeitslos, und ihr Geld geben sie größtenteils für die Miete, für Rechnungen, Schulden und für das Kind aus. Wenn er es ganz hart ausdrücken würde, würde er sagen, daß sie kaum Zeit haben, ihr Essen zu schmecken. Sie können nicht einmal lange fernsehen. Sie treffen kaum noch Freunde und denken nicht daran, neue Freundschaften zu schließen. Sie lieben sich nicht mehr, und wenn einer von ihnen will, dann will der andere nicht. Nie überlappt sich ihr Verlangen, jenes eine Mal ausgenommen, als sie auf dem Höhepunkt vom Geschrei des Kindes unterbrochen wurden. Jedenfalls fühlen sie sich häßlich, ihre Körper tun weh. Sie schlafen mit offenen Augen, und manchmal sind sie, wenn sie wach sind, fest eingeschlafen. Im Schlaf träumen sie vom Schlaf.

Vor der Geburt waren sie einige Monate Freunde gewesen, dann ein Liebespaar für ein Jahr. Seit das Kind da ist, häufen sich die Auseinandersetzungen, was Baxter normal findet, da inzwischen so viel passiert ist. Aber ein neuer Ton hat sich in ihre Meinungsverschiedenheiten geschlichen. Vor kurzem hat es einen Augenblick, in dem sie sich angeschaut und wie aus einem Mund gesagt haben, sie wünschten sich, sie hätten sich nie getroffen.

Er hatte ein Baby gewollt, weil es etwas war, das er sich

wünschen konnte; andere Menschen hatten Kinder. Sie willigte ein, weil sie fünfunddreißig war. Vielleicht hatten sie die Hoffnung verloren, jemals jenen einen zu finden, der alles verändern würde.

Baxter, der sich sauber fühlen möchte, holt einen Anzug aus seinem Schrank. Auf dem Bügel hält er ihn gegen das Licht. Er scheint noch ganz zu sein, so wie bei der letzten Kontrolle vor einigen Stunden. Seine Frau ist länger als sonst im Badezimmer, um das Make-up aufzulegen und ihr Haar zu frisieren.

Während er sich die Schuhe auszieht, kehrt er dem Anzug den Rücken zu. Als er wieder hinschaut, ist nur noch der Bügel da. Bestimmt ist ein Dieb ins Zimmer gelaufen und hat Jacke und Hose stibitzt. Nein, der Anzug liegt auf dem Boden, eine kleine Pyramide verkohlter Asche. Seine übrigen Anzüge fallen bei der leisesten Berührung in sich zusammen. Fliegen wirbeln vor seinem Gesicht herum, ehe sie davonjagen.

Er sammelt die Asche mit der Hand ein und häuft sie auf den Tisch, den er sich in den Abstellraum gestellt hat und auf dem er ein wenig studieren will, um seine Kenntnis vom Leben zu erweitern, jetzt, da er kaum noch vor die Tür kommt. Er hat mehrere gespitzte, aber unbenutzte Bleistifte auf den Tisch gelegt. Er schnuppert an dem Dreck und durchwühlt ihn mit den Stiften. Er legt sich sogar ein wenig davon auf die Zunge. Er findet einige cremige, geriffelte Eier. Etwas lebt in ihnen, hofft auf Licht. Er zerquetscht sie. Ruß und Kokonreste kleben an seinen Fingern und schieben sich unter seine Nägel.

Zum Abendessen trinken sie Wein, das Essen ist gut, sie schauen sich um und sind überrascht, so viele Menschen zu sehen, von denen manche sogar lächeln. Er erzählt ihr von den Fliegen. Doch wie er ist auch seine Frau längst sarkastisch geworden und sagt, es sei schon lange an der Zeit, daß er sich eine neue Garderobe zulege. Sie hoffe, die unfreiwillige Räu-

243

mungsaktion würde ihm in modischer Hinsicht gut bekommen. Ihre Kleider würden zweifellos durch die diversen, erprobten Damentinkturen wie Lavendel geschützt, womit er es auch einmal versuchen sollte.

In dieser Nacht sitzt seine Frau, erschöpft von der gemeinsamen Unfähigkeit, einander aufzuheitern, im Abstellraum, während er mit dem Kind im Arm in der Küche auf und ab läuft. Er hört einen Schrei und rennt zu ihr. Sie hat ihren Schrank geöffnet und entdeckt, daß ihre Mäntel, Kleider und Wollsachen durch eine Ansammlung gelblicher Fetzen ersetzt wurden. Auf dem Boden liegen Haufen toter Fliegen.

Sie weint, sagt, sie habe nichts mehr zum Anziehen. Sie deutet an, daß es sein Fehler sei. Er gibt ihr recht und ist bereit, sich Vorwürfe machen zu lassen.

Er hilft ihr ins Bett, wo das Kind zwischen ihnen schläft. Seit sie sich nicht mehr küssen, wenn sie sich zu lieben versuchen, kann er ihr auch nicht mehr in die Augen schauen, doch als er ihren Arm nimmt, sieht er eine schwarze Fliege aus ihrer Hornhaut schlüpfen und auf ihre Augenlider hüpfen.

Am nächsten Morgen ruft er die Kammerjäger an. Mit ungewöhnlicher Eilfertigkeit ist man bereit, einen Angestellten vorbeizuschicken. »Sie brauchen unsere Dienste«, sagen sie, noch ehe Baxter alle Symptome beschrieben hat. Er und seine Frau leiden offensichtlich unter bekannten Beschwerden.

Sie sehen den Lieferwagen vorfahren, der Kammerjäger öffnet die Hecktür und tritt in die Wohnung. Er ist ein großer und ungepflegter Mann, er trägt einen grünen Overall und eine dicke Brille. Er ist eindeutig nicht zum Reden aufgelegt, hört aber aufmerksam zu, untersucht die Reste ihrer Kleidung und brennt darauf, sich die Aschepyramiden anzusehen, die Baxter auf Zeitungspapier gesammelt hat. Baxter ist dankbar für sein Interesse.

Schließlich sagt der Kammerjäger: »Sie brauchen unser Kombipack.«

»Ich verstehe«, sagt Baxter. »Lohnt sich das?«

Als Antwort grunzt der Mann.

Seine Frau und das Baby werden hinausgeschickt, Baxter steht auf einer Kiste und schaut durch das Fenster.

Der Kammerjäger setzt sich eine graue Maske auf. Er hat sich eine helle Flasche mit grünlicher Flüssigkeit um die Taille gebunden. Aus der Flasche ragt ein Gummischlauch mit einem Metallsieb am Ende. An einer Schnur, die der Kammerjäger sich um den Nacken gelegt hat, hängt eine flache Packung grauer Kitt, die ebenfalls mit dem Sieb verbunden ist. An einem Schenkel ist eine kleine Maschine, die er mit einem Schnürsenkel anwirft, befestigt. Als sie läuft, nimmt er diverse geübte Stellungen ein und verharrt wie ein seltsam bekleideter Tänzer. Das Rattern und die Kraft der Maschine sind unheimlich, nicht eine einzige Kreatur könnte lebend durch diesen Vorhang aus versprühtem Gift dringen.

Zum »Schutz« läßt er in einer Ecke einen leuchtenden, elektrisch geladenen blauen Pfosten in einem Blumentopf zurück.

»Wie lange werden wir den brauchen?« fragt Baxter.

»Ich werde ihn mir die nächsten Male anschauen. Er muß wieder aufgeladen werden.«

»Werden wir noch mal das ganze Kombipack samt Kammerjäger brauchen?«

Der Kammerjäger ist beleidigt. »Wir heißen nicht mehr Kammerjäger. Wir sind die Mikrobenberater von *Microbe Consultants*. Und normalerweise werden wir gebeten, noch einmal vorbeizukommen, sobald unsere Zeit es zuläßt. Sie lassen sich besser gleich einen Termin geben.« Und fügt dann hinzu: »Wir hoffen, qualifiziertere Leute einzustellen. Sie werden übrigens noch ein Paket brauchen.«

»Wozu?«

Er holt eine Packung hervor, die in mehrere Fächer unterteilt ist, von denen jedes eine andere Tinktur enthält. Baxter wirft einen Blick auf die endlos langen Anleitungen.

»Ich setze es Ihnen auf die Rechnung«, sagt der Kammerjäger. »Zusammen mit dem Zerstäuber für die Gardinen, und das hier ist für den Teppich. Nehmen Sie lieber drei Packungen, für alle Fälle.«

»Zwei dürften reichen, danke.«

»Sind Sie sicher?« Er schlägt einen vertraulichen Ton an. »Ihre Frau sieht nett aus. Sie wollen sie doch bestimmt schützen.«

»Natürlich.«

»Wollen Sie vielleicht nachts Nachschub holen?«

»Nein, also drei.«

»Gut.«

Die Gesamtsumme ist gewaltig.

Baxter stellt den Scheck aus. Seine Frau lehnt sich an den Türrahmen. Er sieht den angespannten, aber hoffnungsfrohen Blick seiner Frau und will ihr signalisieren, daß es die Sache wert ist, obwohl er sich unsicher ist.

Sie stellt sofort die Tinkturen auf. Der ätzende Geruch brennt in den Augen, sie husten, und bei dem Baby zeigen sich rote Flecken auf dem Bauch. Sie reiben Salbe auf die Stellen, und es schläft zufrieden. Baxter geht einkaufen, seine Frau kocht. Sie essen zusammen. Sie schmiegen sich aneinander und beobachten vergnügt die Schüsseln, in denen sich die Fliegen winden. Der blaue Pfosten summt. Am Morgen werden sie die Kadaver fortfegen. Sie freuen sich fast darauf, lachen sogar, als Baxter sagt: »Vielleicht wäre es billiger gewesen, den Fliegen bulgarische Musik vorzuspielen. Daran hätten wir denken sollen!«

Am nächsten Morgen beseitigt er den Dreck, und da er noch Fliegen entdeckt, stellt noch weitere Schüsseln mit anderen

246

Tinkturen auf. Sie haben das Schlimmste hinter sich. Wie niedergeschlagen er gewesen war! In letzter Zeit hat er sich, vor allem wenn das Baby schrie, auf der Straße herumgetrieben. Ein Paar aus der Nachbarschaft hatte sie auf einen Drink eingeladen. Ihm fielen die erleuchteten Fenster auf und Leute, die mit einem Glas in der Hand umhergingen. Frau und Kind wird er in Sicherheit zurücklassen und häufiger ausgehen, genauer gesagt, schon heute abend, wird anziehen, was sich findet, eine Ritterrüstung, wenn es sein muß.

Seine Frau kommt nicht mit. Sie vermittelt Baxter den Eindruck, sie in eine unpassende Nachbarschaft gebracht zu haben. Doch da er nur fünf Minuten bleiben will, kann sie kaum etwas dagegen einwenden. Er überprüft den blauen Pfosten, küßt sie und beginnt oben an der Straße. Er trägt eine Acryljacke vom Wohltätigkeitsbasar, eine unvertilgbare Kampfanzugshose und einen Mantel.

Das erste Paar, das Baxter besucht, hat drei kleine Kinder. Beide Eltern arbeiten, entwerfen irgendwelche Haushaltsgegenstände. Wasserkessel, vermutet Baxter, es könnten aber auch Stuhlbeine sein. Er weiß nicht mehr, was seine Frau gesagt hat.

Er klingelt. Nach einem beträchtlichen Maß an hektischer Bewegung, so jedenfalls will es Baxter scheinen, öffnet ein bärtiger Mann heftig atmend die Tür. Baxter stellt sich vor, bietet aber zugleich an, wieder zu gehen, falls sein Besuch ungelegen komme. Ein wenig geistesabwesend wehrt der Mann ab. Er sitzt im Sessel und trinkt. Zur Feier des Abends leistet ihm Baxter Gesellschaft und läßt sich ein halbes Glas Whisky einschenken. Sie reden über Sport. Doch es ist ein verwirrendes Gespräch, da es im Zimmer so dunkel ist, daß Baxter den Mann kaum erkennen kann.

Die abgespannt aussehende Frau, die sich gern zu ihnen setzen würde, kommt bis zum Fuß der Treppe, ehe Kindergeschrei sie innehalten läßt. Sie stürmt nach oben und ruft: »Ja, ja, bin ich denn schon wieder dran!«

»Hören die nie auf?« schreit der Mann.

»Wie sollen sie denn schlafen können?« erwidert sie. »Hier ersticken sie ja.«

»Tun wir doch alle!« sagt der Mann.

»Also hast du es auch bemerkt!«

»Wie könnte ich nicht?«

Er trinkt stumm. Baxter, der sich allmählich an das Dämmerlicht gewöhnt, bemerkt, wie seltsam sich der Mann benimmt. Er taucht die Finger in sein Glas, schnippt die Flüssigkeit über sein Gesicht und reibt sie sich stellenweise ein. Während sie sich unterhalten, wiederholt er dieselbe Prozedur an den Armen, als wäre der Whisky eine Lotion und kein Getränk.

Der Mann steht auf und reckt sein Gesicht dem Gast entgegen.

»Wir verschwinden von hier.«

»Wohin?«

Er zerrt Baxter am Arm seines schwarzen PVC-Mantels zur Tür. Wie eine Fledermaus huscht die Frau die Treppe hinab und beginnt mit ihrem Mann zu streiten. Baxter achtet nicht auf das, was sie sagen, obwohl die Auseinandersetzungen anderer Paare neuerdings durchaus sein Interesse wecken können. Etwas anderes fasziniert ihn. Eine Fliege löst sich von der vorgestreckten Zungenspitze des Mannes, kriecht am Nasenflügel hinauf und nistet in der Augenbraue, wo sie sich zu einer Gefährtin gesellt, die, noch unbemerkt, auf der haarigen Kuppe weidet. Es wird Zeit zu gehen.

Baxter biegt im Flur falsch ab, geht durch zwei Zimmer, folgt einem Geruch, den er wiedererkennt, aber nicht zuordnen kann. Er öffnet eine Tür und sieht etwas im Bad stehen. Es ist ein schimmernder blauer Pfosten, wie der, der in seiner Wohnung steht, und er scheint zu pulsieren. Baxter schaut genauer hin und merkt, daß dieser Effekt durch die Bewegung der Fliegen entsteht. Als er die Hand ausstreckt, um das Ding anzufassen, hört er hinter sich eine Stimme, dreht sich um und sieht den Bärtigen und seine Frau.

»Was suchen Sie hier?«

»Tut mir leid.«

Er will sie nicht anschauen, kann es aber nicht verhindern. Als er sich an ihnen vorbeidrängt, senken sie den Blick. Im selben Augenblick erbleicht die Frau vor Scham. Ein scharfer Geruch nach Reinigungsmitteln geht von ihnen aus.

Er will nicht nach Hause zurück, kann aber auch nicht im Freien bleiben. Als er die Straße hinuntergeht, sieht er Gestalten hinter einem Fenster, dann zieht eine Hand einen Vorhang vor. Kaum hat er an die Tür geklopft, steht er mit einem Glas in der Hand im Zimmer.

Eine gemischte Gruppe, denkt er, lauter schüchterne, ausländische Studentinnen, jene Art Mädchen, die sich einem Kult anschließen würden, ein alter Mann im Tweedanzug und mit verwegenem Hut, Leute, die barfuß tanzen, und andere, die nebeneinander auf dem Sofa sitzen. In der Ecke stehen ein zweispiraliger Heizofen und ein Aquarium. Baxter hat vergessen, was er trägt, und als er sich im Spiegel sieht und merkt, daß sich keiner daran stört, ist er froh.

Seine Nachbarin ist betrunken, aber eigenartig wachsam. Sie legt einen Arm um seinen Hals, was ihm mißfällt, als gäbe es da ein Bedürfnis in ihm, das ihr nicht entgangen ist, obwohl er sich nicht denken kann, was es ist.

»Wir haben nicht geglaubt, daß Sie kommen würden. Ihre Frau spricht kaum ein Wort mit uns.«

»Tatsächlich nicht?«

»Nun, zu einigen ist sie ganz nett. Wie ist die Wohnung?«

»Prima … Gar nicht schlecht.«

Er spürt ein Kribbeln auf der Stirn und zermalmt eine Fliege zwischen Finger und Daumen.

Sie fragt: »Sicher?«

»Warum denn nicht?«

Er spürt eine weitere Fliege über seine Wange krabbeln. Die Nachbarin schaut ihn neugierig an.

»Ich fände es schön, wenn Sie mit mir tanzen würden.«

Er mag nicht tanzen, denkt sich aber, daß Bewegung besser ist als Stillstand. Und heute abend – warum auch nicht? – will er feiern. Sie zeigt auf ihren Gatten, einen hochgewachsenen Mann, der in der Tür steht und mit einer Frau redet, dann wackelt sie heiß und sinnlich mit dem Hintern, und er tut, was er kann.

Sie greift nach dem Zeigefinger seiner rechten Hand und führt ihn nach hinten in einen Wintergarten. Es ist kalt, es gibt keine Musik. Sie streift die Kleider ab, beugt sich über eine Stuhllehne, und er läßt den Finger, von dem sie Besitz ergriffen hat, sowie zwei weitere in sie hineingleiten und vergißt, wo er ist, kann nur noch fühlen. Zu schnell bemerkt er einen vertrauten, ätzenden Geruch, schaut sich um und sieht eine Schale mit weißem Pulver auf dem Boden, eine weitere enthält eine grünlich-blaue, klebrige Masse. Verletzte Fleckchen taumeln trunken in den Eimern umher.

Er zieht seine Hand heraus und hält sie hoch; bis zum Handgelenk ist sie mit Fliegen bedeckt.

Sie dreht sich um. »Mein Gott, sind die Kleinen heute abend hungrig.« Sie schlägt unbekümmert nach ihnen aus.

»Gibt es kein Mittel dagegen?« fragt er.

»Die Menschen leben damit.«

»Wirklich?«

»Das ist am besten. Und es ist das Schlimmste. Sie arbeiten unermüdlich. Oder sie trinken. Überall auf der Welt ertragen die Menschen die unterschiedlichsten Bakterien.«

»Aber es gibt doch ganz bestimmt ein Gift, ein Gebräu oder … Blaulicht, das sie auf Dauer abschrecken könnte?«

»Das gibt es«, antwortet sie, »gewissermaßen.«

»Und was ist das?«

Sie lächelt angesichts seiner Verzweiflung. »Die Tinkturen wirken – eine Zeitlang. Doch sie müssen durch immer neue Mischungen ersetzt werden. Die importierten sind die besten, aber auch die teuersten. Versuchen Sie es mit den argentinischen. Dann mit den südafrikanischen, in dieser Reihenfolge. Ich bin mir nicht sicher, was sie in das Zeugs hineintun, aber … Die Fliegen gewöhnen sich natürlich daran, und es hetzt sie auf, macht sie nur noch wilder. Vielleicht müssen Sie danach dann noch zur madagassischen Mischung greifen.«

Baxter blickt offenbar ziemlich entmutigt drein, denn sie sagt: »In dieser Straße halten wir sie uns so vom Leib – mit Leidenschaft.«

»Mit Leidenschaft?«

»Wo es Leidenschaft gibt, bemerkt man nichts.«

Er beugt sich von hinten über sie. Er sagt, er kann nicht glauben, daß diese Dinge unvermeidlich sind, daß es nicht doch eine Lösung gibt.

»Wir kümmern uns drum – später«, grunzt sie.

Bald darauf flüstert sie ihm im Wohnzimmer zu: »In dieser Gegend haben fast alle Fliegen. Nur die frisch Vermählten und die Ehebrecher nicht.« Sie lacht. »Die haben was anderes. Es dauert achtzehn Monate. Wenn du Glück hast, hast du achtzehn Monate und kriegst dann die Fliegen.« Sie erklärt, die Fliegen seien das einzige Geheimnis, das sie alle bewahren. Mit anderen Problemen könne man protzen, sie herumerzählen, aber die Fliegen seien eine unerträgliche Schande. »Wir werden durch uns selbst vergiftet.« Sie schaut ihn an. »Haßt du sie?«

»Wie bitte?«

»Ja? Du kannst es mir erzählen.«

Er flüstert, wie den Menschen die Liebe nur allmählich klar

wird, werde ihm allmählich klar, daß er sie haßt, daß er haßt, wie sie einen Apfel anschneidet, daß er ihre Hände haßt. Er haßt den Ton ihrer Stimme und die Worte, von denen er weiß, daß sie sie sagen wird; er haßt ihre Kleider, ihre Augenlider und alle ihre Bekannten; von ihrem Parfüm wird ihm schlecht. Er haßt, was er an ihr geliebt hat; haßt, wie er sich zu ihrem Sklaven gemacht hat; er haßt die Freundlichkeit, die sie ihm beweist, als fordere sie dafür eine Gegengabe. Er sieht auch, daß es nicht weiter schlimm ist, jemanden nicht zu lieben, solange man kein Kind zusammen hat. Und er begreift, wie wichtig der Haß ist, was für ein starkes, stärkendes Gefühl er ist; ein Schutzschild vielleicht, der ihn abhält, sie und sich selbst zu bemitleiden und sich in einen Abgrund des Elends zu stürzen.

Seine Nachbarin nickt, als er vor Scham zittert angesichts der Worte, die sie ihm entlockt hat. Sie sagt: »Mein Mann und ich wollen selbst ins Mikrobengeschäft einsteigen.«

»Gibt es denn einen so großen Bedarf?«

»Ihnen was vorsingen reicht schließlich nicht, oder?«

»Ich glaube kaum.«

»Wir haben auf unseren ersten Lieferwagen eine Anzahlung geleistet. Ihr werdet doch nur noch uns rufen, nicht wahr?«

»Wir sind pleite, fürchte ich. Wir können uns nicht jeden leisten.«

»Du darfst nicht zulassen, daß man über euch herfällt. Du mußt doch arbeiten. Hast du etwa die *Microbe Consultants* gerufen, ja?«

»Ja, die haben vorbeigeschaut.«

»Und sie haben dir das Kombipack verkauft, ja?«

»Zwei.«

»Nutzlos, völlig nutzlos. Diese Leute arbeiten auf Kommission. Laß die nie in dein Haus.«

Sie hält ihn umarmt. Sie tanzen mitten in der Nacht, und er

ist noch wach, da legt sie die Lippen an sein Ohr und murmelt: »Könnte sein, daß du Gerard Quinn brauchst.«

»Wen?«

»Quinn treibt sich hier herum. Er meldet sich bei dir. Inzwischen arbeiten wir hinter der Tür ...« Sie zeigt auf eine Holztür mit einem Stahlrahmen, an der ein Vorhängeschloß angebracht ist, »an einer kombinierten Tinktur, einer tödlichen Mischung. Sie ist noch nicht ganz fertig, aber wenn wir eine Probe haben, bringe ich sie vorbei.« Er schaut sie zweifelnd an. »Das täte doch jeder. Der Haken ist nur – ein endgültiges Gegenmittel ist unmöglich, weil Männer und Frauen dieses Zeugs ihren Partnern verabreichen.« Baxter spürt, wie ihm der Schädel brummt. »Hast du es ihr schon unter die Cornflakes gemischt, oder denkst du bisher nur darüber nach?«

»Ich hab's mal getan, aber dann habe ich alles in den Abfall geschüttet.«

»Viele begehen Selbstmord. Weißt du, man kann damit nicht vorsichtig genug sein.«

Sie verläßt ihn. Er bemerkt, daß der Bärtige gekommen ist und neben dem Aquarium steht und lacht, während er sich mit Alkohol besspritzt. Er hebt die Hand zum Zeichen dafür, daß er Baxter wiedererkannt hat. Später, bevor er bewußtlos wird, sieht Baxter den Bärtigen und seine Nachbarin in den Wintergarten gehen.

Am frühen Morgen trägt ihr Mann ihn nach Hause.

Als der Hausbesitzer kommt, liegt Baxter immer noch schlafend neben dem Bett, wo er zusammengebrochen ist. Zum Glück hat er sie durch einen Anruf vorgewarnt, und Baxters Frau konnte den blauen Pfosten, die Tinkturen und die angefressenen Sachen noch rechtzeitig in den Geschirrschrank stopfen. Der Mann ist von ihr angetan; wenn nötig, kann sie charmant und energisch zugleich sein. Obwohl während des Gesprächs eine Fliege auf seinem Revers landet, kann sie ihn davon überzeugen, daß das Problem »im Abnehmen begriffen ist«.

Nach dem Mittagessen leert Baxter nochmals die vollen Untertassen und stellt neue auf. Wieder geht das Fliegensterben los, aber er kann es nicht mehr mit ansehen. Er steht im Schlafzimmer und sagt seiner Frau, daß er am Nachmittag weggeht und daß er das Kind mitnimmt. Nein, sagt sie, er sei schon immer unverantwortlich gewesen. Er muß darauf bestehen, als wäre es sein letzter Wunsch. Schließlich willigt sie ein.

Sie ist zwar mürrisch, aber das ist ein wichtiger Sieg. Noch nie ist er mit seinem Sohn allein gewesen. Im Tragetuch, das Gewicht an seinem Körper, trägt er die Neuheit durch die Stadt. Er hockt in Cafés, setzt ihn sich aufs Knie und bewundert seine Hände und Ohren; er wirft ihn in die Luft und küßt ihn. Er geht im Park spazieren und gibt ihm die Flasche auf dem Rasen. Leute sprechen ihn an, vor allem Frauen; sie scheinen ihn für keinen schlechten Kerl zu halten. Das Kind macht ihn attraktiver. Er hat ihn gern um sich, diesen neuen Gefährten, diesen Freund.

Nach einer Weile fragt er sich, was sie sonst noch anstellen könnten. Die Telefonnummer seiner Geliebten kommt ihm in den Sinn. Er ruft sie an, mit dem Bus fahren sie über den Fluß. An ihrer Tür angekommen, will er umkehren, aber sie öffnet sofort. Er hält sein Kind wie eine Trophäe hoch, obwohl Baxter fürchtet, daß sie zurückschreckt vor den sanfteren Zügen einer anderen Frau, die da lebendig zwischen ihnen sind.

Sie lädt sie zu sich ein. Sie trägt die Ohrringe, die er ihr geschenkt hat; sie muß sie für ihn angelegt haben. Sie merken, daß sie bei dem Wiedersehen aufseufzen. Wie glücklich seine Geliebte ist, sie beide zu sehen; glücklicher, als er es sich vorzustellen gewagt hat. Sie kann nicht aufhören, ihre Hand in seinen Mantel gleiten zu lassen, wie sie es gern tut. Er umarmt sie und küßt ihren Hals. Dies sei ihr Platz, sagt sie. Sie erzählt ihm, wie niedergeschlagen sie war, seit er sie das letzte Mal verlassen und sich nicht bei ihr gemeldet hat. Manchmal hat sie nicht aus dem Haus gehen wollen und geglaubt, sie würde verrückt. Warum hatte er sie abgewiesen, wenn er doch weiß, daß mit ihr alles gut ist? Sie mußte sich einen anderen Geliebten suchen.

Er weiß nicht, wie er ihr sagen soll, daß er nicht an ihre Liebe glauben konnte und daß ihm der Mut fehlte, ihr zu folgen.

Sie hält das Baby, weiß aber nicht, ob sie es küssen soll. Doch der Junge ist unwiderstehlich. Sie hat noch nie eine Windel gewechselt; er zeigt es ihr. Sie wischt den Jungen sauber, reibt ihre Wange an seinem Bauch. Sein Nuckel zuckt nicht mehr hin und her, hängt jetzt schlaff zwischen seinen Lippen.

Sie ziehen sich aus und legen sich mit ihm ins Bett. Ihre Hände streicheln Baxter von den Fingerspitzen bis zu den Zehen, damit er wieder ganz ihr gehört. Sie bittet ihn, ihren Bauch mit einem Ring von Küssen zu bedecken. Er bittet sie, sich hinzuknien, sich selbst zu streicheln und sich ihm zu zeigen; mit den Daumen ihr Schambein zu berühren, so daß ihre Hände einen Schmetterling formen.

Sie achten darauf, daß das Bett nicht schaukelt und sie nicht plötzlich aufschreien, aber er hat vergessen, wie heftig ihr Verlangen werden kann und wie sie miteinander lachen können, und er muß ihr die Finger in den Mund stopfen.

Als sie schläft, liegt er da, betrachtet ihr Gesicht und flüstert Worte, die er nie zuvor gesagt hat. Das stimmt ihn sehr friedlich. Wenn er einige Stunden von seiner Frau fort ist, spürt er eine seltsame Wärme. Er war wie erstarrt, doch nun kehrt seine Liebe zu den Dingen wieder wie eine vergessene Hitze, und er kann sich gegen jede nahe Wand fallen lassen und an ihr zusammensinken, so weich fühlt er sich. Er möchte nach Hause gehen und seine Frau fragen: Warum können wir uns nicht auf ewig mit Zärtlichkeiten bedecken?

Etwas streift sein Gesicht. Er richtet sich auf und sieht eine Fliege aus dem Ohr seiner schlafenden Geliebten schlüpfen. Eine weitere Fliege hängt im Haar seines Sohnes. Sein Bein juckt, Hand und Rücken auch. Eine Fliege krabbelt dem Kind aus der Nase. Baxter trägt die Seuche in sich, steckt alle damit an!

Er hebt das schlafende Kind hoch und weckt die Frau, die erschrickt. Sie versucht ihm zuzureden, aber er eilt die Straße entlang, als würde er von Irren verfolgt, und verspürt den Wunsch, fremde Leute zu beschimpfen.

Er gibt seiner Frau das Kind und fürchtet, daß er sie etwas verstört anblickt. Alles, was er ihr schuldet, kommt wieder in ihm hoch: Freundlichkeit, Unterstützung und noch etwas anderes, die Einzelheiten entfallen ihm; und daß man jemanden nicht fallenlassen kann, nur weil man eines Tages zufällig anders empfindet.

Nicht, daß sie seine Aufregung bemerkt, als sie das Baby mustert.

Er nimmt ein Bad, der einzige Raum im Haus, in dem sie sich wohl fühlen. Er trinkt Bier und hört Radio und will alle Gedanken verscheuchen. Aber die Schwüre, die er ablegt, sind kein Zeichen der Zuneigung, ebensowenig wie eine Unterschrift ein Kuß ist, und eine Anhäufung von Versprechungen ist keine Garantie der Liebe. Ohne nachzudenken, hat er ihr sein Leben gegeben. Er hat ihm wenig Wert beigemessen, und jetzt will er es zurückhaben. Aber er weiß, daß es einen ganz anderen Mut erfordert, sich sein Leben wieder zurückzuholen; es wieder wegzunehmen, ist grausamer.

In diesem Moment wird ihm warm ums Herz. Er kann sie in der Küche singen hören, sie klatscht sogar in die Hände. Er ruft sie mehrere Male.

Verwirrt kommt sie ins Bad. »Was willst du?«

»Dich.«

»Warum? Jetzt nicht.« Sie schaut auf ihn herab. »Was für eine Überraschung.«

»Komm schon.«

»Baxter –«

Er streckt die Hand aus, um sie zu streicheln.

»Deine Hände sind heiß«, sagt sie. »Du schwitzt.«

»Bitte.«

Sie seufzt, zieht Rock und Unterhose aus, steigt in die Wanne und zieht ihn auf sich.

»Wie ist es dazu gekommen?« fragt sie danach ein wenig aufgeheitert.

»Ich habe dich singen und klatschen gehört.«

»Ja, das ist meine Art, Fliegen zu fangen.« Sie steigt aus der Wanne. »Schau, da schwimmen Fliegen auf dem Wasser.«

Einige Tage später, nachdem der blaue Pfosten aufgeflackert, erloschen und von Baxter an die Wand geschmettert worden ist und die Pulverschalen leer sind, umgeben von einem Ring sich windender Kadaver, steht der Kammerjäger vor der Tür. Die Wirkungslosigkeit seiner Medikamente scheint ihn nicht zu überraschen, auch nicht Baxters Klagen über die nutzlose Kur.

»Es ist eine langfristige Behandlung«, beharrt er. »Sie können sie jetzt nicht abbrechen, es sei denn, Sie wollen auf sämtliche Vorteile verzichten und wieder von vorn beginnen.«

»Welche Vorteile?«

»Dies ist ein kritischer Fall. In was für einer Welt leben Sie denn, daß Sie glauben, es gäbe eine einfache Kur?«

»Warum haben Sie beim letzten Mal nichts davon gesagt?«

»Habe ich nicht? Sie haben nicht zugehört.«

»Der blaue Pfosten funktioniert nicht.«

Er spricht mit ihm wie mit einem Dummkopf. »O doch. Er lockt sie an. Die Vibration macht sie hungrig. Und dann fressen sie. Und verrecken für immer. Aber nicht, wenn sie ihn kurz und klein treten wie ein Kind. Ich bin auf der Haustreppe Ihrer Frau begegnet. Sie hat sich seit dem letzten Mal verändert. Ihre Augen –«

»Schon gut!«

»Ich habe das geahnt. Sie wirkt entmutigt. Bestimmt weiß sie nicht, was los ist.«

»Was ist denn los?«

»Sie wissen schon.«

Baxter stützt seinen Kopf in die Hände.

Der Kammerjäger fegt die Überreste des blauen Pfostens zusammen und hält Baxter eine Tüte mit grauen Kristallen hin. »Schauen Sie sich das an.« Er schüttet sie in eine Schüssel – das Geräusch ist ein Rauschen der Hoffnung – und stellt sie auf den Boden. Die Fliegen stürzen sich darauf, probieren, schleppen sich einige Zentimeter weit fort und fallen tot um.

Der Kammerjäger küßt sich die Fingerspitzen.

»Nicht zu vergleichen!«

»Argentinisch?« fragt Baxter. »Oder südafrikanisch?«

Der Kammerjäger wirft ihm einen spöttischen Blick zu.

»Wir verraten keine Rezepte. Wir haben gehört, daß es Leute gibt, die sich zu Hause ihre eigenen Gifte mischen. Das Zeug könnte Ihnen die Haut abfallen lassen wie bei Lepra oder Ihre Knochen weich wie Gummi machen. Es wäre tödlich. Überlassen Sie diese Sache den Experten.«

Baxter schreibt einen Scheck über fünf Packungen aus. Am Spätnachmittag sieht er, daß der Kammerjäger seinen unauffälligen Lieferwagen vor dem Haus des Bärtigen abgestellt hat und mit Plastiktüten hineingeht. Der Mann schaut Baxter an und zuckt die Achseln.

Einige Bewohner der Umgebung fahren langsam an dem Haus vorbei; als Baxter sich entfernt, bemerkt er Gesichter hinter den Fenstern der Nachbarhäuser.

Baxter sieht, wie seine Frau das Scheckheft studiert. »Noch ein Scheck!« ruft sie aus. »Wofür denn?«

»Für fünf Packungen!«

»Aber es wirkt doch nicht.«

»Woher willst du das wissen?«

»Sieh doch hin.«

»Ohne das Gift könnte es noch schlimmer sein.«

»Wie sollte es denn noch schlimmer sein können? Du wirfst Geld zum Fenster hinaus!«

»Ich versuche nur, uns zu helfen!«

»Du weißt doch gar nicht, wo du anfangen sollst!«

Sie blinzelt und nickt vor Wut mit dem Kopf. Das Baby weint. Baxter weigert sich, ihr zu wiederholen, was der Kammerjäger gesagt hat. Sie hat keine Erklärung verdient. Ihm kommt aber der Gedanke, sie zu schlagen, und genau in diesem Augenblick zuckt sie zusammen und weicht zurück. Oh, wie wir einander verstehen, selbst wenn wir es nicht wollen!

Welch besseren Vorschlag sie denn habe, kontert er und versucht, seine Selbstverachtung zu unterdrücken. Darüber muß sie nicht lange nachdenken, denn sie hat bereits Pläne. Sie ist die Geheimniskrämerei leid und will eine Freundin nach der Seuche fragen, sobald sie die Kraft aufbringt. Sie will hinaus in die Welt. Sie hat sich einsam gefühlt.

»Ja, ja«, stimmt er zu. »Das wäre gut. Wir müssen etwas Neues ausprobieren.«

Einige Tage später, kurz nachdem sich seine Frau auf den Weg in den Park gemacht hat, klopft es mehrmals heftig ans Fenster. Baxter duckt sich. Doch es ist zu spät. Mit triumphalem Schwung hält ihm an der Tür seine Nachbarin einen Farbeimer hin. Sie hebelt den Deckel ab. Der Eimer enthält eine klebrige braune Masse, zäh wie Sirup. Ihr Kopf zuckt vor dem Geruch zurück.

Sie wirft einen prüfenden Blick ins Zimmer, während sie den Eimer auf Armlänge von sich hält. Mittlerweile haben sie ein gut Teil der Möbel Stück für Stück fortgeräumt, doch einiges, Gardinen und Kissen etwa, wurde ersetzt, da sie es nötig fanden, den Anschein zu wahren.

Natürlich können Baxter und seine Frau niemanden einladen. Wenn alte Freunde anrufen, gehen sie mit ihnen aus. Der einzig regelmäßige Besuch ist Baxters Schwiegermutter, bei der sich seine Frau alle Mühe gibt, die Zeichen des Verfalls zu verbergen. Diese Loyalität und dieser Beschützerinstinkt überraschen und rühren Baxter. Als er sie danach fragt, sagt sie: »Ich will nicht, daß sie dir Vorwürfe macht.«

»Warum nicht?«

»Weil du mein Ehemann bist, Dummkopf.«

Die Nachbarin sagt: »Leg das hier aus.«

Zweifelnd schaut er auf die klebrige Masse und verzieht das Gesicht. »Du bist keine Expertin.«

»Keine Expertin? Ich?«

»Nein.«

»Wer hat dir geraten, das zu sagen?«

»Niemand.«

»Doch. Aber wer ist schon Experte, wenn ich fragen darf? Das weißt du auch nicht, stimmt's?«

»Ich glaube nicht.«

»Experten stehlen unsere Macht, verkaufen sie uns wieder und verdienen daran. Darauf fällst du doch nicht rein, oder?«

»Ich weiß, was du meinst.«

»Gut.«

Sie steckt ihren Finger in die Masse, legt etwas davon auf ihre Zunge, kostet es und spuckt es in eine Serviette.

»Deine Frau wird das nicht essen, selbst wenn du es mit Honig bedeckst«, sagt sie und würgt. »Aber es lockt die kleinen Biester aus dem ganzen Zimmer an.« Sie kniet sich hin und gibt einen gurrenden Laut von sich. »Ist dir aufgefallen, daß es nach Mist riecht?«

»Ja.«

»Dann solltest du das Fenster öffnen – vorsichtshalber. Diese Mischung ist noch nicht ausgereift.«

Sie legt den Sirup aus. Die Fliegen werden fraglos davon angezogen, und sie fallen zu Boden. Aber es werden nicht weniger. Im Gegenteil, der Sirup scheint immer mehr ins Zimmer zu locken.

Sie dreht sich zu ihm um. »Phantastisch! Weißt du, die Zutaten waren ziemlich teuer.«

»Ich bezahle nicht!« stößt er heftig hervor. »Gar nichts!«

»Alle wollen etwas umsonst. Dann laß ich es dir vorläufig einfach da.« Sie küßt ihn auf den Mund. »Vergiß nicht«, sagt sie beim Hinausgehen. »Leidenschaft. Leidenschaft!«

Er starrt auf den umgestürzten Farbeimer, als seine Frau hereinkommt und sich die Nase zuhält.

»Wo hast du das denn her?«

»Von einer Bekannten. Einer freundlichen Nachbarin.«

»Von der alten Vettel, die mich so anstarrt? Die seltsamsten Leute flattern immer um dich herum. Selbst auf die Schmeicheleien einer Idiotin fällst du herein.«

»Klar doch.«

»Es stinkt.«

»Die Häuser sind alt, das Jahrhundert ist alt … was hast du erwartet?«

Er stippt einen Finger in den Sirup, leckt daran, hält sich den Bauch und beugt sich vornüber.

»Baxter, du bist verrückt.« Leise fragt sie: »Du hörst lieber auf sie als auf mich. Warum? Läuft da irgendwas?«

»Nein!«

»Ich bedeute dir nichts mehr, stimmt's?«

»Doch, natürlich.«

»Lügner. Die Wahrheit bedeutet dir gar nichts.«

Ihm fällt auf, daß sie ihren Mantel anhat. Sie legt das Baby in sein Bett. Sie will endlich ihre beste Freundin besuchen, eine gutsituierte, arrogante Frau mit zwei Kindern, deren Zurschaustellung von Reichtum und Glück widerwärtig sein kann. Er sieht, welche Mühe sich seine Frau mit ihrem Aussehen gegeben hat. Das Gesicht einer Frau ändert sich, wenn sie ein Baby hat, manchmal kommt eine neue Schönheit zum Vorschein. Doch in ihren lumpigen Kleidern sieht sie nach wie vor schäbig aus und abgespannt, so als bemühe sie sich ständig, etwas Schlechtes von sich fernzuhalten.

Er sieht ihr durchs Fenster nach und ist froh, daß ihr wenigstens die Entschlossenheit geblieben ist. Von ihrer Unschuld ist jedoch nichts mehr übrig.

Baxter gräbt ein Loch am Ende des Gartens und wirft den stinkenden Farbeimer hinein. Um eine Begegnung mit seiner Nachbarin zu vermeiden, wird er nach beiden Seiten schauen und sich beeilen müssen, wenn er das Haus verläßt.

Er weckt den Jungen und legt sich mit ihm auf den Boden. Das Kind krabbelt herum und schlägt mit einer Holzgabel auf einen Metallascher, ein Geräusch, das ihm gefällt und die Fliegen fernhält. Dem Jungen scheint die merkwürdige Anspannung um ihn herum kaum etwas auszumachen. Er ist jeden Tag anders, voller Begeisterung und Neugierde, und Baxter möchte jeden Augenblick festhalten.

Er schaut auf und sieht den Kammerjäger am Fenster, der ihm zuwinkt. Baxter hat ihn noch nie so gut gelaunt gesehen.

»Sehen Sie«, ruft er. »Ich habe mir ein paar der neuesten Entwicklungen geschnappt und bin gleich zu Ihnen.« Er stellt mehrere Dosen mit einer klebrigen, siruppartigen Masse auf den Boden. »Eine kostenlose Probe.«

262

»Raus hier«, sagt Baxter und drängt ihn zur Tür.

»Aber ...«

»Sie können sich die Dosen über Ihrem Kopf ausschütten.«

»Jetzt stoßen Sie mich doch nicht! Sie geben also auf, ja?« Der Kammerjäger ist wütend, tut aber betrübt. »Eine typische Reaktion. Sie glauben, Sie können die Augen davor verschließen. Aber Ihre Frau wird nicht aufhören, Sie zu verachten, und Ihr Kind wird krank davon.« Baxter schlägt nach ihm. Der Mann springt die Stufen hinunter. »Oder haben Sie vielleicht eine eigene Lösung gefunden?« Er schnaubt verächtlich. »Das glaubt jeder irgendwann. Sie täuschen sich. Sie kommen schon noch zu mir zurück. Ich rechne mit Ihrem Anruf, könnte aber zu beschäftigt sein, um Zeit für Sie zu haben.«

Als Baxters Frau zurückkommt, sitzen sie sich aufmerksam gegenüber und unterhalten sich aufgeregt. Der Besuch bei der Freundin hat sie aufgewühlt.

»Sie, das Haus und die Kinder waren makellos, als wären sie wie üblich mit Gold überzogen. Ich dachte, ich werde es nie schaffen, die Sache zu erwähnen. Glücklicherweise klingelte das Telefon. Ich bin ins Bad gegangen und habe den Wandschrank aufgemacht.« Er nickt, versteht sie. »Sie liebt Kleider, aber da war praktisch nichts mehr da. Im unteren Fach standen Pulverdosen und Gifte.«

»Sie sind seit sechs Jahren verheiratet«, sagt Baxter.

»Er ist faul ...«

»Sie gibt den Ton an ...«

»Er geht fremd ...«

»Sie ist frigide ...«

»Halt den Mund und hör zu.« Sie fährt fort: »Die Reichen sind nicht immun, aber sie können es sich leisten, alles zu ersetzen. Als ich das Thema anschnitt, wußte sie, wovon ich rede. Sie gab einen kleinen Ausbruch zu – im Nachbarhaus.« Sie lachen beide. »Sie sagte sogar, sie dächte daran, eine Radiosendung darüber zu machen, bei guter Resonanz vielleicht auch eine Fernsehreportage.« Baxter nickt. »Ich fürchte, uns bleibt nur eins. Man hat da diesen Typen aufgestöbert. Den holen sich alle Spitzenleute.«

»Der ist bestimmt teuer.«

»Wie alles Gute. Nicht jeder ist zu geizig, um dafür zu zahlen. Ich bin noch nicht soweit, daß ich mit meinem Job weitermachen kann, aber du mußt wieder arbeiten.«

»Du weißt doch, daß ich keine Stelle finde.«

»Hör auf, dich für etwas Besseres zu halten und alles nur auszuprobieren. Das ist unsere einzige Hoffnung. Sie leben ein normales Leben, Baxter, aber sieh uns an.«

Früher liebte er ihre Hartnäckigkeit. Er überlegt, wie er das Thema beenden kann. »Was soll ich anziehen?«

»Du kannst morgens zu meiner Mutter gehen und dich umziehen; abends machst du es genauso.«

»Ich verstehe.«

Sie geht auf ihn zu und schmiegt ihr Gesicht an seines; trotz dunkler Ringe und Falten strahlen ihre Augen vor Optimismus. »Baxter, wir werden doch alles versuchen, ja?«

Da er glaubt, daß sie ewig so stehenbleiben wird und er sich dafür schämt, wie sehr ihn ihre große Nähe erschrickt, redet er davon, was sie alles tun können, wenn die Seuche vorüber ist. Und er denkt, wie wenig Menschen doch brauchen und wie wenig sie verlangen! Eine Berührung, eine Umarmung, ein Wort der Versicherung, ein Moment inniger Liebe, mehr will sie nicht. Ein Kuß ist jedoch zu viel für ihn. Warum ist er so grausam? Was stimmt nicht mit ihm?

Einige Wochen lang hofft er, daß sie diesen Vorschlag vergißt, wenn er sich von ihr fernhält, sich distanziert gibt und »problematische« Themen vermeidet. Doch alle paar Tage spricht sie wieder von diesem Vorschlag, so als seien sie sich darin einig gewesen.

Als er sich eines Nachts zurücklehnt, zerbröselt das neue Kissen. Es ist nur noch ein verkohlter Haufen. Er springt auf, steht da und spürt, daß er hintenüber fallen wird. Er sucht Halt und greift nach den Vorhängen. Der Stoff, Gaze, löst sich in seiner Hand in Nichts auf. Es ist dunkel im Zimmer; Schatten nehmen merkwürdige Gestalt an; die Luft ist schwer von Fliegen; die Möbel sehen aus, als hätten sie im Feuer gestanden. Fliegen betüpfeln sein Gesicht, sein Haar wird klebrig und gelb, noch während er da steht. Er will aufschreien, kann aber nicht mehr schreien; er will fliehen, kann aber nicht mehr fliehen.

Draußen hört er einen Streit. Er duckt sich vorm Fensterbrett, sieht den Bärtigen auf den Stufen zu seinem Haus, hört ihn rufen, man möge ihn reinlassen. Oben fliegt ein Fenster auf, und ein Koffer wird nach unten geworfen, begleitet von harten Worten und Schluchzen. Der Bärtige hebt ihn schließlich auf und geht fort. Er zieht den fahrbaren Koffer an Baxters Haus vorbei und winkt verloren, da er annimmt, daß Baxter zuschaut.

Baxter ahnt, daß es keineswegs unvernünftig ist, alles zu versuchen, wenn er diese Plage besiegen will. Selbst wenn er keinen Erfolg haben sollte, wird zumindest seine Frau zufrieden sein. Er grollt ihr und gibt ihr die Schuld, doch was hat sie getan, außer versucht, ihn glücklich zu machen und ein angenehmes Heim zu schaffen? Ohne Zweifel hat sie in dem einen Punkt recht: In der Einsamkeit hat er unvernünftige, übertriebene Vorstellungen von sich selbst entwickelt.

Widerwillig macht er sich ans Werk. An dem Tag, an dem er sich um den Job bemüht, sehen ihn die anderen Angestellten wissend an. Die Arbeit ist anstrengend, doch bald macht ihm das Geschwätz nichts mehr aus, und sein Körper gewöhnt sich an die Anstrengung. Das Sprühen ist unangenehm: Er hat keine Ahnung, welche Wirkung das unvermeidliche Einatmen der giftigen Gase hat. All diese leidenden und naiven Paare zu sehen regt ihn anfangs auf, doch dann lernt er von den anderen Männern, sich innerlich davon zu lösen, alle Beleidigungen zu ignorieren und sich darauf zu konzentrieren, so viele Pakete wie möglich zu verkaufen, damit er eine hohe Provision bekommt. Die Kammerjäger sind ein zynischer und verdrießlicher Haufen, mit Anwälten zu vergleichen. Keiner der vielen Menschen, die sie brauchen, wird diese Parasiten offen beleidigen: Sie können ohne sie nicht leben, doch man wird sie niemals mögen.

Baxter und seine Frau haben mehr Geld als früher, doch um sich den außergewöhnlichen Exterminator leisten zu können, müssen sie noch viele Monate sparen und auf die »Extras« verzichten. Baxter ist kaum noch zu Hause, dadurch verbessert sich tagsüber die Atmosphäre. Doch da gibt es etwas, das er jede Nacht tun muß. Wenn seine Frau und sein Kind schlafen, sinkt er spätabends auf die Knie und streckt sich lang auf dem Boden aus. Motten weiden auf seinen Kleidern, in seinem Haar und auf seinen geschlossenen Augen, während er sich etwas vorsummt und aus seinem Bauch heraus eine gleichmäßige Vibration aufbaut. Es ist ein widerliches, aber – davon ist er überzeugt – notwendiges Ritual der Gewöhnung. Er sagt sich, daß man nichts reparieren oder beschleunigen kann, man kann es nur annehmen. Und nachdem man es angenommen hat, wird eine Befreiung hin zum reinen Geist eintreten, frei von Begierde, ein Stadium, das Baxter mit sinnloser Ungeduld erwartet. An diesem Punkt schläft er oft ein und träumt, daß die verschiedenen Teile seines Körpers von den Insekten in der Nachbarschaft – oder im »Universum« wie er es nennt – verteilt werden. Er hält dies für die höchste Erfüllung. Seine Frau denkt, er ist durchgedreht.

Eines Morgens steht ein junger Mann in schwarzem Anzug vor der Tür. Baxter stellt überrascht fest, daß er kein Pulver dabei hat, keine leuchtenden blauen Pfosten oder Wassersparhähne, nicht einmal eine Brieftasche. Gerard setzt sich und sieht kaum auf die angefressenen Teppiche oder die Pulvereimer. Er weigert sich, einen Blick in die Schränke zu werfen. Offenbar weiß er Bescheid.

»Kommt das in dieser Gegend oft vor?« fragt Baxter.

»In dieser Straße? Manchmal.«

Hoffnung strömt wieder aus ihrem Versteck hervor. Baxter ist fast nicht zu verstehen. »Konnten Sie es heilen? Ja? Wie lange hat es gedauert?«

Gerard gibt keine Antwort. Baxter sagt zu seiner Frau, sie solle mit Gerard reden, sagt, er strahle eine beruhigende Gelassenheit aus. Sie betritt den Raum, wirft einen Blick auf Gerard, bringt es aber nicht fertig, mit einem Fremden über ihre »Privatangelegenheiten« zu reden.

Doch Baxter erzählt Gerard die verbotensten, deprimierendsten und vor allem die trivialsten Dinge. Letzteres gefällt Gerard am besten, der Baxter einredet, das Triviale als eine Öffnung zu sehen, durch die hindurch man dem Labyrinth des Geistes folgen kann. Danach ist Baxter so gefühlsselig wie nie zuvor, wirbelt durch die Wohnung, glaubt, gleich zusammenbrechen zu müssen – und daß wilde Tiere in seinem gefesselten Geist freigelassen worden sind.

Als Gerard fragt, ob er zurückkommen soll, sagt Baxter ja. Er kommt zweimal die Woche und hört zu. Irgendwie erweitert er Baxters Ansichten vom Leben und stellt ungewöhnliche Querverbindungen her, bis Baxter sich selbst überrascht. Wie bedrückt man sich fühlt, erklärt Baxter, als hätte man einen Tunnel betreten, der zum Mittelpunkt der Erde führt, wo kein Lichtstrahl hinfällt. Dies sei doch gewiß die natürliche Verfassung des Menschen und sein Schicksal, so daß man sich nur ermahnen kann, realistisch zu sein, nicht wahr? Die Weisen verstehen derlei Zustände, und die Tapferen, von manchen Stoiker genannt, ertragen sie. Oder sind es die Dummen, überlegt Gerard. Er wendet die Dinge, bis ein Aufstand möglich scheint, ein erschreckender Aufstand gegen die eigenen Vorurteile.

Baxter beginnt, sich auf Gerard zu verlassen. Doch seine Frau kann Gerard nicht ausstehen. Trotz allen freizügigen Geredes bleibt die Wohnung verseucht. Seine Frau behauptet, Gerard sorge dafür, daß Baxter sich nur noch mit sich selbst beschäftige und daß er sich nicht mehr um sie und um das Baby kümmere.

Gerard bringt Baxter ins Grübeln. Weiß dieser Mann alles? Steht er über allem? Und warum verteilt er seine Geschenke an Baxter, ohne Geld zu fordern? Warum sollte der »saubere Mann« vor Ansteckung gefeit sein? Was kann an ihm Besonderes sein?

Einmal unterhalten sich die Kammerjäger in der Kantine über diese Frage. Baxter, der normalerweise nicht auf derlei Gespräche achtet, blickt auf. »Es gibt inzwischen Leute, die behaupten, sie könnten die Seuche fortreden«, höhnen sie. »Und so wie Leute, die glauben, sie könnten Regen herbeibeten, wollen sie nicht akzeptieren, daß es sich um biologische Tatsachen handelt. Es ist eine Sache der Natur. Uns bleibt deshalb nichts anderes übrig, als auf einen Durchbruch zu warten.«

Baxter will Gerard fragen, warum er sich für solche Unterhaltungen interessiert, aber die Frage verliert schnell an Bedeutung. Gerard hat in ihm eine anregende Verzweiflung entstehen lassen. Nachts liegt er nicht länger auf dem Boden und wird verschlungen. Er geht im Zimmer auf und ab, ja; aber das ist wenigstens Bewegung, und es bleibt nichts an ihm hängen. In ihm ist etwas, das immer noch lebendig ist, in ihnen beiden ist etwas, das die Fliegen nicht zerstören konnten.

Eines Nachts wacht Baxter kurz vor Einbruch der Dämmerung auf und kann nicht wieder einschlafen. Der Junge liegt in der Wiege und nuckelt an seiner Flasche. Baxter schiebt seinen Finger in die Faust des Jungen, und der hält ihn fest. Er bleibt stehen, bis sich der Griff des Jungen lockert und er die Hand zurückziehen kann, ohne den Kleinen aufzuwecken. Er nimmt eine kleine Holzrassel aus der Wiege, zieht sich leise an, steckt die Rassel in seine Tasche und geht zum Schrank. Es ist eine Weile her, seit er hier drinnen etwas überprüft hat. Jetzt scheint es sinnlos zu sein.

Er geht hinaus auf die Straße. Als er am Haus des Bärtigen und dem seiner Nachbarin vorbeigeht, sieht er eine schwarze Wolke am Himmel über sich. Das gibt ein Gewitter, keine Frage. Bald hat er sich verlaufen, aber er behält die Wolke im Auge, während er durch enge Straßen und Gassen geht und schließlich den Fluß überquert und sich fragt, was jetzt noch getan werden kann. Er sieht andere Männer, die vielleicht ebenso wie er mit wirren Gedanken in der Nacht umherwandern oder reglos stehen und nach oben schauen und zu sehr in Gedanken versunken sind, um irgend jemanden wahrzunehmen, bevor sie entschlossen in die eine und dann in die andere Richtung gehen.

Als er sich der Wolke nähert, scheint sie zu explodieren. Sie teilt sich und zerfällt in Tausende winziger Teilchen, eine Fliegenwolke, die aufsteigt, sich teilt und in den gleichgültigen Himmel schwebt.